告発者

江上　剛

幻冬舎文庫

告発者

目次

【主な登場人物】

関口　裕也　MFG(ミズナミフィナンシャルグループ)広報部員。扶桑銀行、興産銀行、大洋栄和銀行が合併して誕生したメガバンクの泥沼化した派閥抗争を憂い、行内改革を熱望する若き銀行マン。旧大洋栄和銀行出身。

木之内香織　大東テレビ経済部記者。裕也の元恋人。

藤野　幸次　MWB(ミズナミホールセールバンク)頭取。メガバンクの真の首領を目指し、時に強引な経営手腕を見せる野心家。旧興産銀行出身。

瀬戸　和己　MFG社長。川田、藤野とともに、メガバンクを牛耳る三頭政治の中心的存在。旧扶桑銀行出身。

川田　栄　MRB(ミズナミリテールバンク)頭取。三行持ち回り主義の人事で棚ぼた式に頭取に就任。旧大洋栄和出身。

佐伯　誠一　光談社の写真週刊誌「ヴァンドルディ」の副編集長。部下の橋本五郎、北山杏子とともに藤野頭取のスキャンダルを追いかける熱血編集者。

《登場人物関係図》

MFG

社長　**瀬戸和己**
（旧扶桑）

副社長　三枝敬一
（旧大洋栄和）

【広報部】

部長　山川俊夫
（旧大洋栄和）

次長　井上喜久雄
（旧扶桑）

関口裕也
（旧大洋栄和）

東海林百合子
（旧興産）

東松恵太
（旧興産）

加瀬良一
（旧扶桑）

【コンプライアンス部】

部長　香取哲三
（旧大洋栄和）

副部長　大川孝仁
（旧扶桑）

MRB

頭取　**川田栄**
（旧大洋栄和）

副頭取　水野悠太郎
（旧興産）

MWB

頭取　**藤野幸次**
（旧興産）

副頭取　高島宏隆
（旧扶桑）

【法人部】
部長　杉下俊英
（旧興産）

副部長　三代川雄一
（旧大洋栄和）

鹿内浩太
（旧扶桑）

第一章　記者クラブパーティ

1

ミズナミフィナンシャルグループ（以下ＭＦＧ）の本拠地は、東京の中心、内幸町《うちさいわいちょう》にある。東京の中心は、丸の内だろうと言われるかもしれないが、日比谷公園、霞が関官庁街をすぐ目の前にした、内幸町こそ中心だと思っている人も多い。

都営三田線の内幸町駅のＡ５番出口を出て見上げれば、本店ビルが陽光を浴びて輝いている。たいていの取引先は、その聳《そび》え立つ優雅な佇《たたず》まいのビルに、取引の安心感を得ることだろう。逆に、そのあまりの大きさに怯《おび》えて、足がすくみ引き返す人もいるかもしれない。

千代田線日比谷駅を出て、日比谷公園を眺めながら帝国ホテル東京、鹿鳴館《ろくめいかん》跡の旧大和生命ビル、ＮＴＴなどの側を歩いてもいい。また雑踏が嫌いでないなら、銀座線かＪＲの新橋駅で降り、飲食店が並ぶ細い道を抜け、第一ホテル東京の角を曲がると、入り口が見えてくる。このルートは、早朝や昼間は、決してすがすがしい雰囲気ではないが、夜ともなると、急に活気づき、酒に酔ったサラリーマンやＯＬで溢《あふ》れかえる。こんな酒臭い雑踏の先に、日本を代表する金融グループの本拠地があるとは、信じられないが、庶民的でいいと歓迎する人もいる。

関口裕也《せきぐちゆうや》は、丸ノ内線を利用している。独身寮のある荻窪から丸ノ内線に乗り、霞ケ関駅で下車する。そして日比谷公園の真ん中を突っ切って歩き、ＭＦＧの本店に向かう。

この辺りは、江戸時代は毛利や鍋島、福井藩の屋敷があった場所だ。約十六万平米の広大な公園に三千本余りの樹木が生い茂り、開放感溢れる広々とした芝生の広場に噴水や松本楼、南部亭などの由緒あるレストラン、音楽堂、日比谷図書館などがある。

ニューヨークのセントラルパークの広さには遠く及ばないが、それでも皇居前広場と並んで、爽やかな空気に満ち深呼吸ができる、東京で数少ない場所だ。

裕也は、初夏が一番好きだ。公園のあちこちに白やピンクのハナミズキが咲く。日比谷公園には、日本の公園ならどこにでもあるサクラが極端に少ない。裕也の知っている範囲では、鶴の噴水のある池の端に一本ある。他にもあるのだろうが、あまり目立たない。

ある春の夜、噴水池の近くを通ると暗がりの中で花見をしているグループがあった。ビニールシートを敷き、数人の男女がサクラの木の下で静かに酒を飲んでいた。盛り上がっていないのは一目瞭然だ。やはり花見なら上野公園や靖国神社などのように何百本もサクラが咲いているほうがいい。

その点、五月のハナミズキはすがすがしい。鮮やかな緑の葉に白やピンクの花を付ける。アメリカから贈られたものだと聞いたことがあるが、穏やかでつつましく、薫風に揺れる様は、出勤する裕也の心を癒《いや》してくれる。

目の前のこんもりと茂った木立の向こうにＭＦＧの本店ビルが覗《のぞ》いている。

以前は、裕也が入行した大洋栄和銀行の本店だった。裕也は、平成十二（二〇〇〇）年四月入行。その三年後の平成十五年四月に、扶桑《ふそう》銀行、興産銀行と経営統合し、ＭＦＧが誕生した。

ＭＦＧは、傘下に個人取引や中小中堅企業取引を担うミズナミリテールバンク（以下ＭＲＢ）と大企業取引や投資銀行業務を担うミズナミホールセールバンク（以下ＭＷＢ）、信託銀行、証券会社などを有する巨大な金融グループであり、一般企業の売上高に相当する経常収益は約三兆六千億円にも達している。

日本には、ＭＦＧの他にも財閥系の銀行が合併した四井住倉フィナンシャルグループや大東京四菱ＷＢＣフィナンシャルグループがあるが、それらの金融グループと違って持ち株会社の下に経営統合という形を採用したのは、邦銀で数少ない投資銀行業務を行なっていた興産銀行の意向を受け入れたためだ。

三行が経営統合の意思を固めたとき、扶桑銀行は親密証券会社の経営破綻《はたん》の影響を受け、連鎖破綻するのではと懸念され、株価の急落に見舞われていた。また興産銀行は、その役割が終わろうとするのをなんとか延命しようとしているところだった。というのは、興産銀、長期銀、債銀の三行は、戦後の経済復興のために長期資金を提供する目的で作られたのだが、もはやその役割は他の都銀などにとって代わられるようになり、彼らとの競争の中でじりじりとその存在意義を失いつつあったからだ。決定的だったのは、バブル崩壊で長期銀、債銀の二行がはやばやと破綻してしまったことだ。

次に破綻するのは、興産銀行だと、マーケットではおおっぴらに囁かれていた。おめおめと潰《つぶ》れるわけにはいかない興産銀行は、焦っていろいろな銀行や証券会社に提携を打診した。それに乗ったのが裕也の勤務する大洋栄和銀行だった。

大洋栄和銀行は、総会屋という反社会勢力に数百億円という巨額の不正融資をし、東京地検特捜部の捜査を受け、経営陣から逮捕者を出すなど、混乱を極めていた。

新しく経営を担うことになった者たちも、突然、重責を担わされ、思ったようにリーダーシップを発揮できないでいた。

顧客の信頼を失い、経営基盤の揺らいだ大洋栄和銀行は、合併に活路を見出《みいだ》した。それは取りも直さず自らの問題点を希薄化させるためだった。

実は、大洋栄和銀行は、大洋銀行と栄和銀行が合併して誕生した銀行なのだが、三十年近く経っていながら、未だに合併の問題点を引きずっていた。すなわち経営陣のたすき掛け人事から抜け出すことができなかったのだ。大洋銀行と栄和銀行で役員数は同じ。会長が大洋銀行なら、頭取は栄和銀行。交代のときは、栄和銀行の頭取が会長になれば、大洋銀行から頭取を選ぶといった具合だ。

適材適所とは名ばかりだ。ただの員数合わせで経営陣を選ぶという愚策を続けていたのだ。それが総会屋につけいられる隙《すき》であったにもかかわらず、事件後もその愚策を改善することができないでいた。

合併が検討され始めた当時の大蔵省もこのことには呆《あき》れ果てていた。そこで、いっそ扶桑銀行と合併すれば内部事情が複雑になりすぎてそうした愚策から抜け出すことができるのではないかと考え、この話を進めた。大蔵省にしてみれば、扶桑銀行の経営不安と大洋栄和銀行の経営陣人事の愚策を一挙に解消できる最良の金融政策だった。

しかし事はそう簡単に運ばなかった。扶桑銀行は、経営不安に陥ったとはいえ、旧財閥銀行だ。中位行同士が合併して誕生した大洋栄和銀行とは比較にならないほどの人材の厚みがあった。東大出身者が多く、プライドも高い。同じ都銀同士でも扶桑銀行は大洋栄和銀行を見下していた。

たとえば扶桑銀行は、かつて都銀が十数行もあったころ、その中でトップだった。同じころ、大洋銀行、栄和銀行は下位行のひとつであったに過ぎない。

銀行序列が上位の扶桑銀行には、必然的に大蔵省（当時）官僚と同じ東大法学部出身者が多くなる。大蔵省に入省するか、扶桑銀行に入行するか、の選択をするからだ。一方、大洋銀行や栄和銀行は、東大法学部出身者から見向きもされない。せいぜい経済学部など他の学部出身者が少しだけ入行してくるくらいである。従って扶桑銀行の役員にはずらりと東大法学部出身者が並び、大洋栄和銀行の役員には東大出身者は少なく、私学を中心にして、よく言えば学閥なしの状況になった。

ところが、合併という形を取ってひとつ屋根の下で暮らすことに決まった途端、大洋栄和銀行の役員たちはたまらなく劣等感にさいなまれてしまった。戦前に扶桑銀行と同じ財閥系の四井銀行と強制的に合併させられたときの忌まわしい記憶が呼び起こされたのかもしれない。現在の経営陣に戦前の記憶などないにもかかわらず、扶桑銀行に飲み込まれると思ったのだろうか。

実際、裕也は、大洋栄和銀行の東大経済学部出身の役員が、「扶桑の奴らは、俺たちを馬鹿にしてやがる。あいつら経営には失敗したのにプライドだけはまだ一流なんだよ。みんな

東大法学部だから な」と愚痴っぽく話していたのを耳にしたことがある。

扶桑銀行の役員に会うたびに、彼は、東大法学部に進めなかったトラウマが刺激されてしまうのではないだろうか。

そこで大洋栄和銀行の役員は、興産銀行も、合併に加えることにした。これも当時の大蔵省が、手配したものだ。

「二行より、三行のほうが、喧嘩《けんか》しなくていいのではないですか?」

大蔵省は大洋栄和銀行に囁いた。

「三人よれば文殊《もんじゅ》の知恵といいますからね」

大洋栄和銀行は、大蔵省の申し出を受け入れることにした。興産銀行と組んで扶桑銀行を抑えようと思った。

興産銀行は、戦後の経済復興を支えた銀行として有名だ。その歴史と伝統は、大蔵省など何するものぞと言うほどのものだ。興産銀の頭取が大蔵大臣を務めたことが何度もある。当然、大洋栄和銀行や扶桑銀行などの都銀など歯牙《しが》にもかけていなかった。

彼らは、大洋栄和銀行と扶桑銀行と組むことが決まったとき、「与《くみ》しやすし」とにんまりしたに違いない。

このままだと他の二つの長期信用銀行と同じように、役割を終える形で、経営を閉じざるを得ない。栄光の興産銀行の歴史に幕を下ろさざるを得ないのだ。しかし大洋栄和銀行、扶桑銀行と組むことができれば、彼らの腹を借りて、興産銀行を復活させることができると思った。

裕也は、かつて女子大生と合コンしたことがあった。その際、興産銀行の行員が参加していたが、強烈に馬鹿にされたことを覚えている。

「都銀は、ママチャリに乗って、こんちは！　さようなら！　だろう？」

興産銀行の行員は、女子大生相手におどけてみせた。

裕也は、不愉快だったが、酒の席であり、笑って見ていた。

「ぜひ大洋栄和銀行に入行してくれと言われたんだけど、ママチャリには乗れません、ポルシェには乗れますが、と答えたら、不採用になっちゃった」

大きな声で笑いながら、ちらりと裕也を見た。

「お前みたいな奴は、入行しなくてよかったよ」

裕也は言い放った。

彼は、裕也の反応に笑いながらも、目の周りに不愉快そうな小皺《こじわ》を刻んだものだ。

そういえばあいつは今ごろ、どこにいるのだろうか？　辞めていなければ、同じＭＦＧの一員になっているはずだ。

興産銀行の行員は、ＭＦＧになったからといって、自転車に乗ってはいない。行員の多くは、ＭＷＢで興産銀行時代と同じようにホールセール業務、すなわち大企業相手の仕事をしているからだ。

経営統合が決まった途端、都銀と一緒に仕事をするのは嫌だと、優秀な興産銀行の行員の多くが退職したという。

その話を聞いたとき、勝手にしろと裕也は思った。あいつも、辞めたかもしれない。

日比谷公園を抜けた。横断歩道の信号が赤だ。裕也は、立ち止まりＭＦＧの本店ビルを見上げた。五月中旬だというのに梅雨の季節のように鈍く鉛色にくすんだ空に、聳え立っている。

視線は三十階に向かっていた。今日の五時から、その階のパーティルームで日銀記者クラブの記者たちを招待しての、ＭＦＧ主催のパーティが開かれる。広報部に所属する裕也は、ホスト側として、間違いがないように務めを果たさなければならない。

「さあ、行くぞ」

裕也は、自分を鼓舞するように呟《つぶや》いた。

信号が青に変わった。周囲の人たちが、我先に歩き始めた。裕也もその流れに押されるように歩きだした。

2

山川俊夫《やまかわとしお》は、記者クラブパーティの式次第を睨《にら》んで、頭を抱えていた。

山川は、東大経済学部を卒業し、日銀か大蔵省に入ろうとしたが、あまりのエリート集団に尻込みし、気がつくと大洋栄和銀行の前身、栄和銀行に入行していた。

栄和銀行では、思っていたように東大ブランドが功を奏し、調査部や営業部など華麗なキャリアを積んできた。修羅場は、巧みにか、それとも偶然なのか、避けることができた。しかし弱小都銀の行員であることに対する劣等感はどうしようもなかった。

ところが栄和銀行は大洋栄和銀行になり、都銀トップバンクになった。そしてあれよあれよと言う間に、扶桑銀行、興産銀行と三行で経営統合し、世界的な銀行になってしまった。

山川のプライドは、相当に高まってきたのだが、まさか広報部長に任命されるとは思わなかった。広報はまったく経験がなかったからだ。

広報部は、持ち株会社であるMFG本社に属している。経営統合直後は、本社とMRB、MWBのそれぞれに広報部があった。しかしそれぞれが勝手な情報提供を行なったため、マスコミでは、MFGは烏合《うごう》の衆と揶揄《やゆ》される始末だった。

そこで、広報を経験し、それを自慢にしていたMFG社長である瀬戸《せと》和己《かずみ》が、子会社の広報部を廃止して本社に一元化したのだ。

瀬戸が嫌ったのは、子会社に勝手な広報をさせておくと、自分の評判が少しも上昇しないことだった。

瀬戸は扶桑銀行出身で早くから頭角を現し、扶桑銀行副頭取からMFGの二代目社長に就任した。

自分ではエリートだと思っているのだが、大きめの背広が歩いているといわれるほど小柄で貧弱なため、マスコミが世界的な金融機関のトップとしてふさわしい扱いをしてくれないことに不満を抱いていた。

会って話せば、自分ほどユーモアを解する経営者はいないはずなのに、そうした美点がまったく理解されない。そこで広報を本社に一元化し、マスコミの取材を集中させれば、必然的に注目は自分に集まると考えた。マスコミで評価が高まれば、日本経団連の副会長ポストが手に入るかもしれないとも考えていた。

広報部長をだれにするかと考えたとき、まず自分と同じ扶桑銀行出身者にすべきだという声が周囲から強く出てきた。広報というのは、トップと一体でなくてはならない。確かに広報や秘書などというポストは、武士の世で言えば、近習《きんじゅ》と称される役割で、主君のそばに仕え、もし主君に何かあれば共に自刃するくらいがいいとされている。

しかし、もしそうして身近に気心の知れた扶桑銀行の部下ばかり集めると、身びいきだ、側近政治だという非難が集まるに決まっている。もし広報部長のポストを他の二行に譲ったら、そうした非難はなくなるだろう。

それに瀬戸は幾分、天邪鬼《あまのじやく》な性格だった。大勢が同じことを言いだすと、それとは反対のことをしたくなる。

そこで他の二行から広報部長を選ぶことにしたのだが、あまり有能な者は困ると思った。寝首をかかれる恐れがあるからだ。程よく優秀で、程よく無能で、上司に忠実なタイプはいないかと探した結果が、山川俊夫だった。

大洋栄和銀行の期待の星だという推薦だったが、まるで強引さというものがなく、上司の指示に忠実であることが信条のような男だった。

「彼がいい」

瀬戸は、山川を広報部長に据えた。そして選んだのは自分だとそれとなく山川に伝わるように仕向けた。それだけで山川は瀬戸に忠誠を誓うようになるだろう。

しかし瀬戸が抜かりないのは、次長に自分の子飼いを配したことだ。井上喜久雄《いのうえきくお》は、若手だが、瀬戸が営業部長時代から部下として使っており、将来の執行役候補だと期待していた。

まだ四十五歳だが、気配りも完璧で、優秀な男だ。彼が、実際は広報を仕切ることになる。だから部長は、無能でも務まるはずだ。それが瀬戸の考えだった。

「部長、何か問題でもありますか」

井上が言った。あまりにうんうんと山川が唸《うな》っているから、心配になったのだ。

「挨拶を瀬戸社長だけにしていいのかと思ってね」

山川は、顔も上げずに言った。

「それはもう決着済みです」

井上は答えた。苛立ちがわずかに頬の筋肉をひきつらせた。

記者クラブパーティは、それほど畏《かしこ》まったものではない。ＭＦＧ社長の瀬戸、ＭＷＢ頭取の藤野《ふじの》幸次《こうじ》、ＭＲＢ頭取の川田栄《かわださかえ》が出席するのだが、まさか三人に挨拶をさせるわけにはいかない。そこで井上が、瀬戸に相談し、瀬戸だけが挨拶することになった。その場に山川も出席していたはずだ。

「それは分かっているんだけど、川田頭取は、全銀協会長だよ。それに挨拶させないっていうのは……。記者たちは、川田さんの話を聞きたいだろう？」

山川は、情けない表情で、井上を見上げた。

「もし川田さんに挨拶をお願いしたら、藤野さんにも、ということになりますよ」

「そうだよなぁ」

消え入りそうな声だ。

「どうしたいんですか？　川田頭取と藤野頭取に挨拶をお願いするのですか。それならば早くしないとスピーチ原稿が間に合いません」

「そう急がすなよ」

「もう会場の準備が進んでいます。時間がないと申し上げている次第です」

山川の優柔不断ぶりに井上は声を荒らげそうだった。

「僭越《せんえつ》ですが？」

裕也は山川の苦境を見て、いてもたってもいられなかった。山川の優柔不断ぶりは嫌いなのだが、井上に追い詰められているのを見るのは、忍びない。決して好きな上司というわけではないが、同じ大洋栄和銀行出身でもある。

「パーティの最後に川田頭取に締めてもらったらどうでしょうか？」

裕也の提案に山川の表情が急に明るくなった。

「それはいい。今の予定では、流れ解散になっているからね」

「司会の井上次長に声をかけてもらって」

裕也は井上に視線を送り、

「記者の皆さんが、そろそろ引き上げようとする終わりに近いころに、挨拶をお願いするのです」

「だったら藤野頭取は、どうするんだ。瀬戸社長、川田頭取、この二人が挨拶して藤野頭取が挨拶しないって案が通るはずがない。あのプライドの塊の藤野頭取が、それで満足すると思うのかい？」

井上は、いい加減にしろとでも言いたげな顔だ。眉間《みけん》に皺を寄せ、口をとがらした。

「そうすると真ん中で藤野頭取ってことになるか……」

山川が頭を抱えた。

「三人がずらりと挨拶するのはおかしいからということで、瀬戸社長だけになったんじゃないのですか」

井上は、同じ議論のむしかえしにうんざりしていた。以前、新年度の事業計画発表の記者会見で、日銀記者クラブの記者連中から馬鹿にされたことがある。それは三人同時に新聞掲載してほしいと井上が要望したことだ。

ＭＦＧの戦略を語るわけだから、瀬戸社長だけ掲載するのが常識であり、そのほうが扱いが大きくなると記者は言った。

井上もそのことは分かっていた。しかし行内事情が許さなかった。藤野頭取が、ＭＷＢの戦略も記事にしろとしつこく迫ったからだ。それで結局、紙面には、瀬戸、川田、藤野の三人のインタビュー記事を、同じ日に均等の割付で三角形に配置して掲載することになった。

「結局、三頭政治ですね」

記者は、心底、呆れた顔をした。

「よろしくお願いします」

井上は、頭を下げるだけだった。

瀬戸社長の権力を確立させて、こんな三頭政治を終わらせねばならない。井上は、同じ扶桑銀行出身の瀬戸社長がナンバーワンとなって川田、藤野を率いる体制を作らねば、MFGはよくならないと思っていた。

「藤野頭取は、話したがりますか？」

裕也は井上を見つめた。

「どういうことだ？」

井上は怒ったような顔を裕也に向けた。

「最悪の決算でしょう？　MWBの経営失敗が原因のほとんどです。企業の不良債権増加も、サブプライムローンの影響を受けての投資失敗も、今回のMFGの五千億円余りの赤字決算はMWBの経営失敗といってもいい。それは藤野頭取の失敗です。それでも記者の前で、いつもの調子で自慢話をなさいますか」

　裕也は、声を潜めた。

　山川は、慌てた様子で部内を見渡し、

「関口、止《や》めろ。藤野頭取の耳に入ったら、大変だぞ」

「東松恵太《とうまつけいた》がいないからいいが、めったなことを口にするな」

　井上の声が、わずかに震えている。

　東松恵太は、藤野と同じ興産銀行出身だ。井上の部下ではあるが、藤野に通じていると考えていい。明治大学出身の井上に、東大法学部出身であることを自慢げに言うことがある。井上が苦手な部下だった。

「分かっていますよ。でもこういう機会だからはっきりさせたほうがいいという行内世論はあります。藤野頭取は、戦犯のくせして、何も責任をとらないから、彼に倣ってＭＷＢの興産銀行出身者もまったく反省していないって……」

　裕也の言葉に、井上が急にしゃがみ込んで山川の机の下を覗き込んだ。

「どうした？」

　山川が怪訝《けげん》な顔をした。

　井上は、顔を上げ、

「盗聴器？」

「まさか悪い冗談はよせ」

「藤野頭取は、自分の評判の悪さを知っていますから、盗聴器くらい仕掛けかねませんよ」

井上は立ち上がって、ズボンの膝を払った。

「もういいよ。当初の予定通り、瀬戸社長だけに話してもらうことにする。ちょっと関口」

「はい、なんでしょうか？」

「いろいろ思いがあるだろうが、唇寒し秋の風だぞ」

「分かりました。金正日《キムジョンイル》に睨まれたら大変ですからね」

裕也は腹立たしげに言った。

「なんだ？　その金正日ってのは？」

山川が不愉快そうな顔をした。

「藤野頭取ですよ。喜び組に囲まれているからじゃないですか」

「もう、止《よ》せ。会場の準備にかかるんだ」

山川は、まるで疫病神《やくびょうがみ》であるかのように、裕也に向けて手を払った。

裕也は、急ぎ足で三十階の会場に向かった。

裕也の後ろ姿を井上はじっと見つめていた。

「未曾有《みぞう》の金融危機のために、私どもMFGも大きな影響を受けました……」

瀬戸が、記者たちを前にして話している。

3

出席している記者の数は、百人弱だ。それにMFGを始めMWB、MRBなど傘下の金融機関の役員たちがいる。会場は、肩が触れ合うほどではないが、かなり混雑していた。

会場の真ん中に豪華な花が飾られ、料理が並べられている。帝国ホテル東京の料理人が、腕を振るったものだ。ローストビーフや寿司、蕎麦といった定番の料理も贅沢に用意されている。

ワインやウイスキーなど酒をサービスするのはコンパニオンだ。十人ほどの若い女性が、白のブラウスに黒のロングスカートでにこやかに出席者に目配りをしていた。以前は、馴染《なじ》みの料亭の女将《おかみ》や芸者、クラブのママやホステスなどが、その役割を担っていたようだが、いまやすっかりその姿は見えなくなった。コンパニオン会社から派遣されてくる、モデルのような女性たちが主流になった。

古い役員たちは、それに対して一抹の寂しさを覚えるらしいが、おおかたは若くて美人であればだれでもいい。それに昔のように馴染みになるほど銀座のクラブや料亭に入り浸ることはできなくなっている。

裕也は会場の入り口付近に立っていた。司会は井上だ。山川は、会場の中で他の部長たちと一緒に瀬戸の話に耳を傾けていた。

ふと壁に目を遣《や》った。

そこにはパリの女性画家マリー・ローランサンが描いた乙女たちの三枚組の絵が飾られていた。淡い色彩で描かれた乙女たちが群舞する様子は、見る者の心を和ませる。しかしここではだれもその絵に見入る者はいない。またその絵を見て、心を優しくする者もいない。絵などよりMFGの経営問題に関心を抱く者たちばかりだった。

裕也は、絵がかわいそうだと思った。こんな俗物たちの酒臭い吐息と紫煙の中にいるより、もっと落ち着いた、静かな美術館で、絵を愛する人たちに囲まれていたいことだろう。

「大幅な赤字を計上いたしましたが、これは経済環境の急変が原因でありまして、こうしたことへの即応体制を整備する必要を痛感しており……」

瀬戸が自ら手を入れたという言い訳の多いスピーチが続く。どの記者の顔にも、経営者の無能が原因ではないのか、金融危機に対処できる体制を整えておくのが経営者の責任ではないのか、という非難の色がある。

受付で声がした。会場の入り口から少し離れたところに受付が作られているが、ドアが開け放たれているので声がよく聞こえる。遅れてくる記者もいるからだ。

会場には、山川、井上、東松と裕也がいるが、受付には、扶桑銀行出身の加瀬良一《かせりょういち》と興産銀行出身の東海林百合子《しょうじゆりこ》がいる。彼らも、出席予定の記者が全員来れば、受付を閉じて会場に入ってくることになっている。

「だれだろう？」

裕也は、百合子に名刺を渡し、ネームプレートを作ってもらっている記者を見た。女性だ。グレーのすっきりとしたスーツを着て、肩から黒い小さなショルダーバッグをかけている。スタイルがいい。いかにも仕事ができるという雰囲気だ。

あれ？

横顔だけだが、あれは確か……。裕也は、入り口のドアに隠れるように体をずらした。

ネームプレートを付け終わり、彼女が入り口に顔を向け、こちらに歩いてきた。

「木之内香織《きのうちかおり》……」

裕也の中で、苦い思いが蘇《よみがえ》ってきた。

香織は、早稲田大学で裕也の二年後輩だ。同じ英語サークルに属していた。先輩として彼女を指導したことから、親しくなり同棲までしたことがあった。

しかし、理由は判然としないのだが、いつの間にか香織は離れて行った。裕也は、理由を知りたくて何度か香織に迫ったが、拒否されてしまった。そして、裕也の卒業とともに会うこともなくなり、時間だけが過ぎていった。

「あれから九年か……」

別れてから、一度も会っていない。香織がテレビ局に就職したとは聞いていたが、それも何時《いつ》ごろ、だれから聞いたのかも記憶にない。

会いたいという気持ちが強烈に湧き起こった。なぜ、自分の元から去ってしまったのか。何か、自分に落ち度があったのか。ひと言、原因を教えてくれたなら、諦め切れたかもしれない。しかし、何も告げずに香織は姿を消した。本当は、ストーカーのように香織を追いかけたかった。

しかし別れを選択した以上、うじうじと香織に付きまとうのは、かえって良くないと思った。香織に理解してもらえたかどうかは知らないが、それは裕也の愛情でもあった。少なくとも裕也がそう考えたことは事実だった。できるだけ過去を忘れて、新しい人生を歩んでもらいたいという気持ちだった。

いま香織を見て、自分と別れた後、どうしたのか？　苦しんだのか？　悲しんだのか？　それとも憎んだのか？　どういう気持ちで暮らしてきたのか聞きたくなった。それにまだ独身なのかも。

裕也は、独身だ。考えないようにしているが、胸の奥に燻《くすぶ》りを感じていた。

気がつくだろうか？

そう思った瞬間、裕也はドアの陰に身を隠していた。

香織は、裕也に気づくことなく会場に入った。

裕也は、緊張した。どのタイミングを狙って、香織に声をかけようかと考えると、瀬戸の話が耳から消えてしまった。

裕也は受付を片付けている加瀬に近づいた。

「加瀬、ちょっと」

「はい？」

「いまの記者は？」

裕也の問いに、加瀬は首を傾《かし》げた。

「あの美人は、大東テレビ経済部木之内香織。関口さん、さっそく目をつけたんですか」

百合子がからかうように笑った。

「何、言っているんだよ。美人は、東海林さんを毎日見ているから、もう十分さ」

百合子は、上智大出身の才媛だ。三行が経営統合したとき、酷《ひど》く悲しみ、落ち込んだという。興産銀行から米国留学をさせてもらおうと考えていたのに、都銀と経営統合すると、それが不可能になるのではと心配になったのだ。興産銀行では男女関係なく、優秀であれば留学させてくれるからだ。まだ留学は叶《かな》っていないから、そのうち退職して、自費で行くと言いだすかもしれない。

「初めて見る顔だけど」

裕也は、以前から知っているということは黙っていることにした。

「ごく最近の着任ですね。僕たちもまだ正式に挨拶していませんから」

加瀬は答えた。加瀬は主に日銀クラブの記者担当だ。

「すてきな人ですよね」

百合子は、会場に視線を向けながら呟いた。

「そうだね……」

裕也は、一段と女っぽく変身した香織に、今さらながら胸の高なりを覚えていた。

4

会場の中ではあちこちで人の集まりができ、それぞれ会話を楽しんでいた。裕也は、香織を捜しながら会場を見渡した。

ひと際記者を集めているのは、MWBの藤野頭取だった。記者たちの笑い声が絶えない。藤野は、自慢の豊かな銀髪を時々指で梳《す》きながら、ワイングラスを傾けつつ積極的に話題を提供している。

藤野の眼鏡も、ネクタイも、スーツも最高級のブランドだ。スーツの色は、グレーなのだが、光の当たる角度ではシルバーに見える。銀行員という地味な職業の人間が着こなせるものではない。

藤野のブランド好きは有名だったが、公的資金を返済し、役員報酬を一億円以上に引き上げてからはさらに磨きがかかったようだ。

藤野に比べて瀬戸の周りには記者が少ない。小柄で、紺の典型的なドブネズミスタイルの瀬戸はいかにも地味だ。酒も飲まないため、ウーロン茶の赤茶色の液体が、なおさら地味さを演出している。MFG全体の経営に責任を持つ立場なので記者たちが取り囲んでもおかしくないのだが、真面目な仕事人間の瀬戸の話は、オフレコで記事にできない。こうした非公式な場所で聞いても面白みに欠けるのだろう。

MRBの川田頭取の周りには、そこそこの数の記者が集まっている。川田は、三人のトップの中で最も若い。また就任も瀬戸と藤野の一年後だ。

運のいい人だと裕也はにこやかに談笑する川田を見つめた。同じ大洋栄和銀行出身だが、親しみを覚えることはない。なんとなく心根が冷たいという印象を受ける。しかし東大法学部卒という学歴が示すように、その冷たさは怜悧《れいり》ということかもしれない。なにせこの権謀術数が渦巻くMFGにあってMRBのトップの座を射止めたのだから。

なぜ運がいいかといえば、それは大洋栄和銀行出身の前任頭取が、突然、病気を理由に頭取の座を放棄してしまったからだ。

前任頭取の桑畑勇夫《くわばたいさお》は、大洋栄和銀行のたすき掛け人事から生まれた頭取で、人柄はよいが、無能だった。就任記者会見に臨んだ桑畑は、記者からの質問にまともに答えられなかった。その場に同席していた瀬戸や藤野は、桑畑の無能ぶりに歯噛みをして、顔を歪《ゆが》めていたと裕也は聞いた。その様子を次長の井上が得意げに話したとき、裕也は、悔しさと恥ずかしさで身を縮めたものだ。

合併とは、長い間に人材を劣化させると痛感した。なぜならたすき掛け人事を行なっている間は、トップに最もふさわしい人材を選ぶというより、合併両行のバランスや融和のみが重要視され、能力は二の次になってしまう。たとえ能力があっても、個性が強すぎ、波風を立てそうな人材は、巧みに排除されていく。そのため残った人材はおのずと無個性になっていくのだ。外敵に晒《さら》されず交配を続けているうちに合併行という小さな島でのみ生息することができる特殊な種が残ってしまう。ダーウィンの進化論と同じだ。それらの合併種とでもいうべき人材は、外敵に弱い。

桑畑は、合併種の典型だった。そこで瀬戸は藤野と謀《はか》って、桑畑排除に乗り出した。何かにつけ、桑畑を協議の場から除いたのだ。重要な事項は三行で決めるという取り決めになっていたが、意図的に桑畑を参加させなかった。苛《いじ》めである。子供の世界で言えば、無視、無関心、俗に言えば「シカト」したのだ。桑畑は、さすがにプライドを傷つけられ、脂汗を流すほどの悔しさに心を病んだ。周りにいた者の話では、日に日に目の焦点が定まらなくなったという。

ある大型の融資案件が取締役会で拒否された。大洋栄和銀行の取引先に対する支援策だ。瀬戸と藤野が反対し、支援策が流れた。桑畑は暴挙に出た。すなわち暴発してしまったのだ。MRB頭取の権限で、その支援策を再協議したいと取締役会に提案したのだ。

桑畑は必死だった。自分の出身行である大洋栄和銀行の重要な取引先に対する支援策を他の二行の反対で実行できなくなるとなれば、なんのための経営統合かという気持ちだった。また経営統合したから、扶桑銀行も興産銀行もなんとか破綻しないで済んだのではないか、それもこれもみな大洋栄和銀行のおかげではないかという高揚した気分も背中を押した。

ところが見事に瀬戸も藤野も桑畑の提案を無視した。あろうことか他の役員までも二人に同調し、桑畑に賛成する者はいなかった。そのときの桑畑の顔は、哀れというか、無惨だったという。桑畑は、笑っているような、泣いているような複雑な表情で、無言で提案を取り下げた。

そして突然、辞任を申し出て、自宅に籠《こも》ってしまった。すぐに後任選びが始まったが、後任を指名しなければならない桑畑が引きこもりになってしまった結果、瀬戸と藤野が大洋栄和銀行の人材の中から桑畑の後任を選ぶという異常事態になった。そして二人の眼鏡に適《かな》ったのが、川田だった。

川田は、瀬戸の下で副社長として仕えていた。その忠勤ぶりは、大洋栄和銀行側から扶桑銀行に寝返ったといわれるほどだった。秀吉が信長の草履を懐で温めたのもかくやと思わせるほどで、瀬戸の提案をことごとくフォローした。桑畑が頭取の座を賭けて提案した支援策を、瀬戸に無視するようにとアドバイスしたのは川田だと噂されている。

川田は、瀬戸の実力を評価していたのだろう。いつまでも大洋栄和銀行にこだわっていたら統合という複雑な人事の世界では生き残れないと悟ったのだ。それよりも何よりも無能な桑畑に忠誠を誓っていれば、共倒れになることが目に見えていた。だからさっさと主君を瀬戸に乗り換えた。この巧みな遊泳術で、まったく下馬評にも挙がっていなかった川田がMRBの頭取の座を射止めた。これには大洋栄和銀行出身の多くの行員たちは、唖然《あぜん》とした。一番、唖然としたのは桑畑だった。桑畑が、後任になってほしいと考えていた者は、完全に無視されてしまったからだ。

川田は、自分がだれによって選ばれたか十分に自覚をしていた。だからこそ瀬戸を後ろ盾にしたのだった。合併行で人材育成を怠ってきた大洋栄和銀行には自分を支える者はいないと考えた。川田は、大洋栄和銀行の幹部から「裏切り者」とののしられようと、瀬戸を後ろ盾にしていることをだれ憚《はばか》ることなく主張した。その結果、川田は、扶桑銀行側から支援されることになり、統合銀行内で磐石《ばんじゃく》の基盤を築くことができた。もちろん、瀬戸がいつまでも健在であることが前提だった。

香織がいた。藤野と談笑している。裕也には気づいていない。

香織がいることで藤野の周辺が光り輝いている。藤野は、香織が放つオーラによって自らを輝かしているのだ。日銀記者クラブに配属になった直後だというのに、香織は藤野と極めて親しく話している。初対面であるはずなのに、そうは見えない。時折、藤野が冗談を言うのだろう。身をよじって笑い、その手が藤野の肩に触れた。

「随分、親しげだな」

険のある声がして、思わず裕也はその声の方向を見た。瀬戸がいた。

瀬戸は、井上と一緒にウーロン茶の入ったグラスを持って立っていた。周囲に記者はだれもいない。

裕也は井上と視線が合った。その鋭さに顔を背けようと思ったが、井上が、顎《あご》を引き、こちらへ来いと合図をよこした。

裕也は、ゆっくりと井上に近づいた。

「だれだ？」

井上は、瀬戸に聞こえるように尋ねた。

「あの女性記者ですか？」

裕也は確認した。

「そうだ」

瀬戸は、所在なげにウーロン茶のグラスを傾けた。だれか親しい記者でもいないのだろうか。重苦しい、湿り気を含んだ空気が周囲に淀《よど》んでいる。

「木之内香織、大東テレビです。私も今日、初めてです。まだ挨拶をしていません」

「しかし藤野頭取と随分、親しげだな？　まるで以前からの知り合いのようだね」

瀬戸はじろりと裕也を見つめた。

「各社、女性記者には力を入れていますから」

報道各社は、経済部、社会部など部を選ばず美人記者を揃《そろ》えている。取材対象に男性が多く、美人には弱いからだ。自宅を記者に取り囲まれていたある財界人が、美人記者と二人で談笑しながら出てきたことがあった。非常に顰蹙《ひんしゅく》を買ったという。男性記者は警戒して自宅に招じ入れなかったのだが、女性記者にはつい気を許したと言い訳したそうだ。

「そうだな」

瀬戸は、ポツリと呟き、ウーロン茶を飲み干した。

先ほど瀬戸が挨拶をしたマイクの前に山川が立っている。突然、「皆さん」と山川がマイクに向かって言った。

「あいつ、何を始めるんだ?」

井上が警戒心を顕《あらわ》にした目で睨んだ。山川は上司だが、あいつ呼ばわりだ。

「MWBの藤野頭取から皆様にお話ししたいということです。藤野頭取、お願いします」

山川が手を伸ばした先に藤野がいる。笑みを浮かべて、銀髪を手で梳いた。

「やはり目立ちたがり屋が出てきたか」

瀬戸ははき捨てるように呟いた。

「くそっ。打ち合わせ通り、やれよな」

井上が、舌打ちをした。

裕也は、川田が気になった。川田は、マイクの前に立った藤野を無視して、記者と話し込んでいた。藤野が何をしようと、我関せずという態度だ。

「今回の最悪決算の元凶といわれている藤野です。ＭＦＧの赤字は、私が推進した投資銀行方針の間違いの結果だと言う人がいますが、それは違います。日本の金融機関は世界に進出しなければなりません。投資銀行方針は、下ろしませんよ。応援、よろしく」

藤野は、両手を高く上げて、大きく笑った。

拍手が起きた。山川だ。それに釣られるように会場の記者たちも手を叩いた。

香織も笑顔で拍手をしている。藤野が香織を手招きした。香織が、驚いたように、指で自分を差している。藤野が、頷《うなず》いた。香織は笑顔で藤野に近づいていく。藤野は、マイクを離れ、瀬戸に向かって歩いてくる。

裕也は焦った。このままだと香織と正面から遭遇してしまう。なんと言えばいいのか。どんな顔をすればいいのか。

藤野が瀬戸のところにやってきた。その後ろに香織が立っている。

裕也は思い切って香織を見つめた。香織の顔がわずかに緊張したように見えた。しかし思ったほどではない。自分の存在を忘れてしまったというのだろうか。

「こちら大東テレビの木之内香織さんだ。瀬戸さんにも紹介しておくよ。なかなか優秀で、かつ美人だ。実は、大東テレビ会長の田岡泉《たおかいずみ》さんのお気に入りの記者さんだよ」

　藤野は、瀬戸に香織を紹介した。

「瀬戸です。そうですか、田岡さんのお気に入りですか。よろしくお願いします」

　瀬戸は先ほどとは打って変わって穏やかな笑みで答えた。

「瀬戸さんは、美人に弱いから、せいぜいスクープを取るんだね」

　藤野は言った。

「井上です。広報の次長です」

　井上が名刺を差し出した。

　裕也は、あまりにも美しくなっている香織を陶然として見つめていた。香織は、裕也をまったく意識していない。本当に忘れてしまったのだろうか。そうであれば悲しい。

「君は？」

　藤野が、裕也に言った。藤野は、裕也が広報部員であることも知らないのだ。香織の前で屈辱的な扱いを受けた。腹立たしい。

「広報の関口裕也です」

　裕也は、名刺を差し出した。

「お久しぶりね」

香織は、名刺を受け取りながら、小声で言った。

「おや、知り合いかね」

藤野が、驚いた声で言い、目を見張った。

裕也は、思わず顔を伏せた。どういう顔をしていいのか分からなかった。藤野のうらやむような視線が痛い。

香織は自分のことを覚えてくれていた。裕也の胸の奥に小さな焔《ほのお》が点《とも》った。

第二章　貸し渋り・貸しはがし

1

進藤継爾《しんどうけいじ》は、愛車のポルシェ・パナメーラ ターボのエンジン音を響かせてMWB本店地下駐車場に入っていった。

駐車場へ向かう緩やかなスロープを滑るように走る。少し前までは、わざとらしくエンジンを噴かしていた。俺が来たぞ、と銀行に知らせてやるつもりだった。

5000cc近くもあるポルシェのエンジンが吼《ほ》えだすと社用車然として駐車している他のセダンは震え上がった。

なんだあいつ、黒のポルシェか？　あんなものに社長が乗っていていいのか？　成り上がりに違いないぞ……。

社用車の悪口が聞こえてくる。しかしこの車は、進藤の成功の象徴だ。事業に成功したら、ポルシェに乗る、それも最高のポルシェを社長車にする、それを目標に働いてきた。

名前を言っても誰も評価してくれないような三流私立大学を平成五（一九九三）年に卒業した。自衛隊にでも入ろうかと思った。進藤が卒業した大学では、たいした企業には就職できない。日本経済は、バブル崩壊後の不況に苦しんでいた。

くそ野郎！　と思った。勝手に金持ち連中や大企業、銀行が手を組んでバブルという実体の伴わない経済を膨らませ、あっと言う間に弾《はじ》けさせた。その結果、何が起きたか。確かにバブルの張本人たちの中には破産した奴もいただろう。しかし大半は、しぶとく生き残っている。一番、影響を受け、人生の道順を変えられたのは若い連中だ。せっかく大学を卒業し、社会人へのパスポートを手に入れることができたと思っていたら、それが使えないと言われた。進藤が、くそ野郎と世の中に向かって言うのも当然だった。

そのとき、内定をくれた会社があった。不動産を扱う会社だった。バブルは不動産の異常な高騰が引き起こしたのだが、不動産の価格崩壊が起きると、それらが安いと買いに出る企業が現れた。内定したのはそのうちの一社だった。

進藤は、特に何か夢を抱いて入社したわけではない。なかばやけの気持ちだった。どこも内定をくれないのだから、ここに入るしかなかったのだ。

ところが入社してみると、その会社の水が進藤に合った。不動産価格が崩壊して、こんな業界は未来がないと思っていたのは大きな間違いだった。巷《ちまた》には、不動産を売りたい、買いたいという声が渦巻いていた。不動産市場には、とにかくだれかが早く価格を安定させてくれという気持ちが強かった。寝る間を惜しんで仕事をしたという表現は生易《なまやさ》しいほどだ。寝る間なんかなかった。

都心の不動産が値下がりをし、それに買い手が、蜜にたかる蟻のように群がってきた。とにかく仕入れる先から売れていくのだ。

進藤の勤務していた会社の得意分野は、マンションの一棟売りというものだった。都心の土地を仕入れる。そこにマンションを建てる。すると販売業者が、一棟全部購入してしまうというまことに効率のいい事業だった。購入したマンション販売業者が別の業者にそのまま転売することもある。いわばマンション転がしで、価格を吊り上げていた。

「どうだ？　不動産は面白いだろう。世間じゃ不動産業は、バブル崩壊で死んでしまったと思っているだろうが、どっこいそうじゃない。価格が下がれば、業者は群がる。それは以前の業者ではない。以前の業者は、バブル崩壊で全部死んだからね。新しく不動産市場を支配するのは、我々、新興不動産業者だ」

雇い先の社長は、大きな口を開けて笑った。

進藤は、この社長の笑い声を聞き、独立を決意した。

独立は大成功だった。仕事は順調に拡大した。

追い風になったのは、折から大手証券会社などが米国で流行し始めた不動産投資信託、リートと呼ばれる金融商品を東京証券取引所に上場して、販売し始めたことだ。

このリートという金融商品は、世界の経済史に残る大発明だと進藤は思った。

多くの不動産をひとつにまとめ、証券化する。その証券は、小口の受益証券に分割され、販売され、購入者は、不動産から上がる収益を配当として受け取る。簡単に言えば、こんな仕組みだ。

不動産の証券化は、以前からこの国にもあった。しかしそれはプロ同士というか、金融機関同士や金融機関と大手不動産会社の間で、ほそぼそと行なわれていただけだった。

ところがこのリートは、証券化の仕組みを個人にまで広げたという点で画期的だった。百万円程度の少額の投資で大手町や丸の内のビルオーナーになるのと同じだから、人気が沸騰した。

ミドルリスク、ミドルリターンがリートのキャッチフレーズになった。中程度のリスクで、中程度の利益を得る。証券会社などは、このキャッチフレーズを使ってリートを販売した。客は、この言葉を、リスクはあまりないが、利益は大きいと解釈したのだった。

リートが定着すると私募《しぼ》不動産ファンド、俗に私募リートと呼ばれる商品や、それらを扱う業者が雨後の筍《たけのこ》のように生まれた。

ある日、ＭＷＢの担当者が会社にやってきた。なにやら高級そうなスーツを隙なく着こなした男を一緒に連れてきた。

「こちらは私募不動産ファンドを運営されている方です」

ＭＷＢの担当は男を紹介した。

「私募？」

「ええ、特定の投資家に向けて不動産ファンドを発行しているのです。私どもの銀行が、こちらのファンドに融資をします。ファンドは、この資金を元手に何倍もの資金を集め、社長の会社の不動産に投資します。社長は、何も考えずにビルを造られればいいのです」

「金の心配をしなくていいのか」

「金の心配は、こちらがします」

彼は、ＭＷＢの担当者と顔を見合わせて、笑った。

「あのとき、旨《うま》い話はないという単純な人生の教訓を思い出すべきだったな」

進藤は、今さらながら後悔した。

金融危機が起きた。それはまさに突然の出来事だった。

アメリカが考案して、世界に売りまくったサブプライムローンを組み込んだ不動産投資信託商品が、値崩れを起こした。組み込んだ不動産に不良債権が急増して、元本割れが続出し始めたのだ。なんということだろうか。だれもが信じていたトリプルAの格付けの金融商品が、完全に腐り、配当不能になってしまった。

あっと言う間だった。世界に何兆円、いや何十、何百兆円あるかもしれない金融商品をだれも信用しなくなってしまった。まさかアメリカが、詐欺のように腐った金融商品を販売していたとは。

進藤は、最初、日本は関係がないと高をくくっていた。経済財政担当大臣も、日本は大丈夫だ、蜂に刺された程度でしかないと自信を持って話していた。

ところがすぐに影響が来た。MWBは、この金融商品に大量に投資していた。損失額約七千億円。それに加えて国内の景気が一気に悪化した。アメリカへの輸出が急減したため、それに関わっている企業の業績が悪化したからだ。

こうしたことからMWBは急激に貸出態度を変えてしまった。今まで積極的に融資をしていたが、一転して融資を渋り始めたのだ。

進藤側にも問題が発生した。マンションが売れなくなった。当てにしていた私募ファンドが破綻し、マンションは買い取れないと言ってきた。

MWBから融資を受けられなければ、経営は立ち行かなくなる。

「あんなに熱心だったのに……」

進藤は、理由がよく分からない。確かに業績は悪化しているが、それでもあれほど態度が変わるものだろうか。いくらでも融資をすると言っていたのが、まったく融資してくれないとはなんということだ。

「さて、行くか」

進藤は、ポルシェから降り、ＭＷＢ本店の地下階入り口に立った。ここは、以前、興産銀行の本店だったところだ。

地下階の自動ドアが開くと、無人受付があった。

「前は、担当者や部長が、迎えに来てくれていたのになあ」

進藤は、つい愚痴った。

「今日は、俺だけ来てくれということだった。いい話ならいいが」

気持ちが暗くなる。

進藤は、新規プロジェクトの資金を依頼していた。

進藤は、運転資金に窮していた。資金を調達して、新しいマンションを次々に造っていく。多くのプロジェクトを同時に進行していたため、ＭＷＢから運転資金の提供を拒まれたら、会社は、急ブレーキを踏み込んだようになり、横転してしまうだろう。

「土下座してでも金を借りてやるぞ。なんのために会社を上場企業にまで育て上げたか分からない」

進藤は、受付のモニター画面上のタッチパネルの法人部の文字に触れた。自動的に相手につながり、「どちら様でしょうか」と女性の声がした。

「グローバル・エステートの進藤です」

「お待ちしていました。十七階の法人部へお上がりください」

女性が事務的に答える。

進藤は、エレベーターに乗り込んだ。

「ちょっと待ってくれ」

進藤が、エレベーターのドアを閉めようと思ったとき、一人の男が飛び込んできた。

「失礼」

男は、丁寧に頭を下げた。銀髪が揺れた。

どこかで見たことがある。頭取の藤野幸次ではないか。進藤は、藤野の背中をじっと見つめていた。

心臓の鼓動の高鳴りを抑えることができない。ここで土下座して融資をお願いしようか。いや、そんなことをしたら足元を見られて、かえって逆効果だ。いや、頭取にしては、お洒落《しゃれ》に気を使っているし、案外、さばけた男かもしれない。頼めば、いいよと軽く受けてくれるかもしれない。案ずるより、産むが易し。

　進藤は、大きく息を吸い込み、「藤野頭取」と声を上げようとした。エレベーターは十七階に到着した。ドアが開いた。

「進藤社長、お待ちしていました」

　ドアの向こうに担当の鹿内浩太《しかないこうた》がにこやかな笑みを浮かべて立っていた。鹿内は扶桑銀行出身。

「ああ、鹿内さん」

　進藤は、藤野と鹿内と視線を往復させた。鹿内は、進藤が頭取と同乗していることに一瞬、驚いた表情をしたが、すぐにたまたま乗り合わせたに過ぎないと判断して、「さあ、こちらへ」と進藤にエレベーターから出るように促した。

　藤野は、にこやかに笑いかけ、気さくな様子でエレベーターの「開」ボタンを押している。

　進藤はエレベーターを出た。名残惜しいというか、後ろ髪をひかれる思いだ。ここで土下座すればどうなるか。鹿内の面子《メンツ》を潰すことになるのは明らかだ。鹿内が十分にケアしていないから、進藤が頭取に失礼な真似をしたということになる。

「頭取、ありがとうございました」

　鹿内は言った。進藤は、藤野と目を合わせ、軽く頭を下げた。顔を上げたときには、もう藤野の姿はなかった。

2

進藤は、その場の雰囲気の異様さに押しつぶされそうだった。法人部の部長室には、進藤を取り囲むように、部長の杉下俊英《すぎしたとしひで》、副部長の三代川雄一《みよかわゆういち》、担当の鹿内浩太、そして初めて会うコンプライアンス部の部長香取哲三《かとりてつぞう》、副部長の大川孝仁《おおかわたかひと》が座っていた。たいして広くない部長室だ。肥満気味の男たちが、六人も座れば、暑苦しくなっても仕方がない。

しかし進藤は、体が震えるほど寒くなった。なぜなら「死刑宣告」を受けてしまったからだ。

「新規融資が出ないばかりでなく、既往の融資も全額返済せよと言うのですか」

「そうです。既往融資六百七十億円全額、今月末までにご返済ください」

鹿内は、無表情に言った。先ほどエレベーター前で見せた笑顔はなかった。

「ＭＷＢが、サブプライムローンで損を出したことは知っている。それでなぜうちが全額返済しなくてはならないんだ。せめて新規の運転資金を出してくれ。資金繰りをつないでくれなければ破産だよ」

進藤は、必死の思いだったが、表情はできるだけ明るく見せるようにした。まだまだやれるというところを見せないとならない。

実際は、運転資金を五十億円調達できなければ、資金繰り倒産してしまう。販売が急激に落ち込んでおり、資金が不足しているのだ。ここまで事業を拡大できたのは、銀行の融資が順調だったからだ。

「当行が、サブプライムローンで損失を出したことと、今回のことはまったく関係がありません」

話すのは、専ら鹿内だ。

「じゃあ、不動産市場が、急激に悪化し、売り上げが減少しているからか？」

「そのことは少しあるかもしれません」

「こういうときこそ、支援するのがメインじゃないのか。たった五十億円だ。今まで一度だって延滞したことはない。迷惑をかけたこともない。すべてMWBさんの言う通りにやってきたつもりだ。圧倒的なメインなんだよ。売り上げも前期は三千億円もあった。利益だって六百億円だ。過去最高だ。社員に特別ボーナスを支給したくらいだ。そんな会社が、たった五十億円の運転資金が借りられずに倒産するのか！」

進藤の話には嘘はなかった。進藤の会社、グローバル・エステートは、前期過去最高の決算だった。

「まあまあ、あまり興奮しないでください」

杉下が鷹揚《おうよう》な態度で進藤をなだめた。杉下は、興産銀行出身だ。頭は禿げ、いかにも人懐っこい風に見えるが、目は笑っていない。

「そちらが興奮させているんじゃないか」

進藤は声を荒らげた。

「香取さん、説明してよ」

杉下が苦笑しながら言った。進藤は香取に視線を移した。香取は、肥満気味の体をわずかに揺らした。香取は、大洋栄和銀行出身。

「さっきからおかしいと思っていたんだ。なぜ融資の席にコンプライアンス部がいるんだ？」

「ほほう、コンプライアンス（法令遵守）をご存じでしたか？」

香取が、ほっほっと口を細くとがらして、女性のように笑った。

「常識でしょう。東証の上場審査でもコンプライアンスとガバナンスは一番重視されますからね。法令遵守と企業統治、どんなに業績がよくても法令に違反すれば、企業として存続してはならない」

進藤は、香取を睨みつけた。

「よくご理解されていますね」

香取は、隣に座る大川と顔を見合わせた。大川は、扶桑銀行出身だ。苦虫を嚙みつぶしたような渋い表情で頷いた。

「ここまでご理解が深ければ、説明しやすいじゃないですか」

三代川が香取に言った。三代川は、大洋栄和銀行出身。細身で、眉間の皺が深い。

「さっきから説明どうのこうのって……」

進藤はいらいらした顔で周囲を見渡した。

香取が、杉下と目配せをした。

「進藤社長」

「はい」

進藤は、喉《のど》に渇きを覚えた。唾《つば》を飲み込んだ。

「住宅開発興業株式会社をご存じですね」

香取は、進藤のどんな細かい動きをも見逃さないという鋭い視線で見つめている。

「住宅開発興業？　ええ、知っているよ。それが何か？」

住宅開発興業は、地上げ業者だ。都心の土地を専門にしており、老舗《しにせ》のうちに入る。進藤も土地を買収する際に協力をしてもらっている。社長は、菱倉仁《ひしくらひとし》といい、なかなかの好人物だ。歌舞伎役者の後援をしているとかで、時々、歌舞伎のチケットを送ってくる。

「一緒に仕事をなさっていますね。それも随分、頻繁に……」

香取は、ねっとりと絡みつくような言い方で質問を重ねてくる。

「私が独立して以来の付き合いだ。それがどうかしたのか？　あの会社に何か問題があるのかね？」

もはや我慢ならない。時間が無駄に過ぎていく。融資ができない理由を、早く教えてほしい。その返事次第では、他の銀行に駆け込むことも考えねばならない。融資をしてくれる銀行は、今のところ思いつかないが……。

「では結論を申し上げます。住宅開発興業はコンプライアンス上、問題のある企業なのです」

香取は、幾分か背筋を伸ばし気味にし、語気を強めた。

進藤は、首を傾げた。住宅開発興業にどんなコンプライアンスの問題があるのか、それが自分とどう関係があるというのか、ピンと来ない。

「意味がお分かりになっていないようですね」

「何を……」

「住宅開発興業は、広域暴力団大山組のフロント企業で、社長の菱倉仁氏は、組員とはなっていませんが、実質的な構成員です。警察当局もあの会社は、以前からマークしていて資金の流れなどを捜査しています。つまり御社、グローバル・エステートさんが地上げ費用として渡された資金は、暴力団の資金になっているということです。そうしたコンプライアンス上、非常に問題がある企業と組んで仕事をされている御社も問題ということになります。今や時代は、私たちに社会的責任を求めております。ましてや金融機関は、社会の公器としての役割もあり、より高い社会的責任を負っております。つまり……」

「ちょっと待ってくれ」

進藤は、香取の発言を制し、

「要するに住宅開発興業は、フロント企業であり、そんなところと取引をする我が社には融資ができないということか？　そんな馬鹿なことがあるか！　今までお宅の融資でどれだけ住宅開発興業と仕事をしてきたか？　振込みだってミズナミリテールバンクを使っているんだ！　そんなことを今ごろ持ち出して、急に、問題だとは……」

「まあまあ落ち着いてくださいよ」

杉下のゆっくりとした口調がかえって進藤の気持ちを逆撫でする。

「部長、落ち着いていられるか？　こんな言いがかりをつけられて。承服できない」

進藤は、腕組みをして杉下を睨みつけた。

「いやあ、まいりましたな。承服できないと申されましても、藤野頭取も交えた会議で結論を出しましたのでね……」

杉下はあいまいな笑みを浮かべた。

「頭取も承知だと言うのか？」

先ほどエレベーター内で会った藤野の姿を思い出し、急に腹が立った。

あいつはにこやかに品のいいバンカーを気取っていたが、俺がなんのためにMWB本店に駆けつけてきたのか、知っていたのではないか。いや面識はないから、知らなかったかもしれないが、少なくとも土下座でもしようかという、俺の必死の思いは感じたはずだ。感じながら笑って見ていやがったのだ……。

「今回の結論は動かしがたい。警察当局もマークしていますから。悪く思わないでください。コンプライアンス重視は、時代の流れですから」

杉下は、ゆっくりと話した。

進藤は、殴りかからんばかりの怒りに、膝に置いた拳《こぶし》を爪が食い込むほど強く握っていた。

我慢しろ。耐えろ。何か活路があるはずだ。

進藤は、奥歯を噛みしめ、正面の杉下を見つめた。杉下は、気まずそうに視線を逸《そ》らし、テーブルの上の茶を口に運んだ。

　進藤は、立ち上がった。その場の全員が進藤を不安そうに見つめた。進藤は、小走りに部屋の隅に行き、全員が見渡せる場所で、正座をし、両手をつき、床に頭をつけた。土下座したのだ。

「なんとか運転資金を支援してくれ。倒産してしまうんだ。今日まで真面目に仕事をしてきた。コンプライアンス違反だと言うのか。後ろ指を差されるようなことは、絶対にしていない。信じてほしい。私は、独立以来、たった五年で一気に東証一部上場まで駆け上がった。確かに早すぎて、社内体制が行き届いていないところもある。ああそうだ。しかしそれは必ず直していく。もし可能ならば、貴行から人材をいただいてもいい。私は、会社が助かるなら社長を降りてもいい。おたくから社長を派遣してくれてもいいんだ。私はどうなってもいい。会社を助けてくれ。客を、従業員を、協力企業を助けてくれ。いや、助けてください」

　涙が両手に落ちた。

「まいったな……」とぼやき声が聞こえる。杉下の声だ。苦笑している様子が浮かんでくる。

「再検討の余地はありません。新規融資は不可、既往融資は、即刻返済をお願いします」

　鹿内が、事務的に言った。

「お前ら、なんとしても俺の会社を潰したいのか！」

進藤は、杉下に向かって走った。杉下が、体をのけぞらせ、顔を恐怖で引きつらせている。殺してやる。絞め殺してやる。俺の会社を殺すなら、道連れにしてやる。

「止めろ！」

肥満気味の香取が、意外なほど素早い動きで進藤の前に立ち塞《ふさ》がった。撥《は》ね飛ばそうと腕を伸ばした途端に、進藤の体は、くるりと宙を舞い、床に音を立てて倒れた。腕と手首を捻《ひね》られ、痛くて身動きできない。

「警察を呼びますよ。それでもいいのですか」

香取が強い口調で言った。

もうダメだ……、そう思った途端に体から力という力が消えていくのが分かった。泣きたいが、涙は出ない。

3

「香取部長、たいした身のこなしですな」

杉下が、ほっとした様子で言った。

進藤は肩を落として帰っていったが、部長室には、まだ興奮の余韻が残っていた。

「少し合気道をやっていたものですから」

香取が薄く笑った。

「それにしても香取部長がおられなかったら、今ごろ杉下部長は、こうですよ」

三代川が、柄にも似合わず両手で自分の顔を挟み、上下にずらした。痩せて陰険なところは変わらないが、多少ひょっとこ顔になった。

「その通りだよ。怖いね。やっぱりあいつもヤクザだな。取引を切ってよかったよ」

杉下は笑みを浮かべた。

「あっ、頭取」

鹿内が、部長室の入り口に藤野が立っているのを見て声を上げた。

「おお、みんな揃っているかね」

藤野は大またで部長室に入りながら、右手を上げた。

「頭取、どうなされましたか？　こんなところへわざわざ……」

杉下が驚いて言う。

部長室にいた全員が藤野を囲んで立っている。先ほどまで杉下が座っていたソファーに、藤野は座った。

「どうだった？」

藤野は、見上げて言った。杉下たちは立ったままだ。

「かなり抵抗しましたが、押し切りました」

杉下が、軽く頭を下げた。

「そうか。先ほどエレベーターの中で進藤社長と鉢合わせになった。あまりに思いつめた顔をしていたから、何かされないかとひやひやしたよ。彼とは、実際の面識はないがね。写真では何度も見ていたからね」

「ベンチャーとしてもてはやされていましたから」

三代川が言った。

「興産の取引先なら会っただろうが、扶桑の取引先だったからな」

藤野が、鹿内を一瞥《いちべつ》した。

鹿内は軽く目を伏せた。

藤野は、全員の顔をじっくりと眺め、

「まあ、興産だ、扶桑だ、大洋栄和だと言う気はないが、とにかくＭＷＢは不動産業が多すぎる。それだけじゃない。とにかく何もかも多すぎるのだ。日本を代表する銀行が三つも一緒になった。夢のような話だと思っていたが、あにはからんや上場企業の七割以上と深い関係にあることになった。経営が順調なときは、それは大きな武器、他行への脅威となるが、逆境になればそれが我々の経営への脅威となる。不動産業は、典型だ。サブプライムローン不況の影響で、国内不動産、リート業者、その関連、軒並みだめだ。自動車メーカーどころではない。一気に商売が冷え込んでしまった。自動車メーカーのように内部留保がある会社はいい。新興不動産業は、いつ破綻してもおかしくない状況になった。かつてのバブルのときのように破綻を先延ばしにするわけにはいかない。救うべきところは救い、見放すべきところは見放す方針にした……」

全員、立ったままで藤野のいつもながらの長い演説を拝聴している。

MWBは、業種の偏りが大きい。すなわちある特定の業種に多くの融資をしているということだ。もしその業界に不況が直撃したら、融資の焦げ付きは甚大なものになる。そこで支援企業と非支援企業に分けて、大きな影響が出る前に対処しておこうと考えたのだ。

グローバル・エステートは、非支援企業に分類されたため、貸し渋り、貸しはがしをされてしまった。

「支援企業は、古い取引先ばかりになりましたね」

杉下が言った。

「仕方がない。古い取引先は、彼ら自身に不況抵抗力があるし、前回のバブルに懲りて、何もしていないから、サブプライムローンの直撃は受けていない。経営などというものは、なまじチャレンジングなことをすれば、痛い目に遭うものなのだ」

藤野は、自らがサブプライムローン破綻で大きな損失を出してしまったことを、一般的、普遍的な教訓に変えてしまった。

「扶桑が、非支援企業にしましたのが、取引歴の浅いグローバル・エステートでした。新興企業で、あっと言う間に東証一部上場まで上り詰めましたが、社長のワンマン企業で、銀行の言うことなど聞かない、面白くない企業だと思っていました。しかしこの不況で態度を一変しました。しかしそれまでの銀行に対する数々の非礼を思うと、だれも支援する気など起きやしない」

大川がまくし立てた。

グローバル・エステートの進藤は、順調なときは、銀行担当者を会社に呼びつけ、怒鳴りつけた。そして資金調達を競合させ、メインに対する配慮も一切なかった。低金利など、条件のいいところから調達した。超合理的な態度だった。そんな態度を大川は腹立たしく見ていたのだろう。

「大川君の言う通りだ。企業と銀行は持ちつ持たれつ。順境も、逆境もある。いつも変わらぬ謙虚な態度、それが一番だね。私たちにもいえることだが」

藤野は大きく笑った。釣られるように全員が笑った。

「融資を打ち切るいい材料を探しておりましたら、コンプライアンス上、問題のある地上げ業者との取引が見つかりました」

香取が言った。

「さすが、コンプライアンスにうるさい大洋栄和さんだと感心したね。よくぞ見つけた。それが理由なら完璧だ。金融庁の方針にも、警察の方針にも合うからね」

「しかしそれは単なる噂の域を出ないことだったのですが……」

「噂だろうが、事実だろうが、そんなことは構わないさ。融資を打ち切る理由が欲しかっただけだ。支援すれば、生き残る可能性がゼロではない企業に死刑を宣告するんだからな。まあ、グローバル・エステートが死んでくれたおかげで、古い取引先に資金を回すことができる。広い意味で、グローバル・エステートは当行を守る尊い犠牲を払ってくれたのだと感謝したいものだ」

藤野は、また笑った。

「支援企業の中にも、住宅開発興業と付き合いのあるところはありますが……」

香取は、皮肉な笑みを浮かべた。

「それは放っておけ。目をつむれ」

藤野は、大きく頷いた。

「それではグローバル・エステートの破綻処理に向けて準備させていただきます」

鹿内が言った。

「そうそう、売却できる部門や不動産などは、当行の取引先に購入していただき、儲《もう》けてもらうようにな。それが支援というものだ」

藤野が言った。

「承知しております」

鹿内は深く頭を下げた。

4

進藤は、弁護士事務所にいた。弁護士は中島勇《なかじまいさむ》。企業法務のベテランで、企業再生などにも精通している。創業して以来の付き合いであり、若い進藤をなにかと支援してくれる心強い弁護士だ。

「先生……、悔しい」

進藤は、中島の優しい顔を見ながらＭＷＢとの交渉を話していると、それまで我慢していた悔しさが涙となって溢れ出してきた。

「確かに酷い。僕なら、その場にいた連中を殴り飛ばしていただろうね」

中島も怒りを顕にした。

「これからどうしたらいいでしょうか？」

「進藤君、弱気はダメだ。君には六百人もの従業員、その家族、そして君に投資してくれた多くの株主に対する責任がある。それにしてもたった五十億円の運転資金さえ出さないなんて、なんというメイン行なのだ。許せない。その理由がコンプライアンス違反だなどと、よく言えたものだ。コンプライアンスなど、あいつらに言われなくともこっちは十分承知している」

「貸し渋り、貸しはがしで金融庁に駆け込みたいと思いますが……」

進藤は、青ざめた顔を中島に向けた。

中島は、ソファーから立ち上がり、窓際に歩いていった。ブラインドを開けた。

中島の法律事務所は日比谷通り沿いのビルに入居している。ブラインドを開けると、目の前には夜の闇に沈んだ緑の木々が見える。

「夜の日比谷公園もいいものだろう。なあ、見てみろよ進藤君」

言われるままに進藤も窓際に立った。

「この辺りは官庁、銀行の中心だ。この日比谷公園を真ん中にして、彼らは同じ村の住人だ。

ＭＷＢとて同じだ。ＭＦＧもＭＲＢも同じ村の住人だ。金融庁も同じなんだよ。進藤君の必死の訴えを、ただ聞き置くだけさ。何も助けてはくれない。彼らは、今回の不動産やリートの価格崩壊に驚き、とにかく何か理由をつけて逃げたいと思っているだけだ」

中島は静かに言った。

「悔しいです」

進藤は、今日までの苦労の日々を思い出していた。

上場したときに得た資金で、田舎の両親に家を買った。進藤には、産みの親と育ての親がいる。その両方に豪勢な家を新築したのだ。

産みの親は、貧しくて子供を育てられなかった。だから進藤は親戚に育てられ、その姓を名乗っている。

四人の両親は、思いがけない息子からのプレゼントに狂喜した。

「あのときが、一番嬉しかった」

進藤は、中島に話しながら、涙が止まらない。

「他の銀行にも当たってみたのかい？」

「はい、ＭＷＢを出た後、気を取り直して、財務部長とともに取引銀行を回りましたが、まるで融資をするなという絶縁状でも回されているかのように、どこも相手にしてくれません。

これほど世の中が冷たいとは思ってもいませんでした。それまで優しかった銀行の人たちが、全員空々しく冷たくなりました。裏切られた気持ちでいっぱいです」

「私も、もっと早く君に注意しておくべきだったよ。銀行を当てにするなとね。自分の資金で、事業を拡大しないと、銀行を当てにした事業家は、たいていダメになった。しかし今回のような急激な景気の悪化は予測できなかった」

中島は頭を下げた。

「先生、経営の失敗は私の責任です。先生には、いつもよくやっていただきました。もう一度出直します」

進藤も深く低頭した。

「民事再生法を申請するなら準備にかかる。もし債権者や支援者が同意すれば、君が経営を担ってもいい」

中島の声は、低く、落ち着いた響きだ。荒《すさ》みそうな進藤の心を包んでくれる。

「先生、破産します。何もかもなくして、一から出直します。ＭＷＢに対する恨みは決して忘れません。それをバネに再起を図ります」

進藤は、闇に沈んだ日比谷公園を見つめた。もし窓ガラスがなければ、ここから思い切り踏み出して、あの闇の上を飛びたいような気持ちだ。自由に、心地よく……。

「でももはや墜落してしまったも同然だ」

　進藤は呟いた。

5

　関口裕也は、広報部長の山川に呼ばれた。次長の井上も同席した。

「グローバル・エステートが近く破綻するぞ。広報対応を検討しておいてくれ」

　山川は言った。

「存じ上げております」

　井上は言った。山川はむっとした顔をした。自分しか知らない情報だと思って伝えたのに、井上が知っていることが気に障ったのだ。

「扶桑銀行のメイン先でしたから」

　井上は、さらりと言った。裕也は不愉快だった。たとえ山川が強い指導力がない部長だとしても、井上はあまりにも露骨に馬鹿にした態度をとるからだ。

「理由は知っているのか」

　山川は不愉快そうに井上に言った。

「なんでも、コンプライアンス違反だとか……。地上げ屋に暴力団を使っていたらしいと聞きました。それで運転資金の要請を謝絶したとか……。金額は五十億でしょう？　それくらいなんとかならなかったのでしょうか」

しれっとした顔で答えた。

「そこまで知っていれば、広報の対応は決めてあるんだろうね」

「お任せください。『当行のグローバル・エステートに対する債権は約六百七十億円、すでに引き当ても済んでおり、決算には影響を及ぼすものではありません』という文案にしてあります」

山川は、さらに不愉快さを深めた。やることがない。

「貸し渋り、貸しはがしという批判にどう答えますか？　東証一部上場企業が、当行の融資謝絶で破綻するとすれば、当然、そうした批判が来ると思われます。グローバル・エステートは前期六百億円の経常利益を上げ、過去最高ですね」

「東証一部だろうが、上場企業の倒産など珍しくもない。貸し渋り、貸しはがしなんて声に乗せられるな」

井上は怒りの表情を顕にした。

「それは重要な視点だ。景気の悪化の原因のひとつに銀行の貸し渋り、貸しはがしが指摘されているからね。まあ、扶桑銀行は、過去に激しい貸し渋り、貸しはがしを行なって上場証券会社を潰しているから、そういうことには慣れているんだろうけれどね」

山川は、ここぞと皮肉たっぷりに言った。一九九〇年代のバブル崩壊時に井上が勤務していた扶桑銀行は、大手証券会社の一角を占める山手証券に対する支援融資を拒否し、破綻に追い込んだことがある。そのことを山川は言っているのだ。

裕也は、鬱々《うつうつ》たる気分になった。部長と次長がこれほど反目していては、責任ある広報活動はできないのではないかと不安になる。

「昔の話は止めてください。それぞれその時々に最善の経営判断をするのが、私たち銀行マンの役割ですから」

井上は不満そうな視線を山川に向けた。

「それはその通りだと思うよ。しかしその時々の経営判断にしても不易と流行ということがある。変わるものと、変わらないものさ。何を言いたいかというと、一貫したものが流れていないと信頼されないということだ。たいていその時々の最善の判断という名で、なんのポリシーもプリンシプルもない、ご都合主義の判断を行なった企業は破綻するなど、消滅しているね」

山川は井上に聞かせるように丁寧に話した。山川にしては、なかなかいいことを言う。不易と流行というのは、明治の実業家渋沢栄一のよく使った言葉だが、山川の口から飛び出すには、ふさわしくない気がする。彼こそがいつもご都合主義的判断を下すからだ。

「部長と経営論を戦わせる気はありません。分かりました。もし貸し渋り、貸しはがしについて記者から聞かれれば、『そういうことはございません。個別の融資判断についてはお答えを差し控えさせていただきます』と答えます。それでよろしいですか」

井上は、苛立《いらだ》ちを隠さない。

「いいんじゃないか。まあ、対応は君に任せるから」

山川は満足気に微笑した。久々に井上に一矢《いっし》報いたことで満足なのだ。

山川は、ちょっとひと声かけ、行き場所も告げずに消えた。またどこかで役員と無駄話をするつもりなのだろう。その無駄話が、経営統合した銀行組織では出世するために欠かせないことなのだ。絶えず自分の属する派閥の長に自分の存在を意識してもらっておくこと、このことしか出世する手段はないと言っても過言ではない。

裕也は、山川と同じ大洋栄和銀行という派閥に属しているから、山川の後ろを犬のように尻尾を振ってついていけば、出世だけを考えた場合、効果的なことかもしれない。

しかし裕也はその方法を取らない。出世に関心がまったくないわけではない。しかし世界でも有数の銀行グループ、ＭＦＧで働くせっかくの機会をそんな卑小なことで浪費したくない。もっと考えられないような大きなこと、社会に貢献できること、そんなことがあるはずだと思っている。経営統合の話を聞いたとき、不安に怯える多くの行員たちの中で、裕也が見たのは明るい未来の夢だった。その夢は、まだ消えていない。

「関口」

井上が言った。

「はい、なんでしょうか」

「お前には悪いが、あいつ、なんとかしたいよ」

井上は、山川の去っていった方向を睨んだ。

裕也は黙った。井上の言葉には、なんとかするぞという残酷な決意が感じられた。

「グローバル・エステートの話ですが……」

裕也は話題を変えた。

「なんだ？　まだ何かあるのか？」

「支援できなかったのでしょうか？」

「当たり前だろう。相手はヤクザだぞ。ヤクザに融資をして、痛い目に遭ったのは大洋栄和だろう。今回だって大洋栄和の香取部長がコンプライアンス違反だと言いだして、融資打ち切りになったって話だ。それで社長が殴りかかったのを合気道で、こうやって」

井上は、裕也の腕を捻って、

「押さえつけたそうだ。あれで二階級特進だって噂だぞ」

「次長、痛いですよ」

裕也は顔をしかめた。

「大洋栄和が、総会屋に融資をした話は止めましょうよ。辛いですからね。それにしても前期最高益の会社が倒れますか？」

「それが今回の不況の怖いところさ。今からどんなことが起きるか、予測もつかない。なにせ百年に一度だからな」

「百年に一度という言葉を使えば、なんでもありですね」

「まあ、そうだな。それに金融庁もあの会社を潰したいと思っていたみたいだ」

井上が、ふっと暗い表情になった。

「えっ」

裕也は身を乗り出した。

「グローバル・エステートが、地上げに使っていたのは、住宅開発興業という大山組のフロントといわれている企業だ。かなり密接な関係があったらしい。もちろん、グローバル・エステートが、住宅開発興業を大山組のフロントだと認識していたかどうかは分からない。知っていて、知らない顔をする場合もある。それに昔と違って、今の地上げはソフトだからな。トラックに火を放って、住宅に突っ込ませるなんて、荒っぽいことはしない。いくらフロント企業でも、大山組の名刺一枚出すわけじゃない。丁寧な交渉を繰り返すだけさ。だから安心して使っていたのかもしれない。そこでだ。金融庁は、サブプライムローン問題が起きる前からリートなどのバブルを警戒していたんだ。だからどこか一社を犠牲にして警鐘を鳴らす考えがあったんだよ。リートの中身が、いい加減になっていたからね。最初は、きちんと収益還元法で計算して、それも保守的にね、それがいつの間にか勝手に利回りを操作するようになった。リートの検査で何度も金融庁は指摘したが、なかなか業界は改まらない。サブプライムローンは、アメリカの問題ではなく、実は日本のリートの問題になるかもしれないと金融庁は警戒していたんだ」

「中身が腐り始めていたのですか？」

「融資する我々のほうは、融資さえ伸びればいいという相変わらずの姿勢で、リートの利回りなどの中身は、相手に任せっぱなし。審査でも警戒感はあったんだ」

「そこでどこか犠牲にして、業界を震え上がらそうとしたというわけですか」

「そういうことじゃないかな。それがたまたまサブプライムローン問題の、この時期と重なってしまったってわけだ。だから今回の破綻が、どういう影響を経済に与えるかは分からないがね」

井上は、評論家のような口ぶりだ。扶桑銀行のメインの取引先であった企業が破綻に追い込まれることへの同情は微塵《みじん》もない。井上は支店勤務がほとんどなく、本部エリートとして育てられてきたせいだろう。こういう評論家のようなエリートが経営陣に多くなれば、ますます客と銀行との距離が開くばかりだ。

「何時ごろでしょうか？」

「破綻か？」

「明日にでも記者会見をやるんじゃないか。もうマーケットには噂が流れているみたいだから。株価を見てみろよ」

井上が携帯電話の情報画面を裕也に向けた。グローバル・エステートはストップ安だった。

「関口さん」

東海林百合子が呼んでいる。

「なあに？　百合ちゃん」

「木之内香織さんが会いたいって、プレスルームにおられますよ」

百合子はウインクをした。

「えっ？　大東テレビの？」

記者を招いてのパーティで会って以来だ。日銀記者クラブに出かけてもなかなかタイミングが合わなくて、会えなかった。自分から連絡するのもなんだか憚られる気持ちが強かった。

「早く行ったほうが……」

またウインクだ。

「なんだよ？　そのウインクは？」

裕也は照れた。

「だって関口さん好みなんでしょう？　女の勘！」

百合子は、頭を指差した。

「馬鹿言うなよ」

裕也は、苦笑しながらプレスルームに向かった。

プレスルームは記者会見をする場所ではない。単に広報部の応接室なのだが、慣習的にそう呼んでいた。

裕也はプレスルームのドアノブに手をかけた。

力が入る。どんな顔をしたらいいのか迷う。はっきりとした別れの言葉もなく、別れてしまった。別れてから香織の素晴らしさを思い出すことがたびたびあったが、今さら、どうしようもないという諦めで、時間ばかりが過ぎた……。

ドアを開けた。

「失礼します」

裕也は、ぎこちなく頭を下げた。

香織がソファーから腰を上げた。正面から裕也を見つめているのをひしひしと感じる。裕也は顔を上げた。

目の前に、香織がいた。吸い込まれるような瞳、赤く少し肉厚な唇、整ったうりざね顔で、気品がある。よく見ると、少しほっそりしたかなと思う。ずいぶんと女らしくなった。二年後輩だから、二十九歳、いや四月生まれだから、もう三十歳になったか……。

「元気だった？」

香織は、微笑した。気楽な調子だった。

「ああ、香織は？」

裕也も昔通りの言い方だ。

「傷ついたけど、昔の話……。もういいわ」

「別れたことを僕は後悔している」

「今さら、遅いよ」

香織が、苦笑する。

「また昔のように会えるかな？」

裕也は、思い切って言った。

一瞬、香織は沈黙した。

「その話題は、また別の機会に……。今日は、グローバル・エステートのことよ」

記者の顔になった。香織はソファーに座り、居住まいを正した。

「グローバル・エステート？」

裕也は聞き返した。

「酷い貸し渋り、貸しはがしね。昨日、進藤社長が、私に電話してきたわ。悔し涙を流しているのが分かったわ」

「進藤社長？　グローバル・エステートの？」

「そうよ。取材先でもあり、ちょっと知っているの。今日は、その件をしっかり聞かせてもらおうと思っているのよ」

香織は裕也を睨みつけた。

「随分、深い関係だね。直接電話をしてくるなんて……」

裕也は、嫌味な広報マンの顔つきになった。

第三章　出会い

1

「メガバンクのミズナミフィナンシャルグループの貸し渋り、貸しはがしでどれだけの中小企業が困窮しているか、分かっているのか。我々は国民の側に立って断固抗議するものである！　貸し渋り、貸しはがしは即刻中止しろ！」

ＭＦＧ本店の脇、日比谷通りと国会通りの交わる場所に、迷彩色を施したバスが停車し、その屋根の上で右翼団体員がマイクで大声を張り上げている。

右翼団体員もバスと同じ迷彩色の服を着ている。野戦用の迷彩服は、それぞれの国の自然に最も近い彩色を施している。本来は、目立たぬように作られたはずの迷彩服が右翼団体員の制服となった途端に、恐ろしげに目立ってしまう。

裕也は、総務部員の西山照久《にしやまてるひさ》と一緒にバスの前にいた。西山はカメラを持ち、右翼団体員の様子やバスを撮影している。もし抗議行動が、続くようなら、街宣中止の仮処分命令を裁判所に申し出るつもりだ。

「気持ちよさそうに叫びやがって。もういい加減にしないですかね」

西山は、シャッターを押しながら不平を洩《も》らす。

「西山さん、あまり顔を写すとトラブリますよ」

裕也は、西山があまりに大胆にカメラを右翼団体員に向けることに警戒していた。

「注意しますよ。でも奴らも慣れていますから。どうせこんな抗議行動、だれかから依頼されてやっているんですよ。義侠心《ぎきょうしん》からやるなんてことはない。街宣代がなくなれば終わりです」

西山は、総務のベテランだ。旧扶桑の出身。高卒の叩き上げで、やや強面《こわもて》だ。

裕也とは、不思議と気が合った。何度か新橋のガード下の飲み屋で飲んだ。西山は酒豪で、とても裕也は敵《かな》わないが、静かな酒だった。なぜ出身銀行が違うのに裕也と西山は気が合ったのだろうか。

広報と総務とは、トラブル処理などで頻繁に顔を合わすが、その場での裕也の発言が「青臭くて、正論であるところが気に入った」のだと西山は言う。

しかし裕也には具体的な発言は思い浮かばない。おそらく西山は、旧扶桑銀行があまり好きではないのだろう。どこかで旧扶桑銀行を恨んでいるのだろうか。何があったのかは知らないが、裕也はそんな気配をふと感じることがある。その恨みが西山を裕也に近づけさせているのかもしれない。

「右翼って金で動くのですか？」

「みんながみんなってことはないでしょうが、私も随分、彼らには金をむしられました。もちろん、会社の金ですよ。旧大洋栄和も旧扶桑もたいていの右翼とは付き合っていましたからね」

「それが大洋栄和の総会屋事件の原因なんですね」

「私の若いころは、総会屋も右翼もみんな銀行を頼りにしてましたから。私もせっせと航空割引券を換金するなどして裏金を作っては、奴らに配っていました」

「だったら今は、恩を仇《あだ》で返されているんですね」

裕也は、ボンネットの上の右翼団体員を見上げて言った。

「そうなりますね。でも金の切れ目が縁の切れ目ですから」

西山は皮肉っぽく口角を引き上げた。

「グローバル・エステートは、黒字なのに倒産させられた。ミズナミフィナンシャルグループの貸し渋り、貸しはがしの犠牲になったのだ！」

右翼団体員が叫んだ。

グローバル・エステートは、昨日、民事再生法を申請して倒産した。社長の進藤継爾は、記者会見で、「五十億円の運転資金をメインのミズナミホールセールバンクに断られてしまいました」と無念そうに語った。前期が、過去最高の黒字決算だっただけに不動産業界に衝撃が走った。

裕也の背中に、びくっと電流が走った。

「西山さん、グローバル・エステートのことを言っていますよ」

「なに、それ？」

「昨日、破綻したんですよ」

「うちの貸し渋り、貸しはがしが原因か？」

「ええ、まあ……」

裕也は言い淀んだ。

「おおかたその、なんだ、グローバルなんとかの関係者が頼んだか、新聞を読んで、破綻したことを知って騒いでいるか、どっちかだな。でもあいつ、あんなに大きな声で叫んでいるが、三十階の役員連中に届くかな？　まあ、届いても聞いているかどうか分からないが……」

西山は高層階を見上げながら、暗い声で言った。

裕也は、住宅開発興業という地上げ会社の名前を、ふと思い出した。この会社が広域暴力団大山組のフロント企業だという理由で、グローバル・エステートは、MWBから運転資金の調達を拒否され、破綻したのだ。ひょっとしたら住宅開発興業が、右翼に資金を渡してMFG攻撃を依頼したのかもしれない。

しかし、西山の言う通りだ。こんなところで騒いでも瀬戸、藤野、川田の3トップ《スリー》の耳に届くはずがない。

裕也は厚いガラスに守られた本店建物を見上げた。この厚いガラスが世間の声を完全に遮断している。中にいる銀行員は、曇ったガラスを通して世間を眺めている。それで十分に世間のことを知っている気になっている。この厚いガラスが問題なのかもしれない。

「関口さん、そろそろ終わってもらいましょうか？」

西山が、普通の話題のように言った。

「終わってもらうって？　頼むんですか？」

裕也は驚いた。

広報という立場なので西山と一緒に右翼の街宣車の前に立っているが、決して気持ちのいいものではない。現に本店の警備員でさえ遠巻きに眺めているだけだ。そっとしておけば、いずれいなくなるはずではないか。それをこちらから働きかけるって？　本気なのかと裕也は、西山の顔を見つめた。

西山は、つかつかと街宣車に近づくと、右翼団体員に向かって、

「もうそろそろ止めてくれませんか？」

右翼団体員は、マイクを口から離し、西山を見下ろした。

「分かりました。ではもうひと言だけ言わせていただいて引き上げます」

「よろしく頼みます」

西山は、街宣車から離れて、裕也に近づいてきた。裕也は、まるで英雄を迎える市民のように興奮と驚きを覚えた。

「すごいですね。納得しちゃいましたね」

「あいつもプロだからね」

右翼団体員は、「貸し渋り、貸しはがしを許さないぞ！」とひと際、大きな声を出すと、屋根から下り、運転席に乗り込んだ。

街宣車が動きだした。

「銀行って、難しい商売ですね」

街宣車を見送りながら、西山がだれに言うともなく呟いた。

「今度、飲みましょうか」

裕也は言った。

2

井上が厳しい視線で見つめている。裕也の足が止まった。何かあったのだろうか？

「関口、ちょっと来てくれるか？」

井上が、右手に会員制の雑誌を握って立ち上がった。応接室に行くつもりだ。

「は、はい」

裕也は、嫌な気分になった。井上の怜悧な表情で見つめられると、なんだか足元が揺らぐ感じがするのだ。言い訳を一切許さない井上の追及は容赦ない。しかし何を追及されるのか。

井上は、応接室に入るなり、ソファーに体を投げ出した。裕也は、正面に座った。

「街宣車は帰りました」

裕也は言った。

「街宣車？　ああ、貸し渋り、貸しはがし攻撃か。しょうもない奴らだ。もっと大事なことがあるだろうに……」

井上は、まったく関心がない素振りで雑誌をテーブルに投げた。

「そこの付箋《ふせん》を貼《は》ったところを読んでみろ」

目の前に飛んできた雑誌には、黄色い付箋が貼ってある。裕也は雑誌を取り、その部分を開いた。

「コンプライアンスの名を借りた強引な貸し渋り、貸しはがしが、日本経済を壊す」という匿名記事だ。

雑誌は、会員制で、経済界や政界の深部を大胆に突くということで評判だった。

グローバル・エステートのことが書いてあった。ＭＷＢの貸し渋り、貸しはがしで倒産したことを強く非難していた。地上げ業者の住宅開発興業が暴力団のフロント企業であるとの疑いが、その原因だと指摘し、行きすぎたコンプライアンスが企業経営を窮地に追い込んでいると書いている。特に目新しいことはない。よくいわれていることだ。

裕也は、雑誌から目を離し、井上を見た。井上の険しい表情の理由を探ろうと思ったが、分からない。

「感想は？」

井上が突き放したように言う。

「特にありません。貸し渋り、貸しはがし批判の、いつもの記事です」

「関口は、貸し渋り、貸しはがし批判についてどう思っている？　謂《い》われなき中傷だと思っているか？」

井上の視線が鋭くなった。

一瞬、裕也は躊躇《ちゅうちょ》した。素直な考えを話していいものかどうか、迷ったのだ。誤解される恐れがある。しかし気持ちを偽るのは、自分らしくないと思った。

「銀行と取引先との、貸し渋り、貸しはがしに対する認識のズレはあると思います」

裕也は言葉を選んだ。あからさまな批判はできない。

「言っていることがよく分からないな」

「銀行は当然と思っていますが、取引先は貸し渋り、貸しはがしだと思っているのではないでしょうか。公的資金で銀行が救済されたとき、こうした貸し渋り、貸しはがしをしない、良き資金の仲介業者になるはずだったにもかかわらず、リーマンショック以降、銀行がリスクを取らなくなったことに怒りがあると思います。主要な融資を政策投資銀行や政策金融公庫など政府機関に任せていることにも失望感があります」

言いすぎかと裕也は井上をじっと見つめた。井上は、裕也から目を離さない。二人で睨み合っている形だ。気まずくなって裕也が視線を外した。

「その記事の関係者コメントを見てみろ」

井上が怒りを込めて言った。

裕也は指摘された部分をあらためて読んだ。先ほど流し読みをしたときは何も気に留めなかったが、公的資金で救済云々と書いてある。

「関口が言ったことと同じ趣旨のことをその関係者が話している。それはＭＦＧ関係者となっている。関口じゃないのか？」

裕也は目を見張った。井上の顔は怒りでいびつになっている。

「いきなりなんですか？　何を根拠にそういうことを言われるのですか」

裕也は反論した。

裕也の反論に驚いたのか、井上が視線をずらした。幾分、動揺したのだろうか。

「その記事を書いたのは、大東テレビの木之内香織だ。そういえばなぜ疑われているか分かるだろう」

今度は、裕也が動揺する番だった。一瞬、自分の心臓が、他人のもののように強く打った。

「私が、彼女と会ったからですか？」

「そうだ。それに以前から知り合いだったんだろう？」

「えっ？」

まさか井上が自分と香織との付き合いを知っているわけがない。

「記者クラブパーティで、親しそうに話していたのを藤野頭取が覚えていたんだ」

「藤野頭取が……」

裕也は、パーティでの藤野の顔を思い出した。香織と知り合いだったと言ったときの表情は、頭取のものではなく、単なる俗な男のものだったような気がした。

「今から、藤野頭取のところに釈明に行ってくれ。一緒に行くから」

井上は、さも迷惑そうに顔を歪めた。

「釈明ですか？　なぜですか？」

裕也は強く言った。

「関口がそのコメントをしたと疑われているんだ。それはそのまま俺のデメリットなんだよ」

井上は面倒な様子で立ち上がった。

「行きませんよ」

裕也は座ったままだ。

「嫌ならそれでもいい。関口が犯人だと言っておくから」

「犯人？」

「密告の犯人、経営批判の張本人だろう？」

井上は薄笑いを浮かべた。

裕也は、怒りに体が震えた。

「なんということを言うのですか？　申し訳ございませんが、大洋栄和の広報では、こんなことはありませんでした。もし経営批判的なコメントが内部の関係者から出たとしても、それは謙虚に受け止めるという態度が経営者にはありました」

「寝ぼけたことを言うんじゃない。いまはミズナミだ。大洋栄和はなくなったんだよ。この大きな経営統合を纏《まと》め上げるには、言論統制が必要なのだ。言論の自由は、どの国でも政治を危うくするからな。俺は藤野頭取のところに行く。関口、お前が来ないなら、お前が犯人になる」

いつの間にか、「お前」になっている。井上は、この雑誌に掲載されたコメントが裕也のものだと決めつけている。

裕也にまったく心当たりがないわけではなかった。

香織が、グローバル・エステートが破綻寸前だと取材に来た。その原因は、ＭＷＢの貸し渋り、貸しはがしという。裕也は、香織に問われるまま、メガバンクが企業を十分に支援していないと答えた。経営批判という大げさなものではない。

それよりも香織が、グローバル・エステートの破綻は許せないと強烈に憤ったことのほうが印象的だった。

「許せないわ」

香織は経済記者らしくない、感情の高ぶりを見せた。

井上が応接室を出ようとした。

「待ってください。お供します」

裕也は立ち上がった。

「行く気になったか？　言っておくが、絶対に自分だと言うなよ」

「私じゃありません」

「だったらそれでいい。もし関口が自分ですと言ったら、その瞬間に俺の首が飛ぶ……」

井上は、手刀を首に置いた。

3

「関口君が木之内記者に話したのか？」

藤野は頭取の執務机に座ったままだ。時折、自慢の銀髪をかきあげている。

藤野の執務室はＭＷＢとＭＦＧの本店の二カ所にある。週の半分はＭＦＧで過ごす。それは瀬戸や川田と打ち合わせするためでもあった。

「この記事は匿名です。木之内記者が書いたのか、どうかは分かりません」

裕也が言い終わらない前に、藤野は大きな口を開けて笑いだした。

「君はまだ広報の素人なんだね」

「どういうことでしょうか」

裕也は、藤野に逆らうような言い方は、人事上、不味《まず》いことになるかもしれないと思ったが、それよりも腹立たしさを抑えることができなかった。

「分かるんだよ。そんなこと、なあ、井上君」

「はい」

井上は明快に答え、藤野の隣で書類のページをめくっている秘書室長の加山修一《かやましゅういち》と目を合わせた。

加山はMFGの秘書室長で瀬戸や川田にも仕えている立場なのだが、旧興産出身であり、藤野にべったりと言ってても言いすぎではない。

「いくら会員制といっても広告を取っているし、その雑誌を我が社は何冊購入していると思っているのですか」

加山が裕也に言った。

「加山君が種明かしをしてくれたが、すぐに彼が手を回してくれたのだよ。そこで木之内記者が浮かび上がった。彼女はけしからん。美人だがね」

藤野は、まるで目の前に香織がいるかのように口元を緩めた。

種明かしをされたら、単純なことだ。しかし相手が真実を語っているとは限らない。

「しかし匿名であることは事実ですから、私が直前に木之内記者と会ったからといって、このコメントが私であるということにはなりません」

「君は、あくまで白《しら》を切るのか」

藤野は、ぐいっと大きな目を見開き、裕也を睨みつけた。

「白を切る云々という話ではないと思います。私は、広報として日々、銀行を守るために働いております。その私が経営批判者として疑われていることが悲しいだけです」

裕也の言葉に、藤野はふいに顔を背け、薄く笑った。

「なかなか言うね。君は……。ところで木之内記者とはどんな関係かな？」

「どんな関係でもありません。彼女は、大学時代にサークルの後輩でした。それだけです」

裕也はきっぱりと言った。

「それだけか？　うちを大洋栄和のようなのんきな銀行だと思うなよ。調査機能が昔から有名でね」

裕也は、その陰湿さに身震いがした。藤野が言う「うち」とは、旧興産のことだ。産業調査やマクロ経済調査に優れた銀行だったが、まさか興信所モドキの調査機能まで持っていたとでもいうのか。

「よく教育いたします」

井上が頭を下げた。裕也は、むっとして井上を睨んだ。

「ぜひそうしてもらいたいね。只《ただ》でさえ我が行に対しては批判が多いから」

藤野は、再び書類に目を落とした。

「先ほど右翼の街宣がありまして、彼らも貸し渋り、貸しはがし批判、特にグローバル・エステートの名前を挙げて批判していました」

どうせ耳には届いているはずはないと思いつつ、裕也は報告した。世間の批判がどれだけ強いか分かればいいという思いもあった。

「右翼が、街宣か……。嫌なことだ」

藤野の顔が曇った。

「気をつけておきます」

加山が言った。

「それでは失礼します」

井上が裕也のスーツの裾を引いた。

「失礼します」

裕也は頭を下げた。

「もう二度と、軽率に記者と話すんじゃないぞ」

藤野が引き上げようとする裕也に言った。

裕也が振り返ろうとしたとき、井上が腕を摑んだ。井上と視線が合った。何も言うなと目で話している。裕也は、下唇を強く嚙んだ。

裕也は、無言で広報部に戻った。井上が話しかけようとしたが、無視して歩いた。

広報部に戻るなり、怒りが収まらなくなった。周りの机を全部、ひっくり返したいほど興奮していた。井上が席に着いた。

「次長、おかしいでしょう。なぜ私が疑われることになるのですか」

裕也は井上の机に両手をつき、まるで井上の頭にかぶりつかんばかりだ。

「疑われた関口が悪い。軽率に記者と話すからだ」

井上が、目障りだと言わんばかりの表情で裕也を見上げた。

「記者と会わないでどうして広報が務まるんですか！」

「なんだ、関口、その口の利き方は。文句があるなら藤野頭取に言え！」

井上は、裕也を無視して机に広げた書類を読み始めた。

「ちょっと出かけてきます」

「ああ、頭、冷やしてこい。合併銀行で生きる術《すべ》は、大洋栄和の関口が一番知っているんだろう？　君子は争わずだ」

井上は、ふふっと鼻で笑った。

「お言葉ですが、私は、自分の主張を通せと教えられました。上におもねるなと……」

裕也は真剣な顔で言った。

「勝手にしろ！」

井上は、机の書類を裕也に向かって投げた。床に書類が散乱した。

裕也が部室から外に飛び出し、エレベーターホールに立っていると、百合子が追いかけてきた。

「間に合ったわ」

百合子が息を整えている。

「どうしたの？　慌てて？」

「どこへ行くのですか？」

「決めていない。日銀記者クラブにでも行くかな？」

「じゃあ、私も一緒に行きます」

「僕の監視役を次長に頼まれたのかい？　軽率な広報マンの監視役さ」

裕也が皮肉っぽく言った。

「そんな役割を頼まれるわけがないじゃないですか」

百合子は笑った。

「でもさっきの次長とのバトルを見ていただろう？」

「ええ、十分に見させていただきました。次長もどうかしていますけど、藤野頭取もおかしい」

百合子は、眉間に皺を寄せた。

「いいのか？　そんなことを言って。だれかが聞いていれば、また俺みたいになるぞ」

裕也は、皮肉な笑みを浮かべて言った。

「おかしいことはおかしいと言わなきゃ、この銀行、よくなりませんよ」

百合子は言い、エレベーターのドアが開くと同時に裕也の手をぐっと握った。裕也は、その少しひんやりとした手の感触に驚き、引きずられるままエレベーターに乗り込んだ。

4

日銀記者クラブに行こうというまではよかったが、地下鉄を利用せず、歩こうということになり、裕也と百合子は銀座の通りを日本橋方向へと歩いていた。

銀座も以前ほど活気がないような気がする。去年のリーマン・ブラザーズ倒産というショックで、世界の景気が大きく後退し、その影響が徐々に広がっているせいだ。

しかし昼間の銀座は、新しい流行のファッションブランドショップが誕生するなど、夜の銀座に比べれば活気がある。銀座に出店するというのは、一流企業の証《あかし》だ。その意味での銀座のブランド価値はまだまだ健在だ。

夜の銀座は悲惨な状況だといってよいだろう。人通りは少なく、閑散とした通りにタクシーだけが虚《むな》しく行列をしている。目立つのは黒服を着た客引きだ。以前は、そんな男たちが街路にいることはなかった。しかし今は、新宿の歌舞伎町並みとは言わないまでも店のチラシを必死で配っている。それだけ客が少なくなったということだろう。

夜の銀座は、その時々の流行の紳士たちが、成功の結果、勝ち得る社交場だ。不動産、株、金融などの成功者たちで溢れたバブル時代が最高だった。その後もＩＴ企業のオーナーたちで賑わったが、今は、彼らに代わる成功者たちが現れない。また銀座を根城にしていた大企業や旦那衆たちもリストラで経費が使えなくなり遠ざかっていった。果たして銀座は、このままネオンだけが寒々しく輝く街に衰微してしまうのだろうか。

裕也の所属する広報が銀座を活躍の舞台にしていたのは、遠い昔の話だ。今では、記者と銀座で飲むなどということは経費の無駄使いだと指摘され、たまに飲んだら白い眼で見られる。

「そこのカフェに入りましょうよ。モンブランのケーキが美味《おい》しいんですよ」

百合子がにこやかな笑みで振り返った。

目の前に「カフェ・フランソワーズ」というこざっぱりした店が目に入った。オープンテラスがあって、赤と白のチェックのテントが愛らしい。

「いいよ。おごってあげるよ」

「嬉しい!」

百合子は、飛び上がらんばかりだ。それにしても、と裕也は首を傾げた。百合子がなぜこんなに近づいてくるのだろうか?

百合子は、上智大卒の才媛で、魅力的な女性だ。独身である裕也は付き合いたいと思わなくもない。しかし旧興産出身でもあり、それほど関係は深まらなかった。

しかし今日の百合子は、なんとなく違う。いや明らかに違う。裕也に積極的に近づこうとしている。なぜか? と思う。

「どうしたのですか? 入らないのですか?」

「入るよ。東海林さんが、いつもと違うなって……。ちょっとぼんやりしちゃった」

「へえ、どう違うんですか。いつもと同じですけど……」

「なんて言ったらいいか、そう、魅力的なのかな」

裕也は言葉を探すのに苦労していた。

「嬉しいです。でも今は、モンブランのほうが魅力的ですよ」

百合子は、ドアを押し、店内に足を踏み入れた。カランというカウベルの音が響いた。

席に着き、百合子はさっそくモンブランとコーヒーを頼んだ。裕也も彼女に倣《なら》った。

「甘いものは苦手じゃないんですね」

「どちらかというと、辛党だけどね。もしダメなら、僕のも食べてよ」

「嬉しい！　二つくらい平気ですから」

「そんなに喜ばれると、もう一つ追加で頼もうか？」

「そこまで図々《ずうずう》しくありませんよ」

百合子は、顔を膨れさせた。目が笑っている。本気で怒っている顔ではない。

「ところで関口さん、怪文書が流れているのを知っていますか？」

百合子が笑顔を消した。

「怪文書？」

裕也は聞き返した。

「知らないんですか。藤野頭取に関するものですが……」

百合子の目が、裕也をじっと見つめている。

「藤野頭取に関する怪文書？」

「ええ、女性通訳を愛人にしているとか、交際費を銀行の出入り業者に付け回しているとか、秘書に裏金を作らせているとか……」

モンブランが運ばれてきた。百合子は、話題の深刻さとはまったく関係ない喜びようだ。

裕也には、暗い話題のせいでモンブランの甘い栗の香りが苦く感じられてきた。

「酷い話だね」

「まったく根拠のない話ばかりなんですが、内容がけっこう具体的なんですよ」

百合子は、目を細めてモンブランを口に運んだ。

裕也はモンブランに手をつけない。結局、これは百合子の口に入るだろう。

「というと、名前なども」

「そうなんです。愛人にさせられた女性の名や、付け回ししている業者の名前や裏金の作り方も……」

「まったく根拠のない話なの？　そこまで具体的なら藤野頭取の近辺から出た怪文書でしょ

う？」

「それが分からないんです。根拠がないというのは、東松さんが話していたことですから」

「東松君？」

東松恵太は、同じ広報部員で旧興産出身だ。

「この怪文書も東松さんに見せてもらったのです。とても下品な感じがしました。文章はパソコンで書かれていましたが、歌を唄っているような文章でした」

「歌なの？」

「ええ、チャイニーズガールとかなんとか？」

百合子は顔をしかめた。

「なんなの、それは？」

裕也はコーヒーを飲んだ。やたらと苦い。

「その愛人と噂されている秘書というか、通訳さんなのですが、中国国籍なのですよ。それは本当です」

「それでチャイニーズガールか……。ふざけているな。僕は、それを見たことはないんだが、どの辺りに出回ったの？」

裕也は、いささか不機嫌な顔になった。なぜこの怪文書の話を自分は知らないのか、なぜ百合子や東松が知っているのか、それが不機嫌の理由だ。

「役員の間です。それと一部、マスコミにも……」

百合子は、すっかりモンブランを平らげてしまった。視線は、裕也のモンブランに集中している。

「これ、食べる？　僕、手をつけていないから」

裕也は、モンブランの皿を百合子に近づけた。

「本当にいいですか？　なんだか要求したみたいですね」

「うん、要求していると思うよ」

「関口さん、酷い！」

百合子は、大げさに肩をすくめた。

「マスコミにも流れたの？　記事にはなっていないけど……」

「根拠がないものを記事にはできないんじゃないですか。でも確実にＭＦＧ内の不協和音は外部に伝わったと思います」

百合子は、遠慮なく裕也のモンブランにフォークを突き刺した。

「現物を持っているのかい？」

「東松さんに見せてもらっただけで、私は持っていません」

裕也は、疎外感、あるいはプライドを傷つけられていた。自分だけが、この情報から疎外されているのではないかという思いに、いたたまれなくなる。

「ところでそんな怪文書を流す犯人とでもいうのかな、目星はついているの？」

百合子がモンブランを食べる手を止め、じっと裕也を見つめた。

「なに？　その目は」

裕也は苦笑した。百合子の目が、自分の頭の中まで見ようとしているようだったのだ。

「犯人の目星ですか？　それは関口さんだと疑われています」

裕也は、大きなハンマーで頭を殴られたかのような衝撃を受けた。

「今、なんて言った」

「関口さんと言いました」

「なぜ、なぜなんだ？」

あり得ないという言葉を飲み込んだ。裕也は、激しく動揺した。しかし動揺の激しさが、相手の疑いを招くことがある。裕也は、百合子が自分を疑っているのか必死で探った。

今日、突然、近づいてきてこんな場所で話をするのは疑っているからではないのか？

「藤野頭取の周りにはゲシュタポみたいな取り巻きがいます。瀬戸社長にもいるようですが、実際は存じ上げません。そのゲシュタポが、怪文書の犯人を調べたら、関口さんの名前が挙がったということです」

「あり得ないよ。なんで僕が疑われなきゃならないの？」

裕也は顔をひきつらせた。

「そうですよね。怪文書の存在もご存じなかったのでしょう？」

「東海林さんから聞いて、初めて知ったさ。それに藤野頭取のプライベートなことはまったく知らないし、関心もない」

裕也の必死の叫びのような声を聞きながら、百合子は淡々とモンブランを平らげた。

空になった皿にフォークを置くと、満足そうに「ふうっ」とため息をついた。

「やっぱり二つは、結構、きついですね。お腹が膨れてしまいました」

百合子は微笑んだ。

「東海林さんは、僕が疑われていても平気なんだね」

裕也は、あまりに百合子が落ち着いていることに腹立ちを覚えた。

「関口さんが、疑われていることを東松さんから聞いたんです。理由は何も話していませんでした。でもなんとなく分かったことがあります。それは関口さんが、辞められたＭＲＢの桑畑前頭取と親しかったからではないですか？」

「僕が、桑畑前頭取と親しい？」

「親しくはないんですか？」

「特に親しくないいさ。同じ大洋栄和出身だということぐらいだよ」

「瀬戸社長と藤野頭取が、いろいろ画策して桑畑前頭取を失脚させ、川田頭取を後釜に据えたというのは、今や定説です。その計画の中心は瀬戸社長より藤野頭取だと言われています。そこで、そのやり方に批判的な大洋栄和のグループが、自分を追い落とそうとしていると藤野頭取は疑っておられるのではないですか？」

「何度でも言うよ。僕は何も関係ない。東海林さんは、旧興産出身だけど、君もゲシュタポの一人なのか？」

裕也は、怒りをぶつけた。みるみる百合子の顔が赤くなり、耳の付け根まで赤みが広がった。

「私はゲシュタポじゃありません。関口さんが心配で……。きっと何もご存じないと思ったから……」

今にも泣きだしそうだ。

「悪かった」

裕也は頭を下げた。

「本当に嫌です。この銀行、内部争いばかりです。もっと前向きにならないのですか？」

百合子は怒っている。

「僕もそう思う。僕を疑ったり、犯人捜しをしたりしている暇があったら、別のことをやれと言いたい」

裕也も怒った。

「関口さんって、正論をおっしゃるでしょう。桑畑頭取がお辞めになったときも怒っていた。だから疑われるんです。この銀行では、だれかにおもねっていないといけないんです」

百合子の顔が翳《かげ》った。

「嫌な雰囲気だね。でも僕は疑われたまま仕事をするわけ？　釈明の機会はないの？」

「ないと思います。東松さんによると犯人は、大洋栄和のだれか、中でも関口さんが怪しいと結論が出ているようです」

「くっそー」

と裕也は声を上げ、

「モンブランを食うかな」

「私も？」

「もう君は止めておけよ」

裕也は、本気で笑った。百合子も笑顔を見せた。

5

経団連会館の入り口前に黒のセンチュリーが止まった。運転手が、急いで車を降り、後部座席に回り、ドアを開けた。

乗っていたのは、藤野だ。経団連の金融部会の会合に出席するために来ていた。

運転手が大きくドアを開き、藤野が足を下ろそうとしたとき、「失礼します」と女性が近づいてきた。

「何をする」

運転手が、女性を止めようと腕を伸ばしたが、女性は、巧みにその腕から逃れて藤野を車の中に押し込みながら、入り込んできた。

「き、君は」

藤野は、後部座席にほとんど仰向けに倒れ込みながら、呻《うめ》くように言った。

「大東テレビの木之内香織です。こんな形で失礼します」

香織は、藤野に覆いかぶさるように入ってきた。

「そうだ。記者クラブパーティで会ったね……」

藤野は体の向きを整えようとしながら答えた。怒っていない。笑みすら洩れている。これが男の記者なら恐怖か怒りか、どちらかが爆発しただろう。しかし女性記者だ。ましてや香織のような美人記者の顔がくっつきそうなほど近くにあって機嫌が悪くなるはずがない。いい香りがする。この座席がベッドに変わるなら、このまま抱きしめたいほどだ。

「よく覚えていてくださいました。ちょっとインタビューをお願いできますか？」

「こんな状態でかい？」

「失礼しました」

香織は藤野の腕を摑んで体を起こした。

「降りろ！」

運転手が叫んだ。運転手は香織の腕を摑み、強引に藤野から引き離そうとした。

「痛い！」

香織は悲鳴を上げた。

「君、止めないか。この人は記者さんだ」

「でも……」

運転手は戸惑いを浮かべた。

香織が顔を歪めている。運転手の指が柔らかい腕の筋肉に食い込んでいる。

「いいから止めろ。早く車を出せ」

「承知しました」

不承不承、運転手は香織を解放し、運転席に回った。

「助かった……」

香織は腕をさすった。

「彼は柔道家だからね。腕は大丈夫か？　痣《あざ》になっていないか？」

藤野は、香織の手を握り、スーツの袖を上方にたくし上げた。

香織の細くて白い腕が目の前に現れた。藤野は息を呑んだ。輝いている。きめ細かな白い肌だ。これに頰を擦り寄せたい。

「ほら、やっぱり……」

関節の側が、ほんのり赤くなっている。藤野はその部分を自分の手でさすった。吸い付くような感覚に驚き、震えが来た。ふんっと香織が小さな鼻息を洩らしたのが聞こえた。

「これくらいなら、明日には消えているだろう。大丈夫だ」

藤野は、スーツの袖を元に戻した。

「すみません、悪いのはこちらですから、運転手さんを怒らないでください」

香織は頭を下げた。

「君がそう言うなら、叱らないことにする。よかったな」

藤野が運転手の背中に言う。

「申し訳ございませんでした」

運転手が言った。

「帝国ホテルへ」

藤野が命じた。

「経団連の会はいかがされますか？」

運転手が聞いた。

「欠席だ」

藤野が答えた。

「では帝国ホテルへ参ります」

センチュリーが動きだした。

「すみません」

香織は頭を下げた。

「いや、いいんだ。くだらない会合だよ。君と話をするほうが刺激的さ」

藤野は微笑んだ。

「そうおっしゃっていただくとこちらも気が楽になります。お忙しい藤野頭取にお時間をお取り願うのは、なかなか難しいので、こんな強行策をとってしまいました」

「そんな緊急を要するインタビューってなんなのかな」

藤野の視線は、ゆっくりと香織の全身を動いていく。

「たいしたことではないんです。デスクからどうしても藤野頭取のコメントを取ってこいと言われたものですから。広報を通していると、何かとうるさいですから」

「うちの広報はうるさいのか？」

「ええ、以前はもっと自由だったようですが、MFGに一本化されてから、少し……」

「そうか……。一本化は瀬戸さんのアイデアだったんだ。評判、悪いかね」

藤野は香織に媚《こ》びるような笑みを浮かべた。

「なんて言ったらいいんでしょうか。あまり本音が聞こえなくなりましたね。自由じゃなくなったみたいで……」

香織は、まっすぐに藤野を見つめた。藤野は少したじろいだ。視線が強い。取り込まれてしまいそうになるほどの吸引力がある。魅力的だという月並みな言葉しか浮かんでこないのが、残念だ。もし詩人だったら、この視線の強さとそれが自分の心に及ぼす揺らぎをどんな言葉で飾るだろうか？

歩いても、歩いてもどこにも到着しない森の中、遠くに狐狸《こり》の声が聞こえ、静かに、透明に行く手を照らす月の光、いや、目が眩《くら》み、すべてが闇になってしまうほど強烈な砂漠の太陽の光、いやいやだれも知らない滝の青く透明な水底に輝く宝石の光……。

藤野は必死で、香織の視線を形容する言葉を探そうとするが、適当な言葉が見つからない。

パーティで会ったときから、気になってはいた。あのとき、関口という広報部員と香織が知り合いだということが分かった。藤野は、年甲斐もなく嫉妬《しっと》を覚えてしまった。

恥ずかしいと思った。老年と呼ばれてもおかしくない年齢になり、また頭取という社会的立場も関係なく若い行員に嫉妬したことに対してだ。しかし反面、嬉しく思った。まだ「嫉妬」という感情を持っていることに、若さを再認識したのだ。

「瀬戸さんは、広報に自信を持っていてね。昔、やったことがあるそうだ」

「でも、かつての広報は事実を隠したり、ごまかしたりするのが仕事だった面もあります。会社を守るためと称して。しかし現代は、いかに会社を社会に開かれたものにするかが役割だと思います。会社と社会の架け橋です。防波堤だけではいけないと思います」

「そんなに評判が悪いかな」

「ええ、正直に申し上げますと、とても悪いですね」

香織が微笑んだ。

「君に教えを乞わないといけないかな。着いたよ。帝国ホテル。会員のクラブがあるから、そこに行こう」

「クラブですか？」

「酒を飲もうというわけじゃない。明るい場所だよ」

藤野は、香織の不安を拭うように微笑んだ。

センチュリーを降り、香織を先導して歩くのは、藤野の心を弾ませた。

「四階だよ」

「はい、お供します」

香織は言った。

帝国ホテル東京が会員用に用意しているクラブの受付が見えた。ホテルマンが藤野を見つけ、慌てて挨拶をする。

「いらっしゃいませ」

ホテルマンの顔が緊張している。背後にいる香織を見て、どこに案内すべきか咄嗟《とっさ》に考えている。個室か、オープンな部屋か。

「インタビューなら個室がいいか」

藤野が香織に聞いた。

「ご無理でなければ」

香織が答えた。

「空いております」

ホテルマンは、自分が迷うより先に藤野が決めてくれたことに安心して、個室に案内した。

木目調の落ち着いた雰囲気のクラブ内では、一人の老紳士が新聞を読んでいるだけだ。自分の書斎代わりに使っているのだろう。藤野と香織は老紳士のそばを通り、個室に入った。

「いいところですね」

「待ち合わせやちょっとした打ち合わせに使うのに適当だな。寿司でもつまもうか」

藤野は、ホテルマンに「寿司」を注文した。香織の同意は得なかった。

個室の壁もテーブルもすべて同じ木目調で、清澄な空気が流れているようだ。

「飲み物は？　私はウイスキーにするよ。君は？」

「私ですか……。ではペリエをいただきます」

「アルコールでなくていいのか？」

「取材ですから」

香織は微笑んだ。

「では、僕はいつものウイスキー、彼女にはペリエ」

ホテルマンは、「了解しました」と部屋から消えた。

藤野は、テーブルを挟んで香織と向き合った。

「なんのテーマかな？」

「貸し渋り、貸しはがし問題です。グローバル・エステートの問題です」

香織は藤野を見つめた。

藤野は、香織から視線をずらし、薄く笑った。

「やはりその問題か？　たいした話じゃないよ。ところで君は、関口君と親しいのか。広報の関口君だよ」

「ああ、関口さんですか？　親しくはありません。大学時代の先輩で、そのころお付き合いしていました」

特に感情を動かすことなく香織は言った。

藤野の心に、香織の率直な答えが、ずしりと響いた。

「ほほう、付き合っていたのか。ではあのとき、恋人同士の再会だったわけか」

藤野は、暗い気持ちが燻るのを覚えた。どの程度の付き合いだったのかは分からない。根掘り葉掘り聞くことはできない。だから余計に「嫉妬」の気持ちを抑えられない。

「昔のことで忘れました。インタビューをしていいですか」

香織は表情を変えない。

「おお、そうだったね。どうぞ。なんでも聞いてください」

藤野は、香織を自分のものにしたいと思った。こんなに魅力がある女性に出会うことはこれからもないだろう。心の奥から、なんともいえない暗い考えがふつふつと湧き上がってくる。それにつけても関口は、この香織と寝たのだろうか。あの雑誌の経営批判の記事も、二人の寝物語での会話だったのではないのか……。

藤野はじっと香織を見つめた。自分は、どうかしてしまったのだろうか。銀行頭取という立場が、彼女を見ているとそれほど価値がないものに思えてくる。

「まずグローバル・エステートから融資を引き上げた理由をお聞かせください」

香織は、藤野の暗い心に気づかないのか、にこやかに微笑んだ。

第四章　通報

1

「なんだよ。ピーちゃん、この期《ご》に及んでこんなネタしかないのか」

編集長の山脇《やまわき》が、大声で叫んだ。

「勘弁してくださいよ」

副編集長、すなわちデスクと呼ばれるポストの佐伯誠一《さえきせいいち》が情けない顔をする。

佐伯は、毎週、「ピンチだ、ピンチだ」とぶつぶつ言っているので、ピーちゃんとあだ名されている。

大手出版社、光談社の写真週刊誌「ヴァンドルディ」編集部の火曜日は毎週、戦場のように騒がしい。電話が鳴り響き、怒号が飛び交う。

「ヴァンドルディ」とは、フランス語で「金曜日」という意味だ。創刊時の編集長が、フランス語ができたものだから、こんな名前になったが、フランスからイメージする優雅さはまったくない。

政治、経済、事件、芸能などの隠された真実を写真という動かぬ証拠で、読者に突きつける。その衝撃度は計り知れない。

脇の甘い芸能人などは、格好の標的であり、クスリをやりながらクラブで踊りまくっている清純派タレントなど、写真が掲載された雑誌が、金曜日に発売になれば、もうその日が引退記者会見にならないとも限らない。

芸能人はもとより政治家、財界人など、世間に嘘の顔、仮面の顔を見せなくてはならない人種にとって「ヴァンドルディ」は、突然、人生を打ち砕かれる地雷のようなものだった。

編集部は、毎週月曜日にネタ合わせを行ない、この日にグラビアや、軽いネタなど、あまり鮮度を要求されない記事を決めてしまう。

火曜日が最も忙しい。たいてい編集者たちは午前様になってしまう。大半の記事と写真を決めてしまわねばならない。各社の広報部への質問などもこの日に行なう。

水曜日の夕方五時が、記事や写真の最終校了期限だ。その時間まで、ぎりぎりの検討をする。睡眠不足から、くらくらしているからといって写真を取り違えたら、雑誌が発売中止になってしまう。ミスしました、ははは、では終わらない。だからどんな小さな写真でも、胃が痛むほど注意してチェックする。

校了にしたからといって仕事は終わらない。この後から次回の雑誌のプラン会議が始まる。編集者たちは、自分のネタを持ち寄って集まる。

木曜日の午前一時には、早くも雑誌が刷りあがってくる。この段階から、企業の広報などは、リスク管理を依頼しているPR会社を通じて雑誌を入手し、問題があれば連絡をしてくる。記事そのものに間違いがあれば、大変なことになるが、「困るな。広告減らすよ」「この書き方はないよ。勘弁してよ」などという泣き言から、「殺してやる！」まで、多種多様な電話や訪問客への応対に編集者たちは忙殺されることになる。

そして金曜日には、全国の書店等に並ぶ。この日が編集部にとって、最も気が休まる日だ。来週のネタ合わせなど、プラン会議を行ない、終わると、たいていは飲みに行き、一週間のストレスを発散する。

途切れることなく、毎週、新鮮な記事と写真を掲載するなどという雑誌をだれが考えたのかと恨みたくなる忙しさだ。

山脇は、光談社に入社以来、週刊誌「ナウ」の編集者として腕を振るってきた。「ナウ」は光談社の最有力の週刊誌で、多くの読者を抱えており、ここで編集者は鍛えられる。

「ヴァンドルディ」に移って半年だが、難しさがようやく分かってきた。それは写真という存在の大きさだ。写真が命なのだ。百万言を費やすよりも、一枚の写真が与える衝撃は凄まじく、メガトン級の爆弾に匹敵する。

「写真、写真はないのか！」

これが山脇のいつもの大声だ。

「どうなのさ。こんなヨイショ写真じゃつまらないじゃないの」

沖縄のシーサーのような顔をして、わざとオネエ言葉を使う次長の亀田《かめだ》育男《いくお》が山脇と一緒に佐伯を追及する。

佐伯のそばには、編集者の橋本五郎《はしもとごろう》が、ふて腐れて立っている。

「自動車会社の社長が、欠陥自動車の前で、コンパニオンとにっこり立っている写真じゃ、何もインパクトないでしょう！　いくら五郎ちゃんの文章が上手《うま》くても、どうしようもないのよ。この車が、燃えだして、社長とコンパニオンが焔に包まれているくらいじゃないとね。五郎ちゃん分かった！」

「それじゃあ、車に火をつけてこいって言うんですか」

「馬鹿、そんなことは言っていない。最近の経済関係の写真はツマランと言っているだけだ」

山脇が怒鳴る。

「財界人も小粒になりましたからね。スキャンダルを怖がってどうしようもないです。ピンチですよ」

「あっ、またピーちゃんの口癖が始まったぞ。そこをなんとかするのが、ピーちゃんだろう。ピンチはチャンスのピーちゃんなんだからな」

　山脇が、初めて微笑んだ。

「それ、取り下げますよ」

　橋本は投げやりに言った。

「穴は埋まるのか？」

　佐伯が、橋本の腹の中を探るような目つきで言った。

　編集者たちは、すべてのネタをデスクや編集長に伝えているわけではない。仲間を疑うわけではないが、何もかも明らかにしてしまうと、どこから取材に横槍《よこやり》が入るか分からないからだ。

　急に、取材ストップがかからないとも限らない。それを避けるために編集者たちは、ぎりぎりまでネタを隠している。

　ましてや光談社の役員など、上層部には、一切、事前にネタをばらすことはない。

　多くの企業が、出版社の役員と親しくなれば不都合な記事を抑えてくれると勘違いして、役員を接待しているが、あれはなんの役にも立たない。ただ飯を食わしているのと同じだ。

役員が、編集部に「記事を抑えてくれ」と言おうものなら、たちまち糾弾され、かえって記事が厳しくなることさえある。

橋本は黙って、そっぽを向いている。

「五郎、なんとか言えよ」

佐伯が、情けない顔をした。

「仕方がないですね。まだ煮えていないんですけど」

橋本が、ズボンのポケットから無造作に取り出したのは、少しピンボケ気味の写真だった。

橋本は、それを山脇の机の上に置いた。

山脇も、亀田も、佐伯も、沈黙してじっと写真を見つめている。

「これは？」

最初に口を利いたのは、佐伯だ。

「食品偽装で起訴された柳川《やながわ》ミートの神山《かみやま》社長です」

「隣の中年の女は？」

「おそらく愛人でしょう？　会社近くのスナックのママですよ」

橋本は答えた。

「確認は取れるのか？　愛人と書いてもいいのか？」

佐伯が、乞うような目で橋本を見る。

「もう少し、取材が必要です。愛人と書ければいいんですが……」

「ちょっとピンボケだけど、いいじゃないのさ。これ、行こうよ」

亀田が写真を手に取って、光にかざした。何も出てこないのに、亀田はすぐに光にかざす癖がある。

「分かった。五郎ちゃん、愛人って記事にできるか、ぎりぎりまでやってくれ。佐伯、いいか？」

「はい。やらせます」

携帯電話の音が、急にうるさく鳴り響いた。

「五郎ちゃん、電話」

亀田が小指で橋本のズボンを指差した。

「はい」

橋本が携帯電話を取り出す。着信を見ると、フリー記者の小暮三次《こぐれさんじ》だ。

「なに？　忙しいんだけど」

「ちょっと、出れるかな」

「ダメだよ。今日は、火曜ですよ。今も叱られているところです」

「だれからだ？」

佐伯が顔をしかめた。

「小暮さんです」

「小暮の三ちゃんか？」

「はい」

小暮は、事件物を得意としているフリー記者だ。元々は、大手出版社に入社したらしいが、一度も出社しないでクビになった。それ以来、フリー記者として生活している。どこから入手するのかは、分からないが、いいネタを持ち込んでくるので名前は知られている。

「ちょっと代われ」

佐伯が、携帯電話を取った。

「ああ、小暮さん？　佐伯です」

「なんだ？　ピーちゃんか。久しぶり」

「ご無沙汰してすみません」

「デスクになって、机にへばりついてんじゃないの？」

「そういうわけじゃないですが。何か、いいネタですか？」

「うん」

小暮は歯切れが悪い。

「俺的には、関心があるような、ないような話なんだが、料理次第ではね。五郎ちゃんが忙しいなら、いいよ。彼なら、関心があるかなと思ってね」

小暮は、事件物といわれる金融スキャンダルを得意としている。かつての信用組合の破綻や在日韓国人フィクサーと政治家との癒着などのネタは大きな話題になった。

「分かった。俺が行くよ。どこへ行けばいい」

「デスク様直々《じきじき》にお出まし願うようなネタかどうかは分からないよ」

小暮の言い方が皮肉っぽい。ネタを売って生活をしている彼にとって高く買ってくれる出版社がいい出版社なのだ。こうして出し惜しみ、あるいは謙虚な態度をしているときが、危ない。いい反応をしなければ、他社に持っていかれてしまう。

「小暮さんと久しぶりに会いたいしさ。どこへ行けばいい？」

「渋谷のセルリアンタワー東急ホテル、分かるよね」

「ああ、分かるよ」

「そこの『陳《シェン》』っていう中華料理レストランの麻婆豆腐を食べたいね」

「了解。ちょうどランチタイムだから、ご一緒しましょう。三十分後に」

「それじゃあ。待っている」

電話が切れた。

「ほいっ」

佐伯が携帯電話を橋本に返した。

「ピーちゃんが行くの？」

亀田が訊いた。

「行ってきます。なんだか気になりますから」

「そうね。三ちゃん、なんだかもったいぶっていたみたいだから、そういうときは危ないのよね」

「そうなのか？　ピーちゃん」

山脇が真面目な顔をしている。

「ええ、まあ、当たり外れはありますがね」

「僕は？」

「五郎は、愛人と書けるかどうか、詰めてこい。時間はないぞ」

佐伯は言った。

「分かりました。でも僕のネタ元ですからね。面白い話なら、かませてくださいよ。必ず」

橋本は、ぐいっと顔を突き出して、佐伯を睨みつけた。

「分かっているさ。しかしあまり期待するな。ちょっとした小遣い稼ぎだろう」

佐伯は時計を見た。すぐ出なくてはならない。

「行ってきます」

佐伯と橋本は同時に言った。

「しっかりねぇ」

亀田のオネエ言葉が追いかけてくる。力が抜けてしまいそうになる。

2

セルリアンタワー東急ホテルは、渋谷駅の南口を出た国道246号沿いに聳えている。

佐伯は、タクシーを飛ばして、光談社のある文京区音羽《おとわ》から急いだ。

デスクとして一年経った。それまでの編集者時代は、ただ事件を追っかけていればよかった。体力だけが勝負の気楽な稼業だった。雑誌にもパワーがあり、よく売れたし、掲載したスキャンダルへの読者の反応もよかった。

ところが長引く不況のせいか、それともインターネットの普及のせいか知らないが、雑誌が極端に売れなくなった。

不況で小遣いがなくなったというのは確かだ。しかしそれよりも佐伯はインターネットの普及が大きいと思う。それはインターネットで情報を簡単に入手できるから、雑誌が要らなくなったという理由ではない。

インターネットって、なんだか無機質すぎはしないかと感じることがある。雑誌は、血が通っている。人の血や、涙や、体温が感じられる。ところがインターネットにはそのどれも備わっていない。

すべての情報が等距離にあって、人の悲しみや、恨みや、喜びなどがまったく伝わってこない。だからそれを多用する世代は、だんだんと感情がなくなってくる。感情がなくなった人間が雑誌を買って、その中の記事で怒ったり、笑ったりするはずがない。それが雑誌が売れなくなった原因だ。

デスクになると、雑誌が売れるかどうかがやたらと気にかかるようになる。経営的視点が備わったといえば聞こえがいいが、デスクの能力というのは、雑誌の部数に間違いなく影響する気がするからだ。

セルリアンタワー東急ホテルに入った。フロントの上、二階にレストランがある。そこの「陳」を目指した。有名な「四川飯店」の陳建一がやっている店だ。

入り口に立つと、案内の女性が近づいてくる。チャイナドレスがまばゆい。

「お待ち合わせですか？」

「ええ」

少し背伸びして店内を覗く。

広い店内にはゆったりとテーブルが並び、清潔な白いクロスが輝いている。室内のインテリアは、中華風のどこか土臭い雰囲気ではなく、欧米風で洒落て、きりりと引き締まっている。

カウンター席で男がビールを飲んでいる。ガラス越しに調理場を眺めることができる。焔を操り、激しくフライパンを振る姿などは、まるでショーのようだ。男は、じっと料理人たちの様子を眺めている。痩せて、こけた頬は、間違いなく小暮だ。

「ありがとう。連れが見つかりましたから」

佐伯は、ウエイトレスに案内を断ると、カウンターに向かって歩いた。

「小暮さん！」

佐伯が声をかけると、男は視線を戻して、

「忙しいところをどうも」

「こちらこそ。小暮さんの連絡じゃ無視できないから」佐伯は、小暮の隣の席に座った。

チャイナドレスのウエイトレスがやってきた。佐伯は、小暮と同じビールを頼んだ。

「ところでどんな情報ですか？」

佐伯は、ビールで喉を湿らすと、さっそく要件を進めるように促した。

「ミズナミフィナンシャルグループの藤野幸次頭取を知っているか」

小暮は、佐伯を刺すような鋭い目つきで見た。

「それを言うなら、ミズナミホールセールバンクの頭取、藤野幸次でしょう」

「そうか？　俺は、その辺りに不案内なんだよ。経済を扱っても事件専門だからね。そうそう、佐伯さんの麻婆豆腐ランチを頼んでおいたからね」

「それは手回しがいい。楽しみです。ところで情報は藤野のことですか？」

佐伯は、身を乗り出した。

「そうさ。その男のこれだよ」

小暮は、軽く笑いながら小指を突き立てた。

「女か？」

佐伯は、ふうっとため息をついた。女の話は、なかなか最後まで行きつかない。ガセが多い。

「あまり関心がない？」

小暮の目が不機嫌に揺れた。

「いや、そういうわけじゃない。なかなか尻尾を摑むのが大変なんですよ」

「ガセが多いってことか。これは大丈夫だ」

小暮はビールを飲んだ。

「お待たせしました」

ウエイトレスが、小さな土鍋に入った麻婆豆腐とライスを運んできた。火からおろしても鍋の中は煮立っている。

「女と藤野が密会しているのは……」

小暮は、広尾のマンションの名前を挙げた。会っている頻度、使っているレストランなど話はかなり具体的だ。

「で、その女性の素性は？　ホステス？　それとも行員？」

「それは俺も分からない。スタイルがよくて、年は二十代後半か、三十代前半かってところだ」

「父と娘くらい離れているじゃないか」

佐伯の腹の底に熱いものが込み上げる。怒りだ。

麻婆豆腐をたっぷりのライスにのせ、口に運ぶ。口の中から、喉、胃にかけて、焼けるような辛みが通過していく。汗が一気に噴き出してくる。

「ああ、うらやましい限りだ。俺もあやかりたい。しかし公的資金を入れて、救済してもらった銀行のトップがやることじゃない」

「公的資金は返済したんじゃなかったですか。だからといって、何をやってもいいわけじゃないですけど」

「ピーちゃんが怒ったね」

小暮は、佐伯のあだ名を呼んで、嬉しそうに笑った。

「でも小暮さんは、ミズナミのことはあまり知らないようですが……」

佐伯はどうして小暮が、これほどの内部事情に詳しいのか知りたかった。

「俺は、ミズナミがどうなっているか知らない。どんな組織で、どんな内部事情なのかもね。しかしどういうわけか俺のところに情報が来た。これは二次情報ではない。正真正銘の一次情報だ」

小暮も麻婆豆腐を何度も口に運ぶ。しかし汗はかかない。佐伯とは、対照的だ。

この「陳」の麻婆豆腐には、二種の山椒《さんしょう》を好みで振りかけて食べる。これをかけることで辛みや香りが増す。佐伯は、汗が流れるのも関係なく、山椒を振りかけた。

「おい、そんなに辛くして大丈夫か」

「なんだか腹が立って仕方がないんです」

「藤野にか？」

「いや、銀行にですよ。公的資金を注入してもらいながら、貸し渋りや貸しはがしで多くの企業を窮地に陥れ、それなのにトップは女といちゃついて、恥を知らない」

佐伯は、麻婆豆腐の辛さと痺《しび》れで、口がまともに回らない。

ウエイトレスが、新しいおしぼりを運んできた。

「行己有恥だな」

小暮が、独り言のように言う。

「なに？　それ」

「『論語』だよ。己を行なうに恥あり。本当の君子というのは、己の行動を全身全霊をもって行ない、責任をとるって意味だ」

小暮は、テーブルの上に置かれたペーパーにさらさらと「行己有恥」と書いた。

「いい言葉です。責任をとってもらいましょう。ねえ、その一次情報源には会えないよね」

佐伯は乞うような目で小暮を見た。

「それは勘弁してくれ。ただしミズナミ内部の人間であることは確かだ。それも藤野にかなり近いところにいる……」

小暮は、麻婆豆腐をすっかり食べ終え、ゆっくりと水を飲んだ。

「いい情報を感謝します」

佐伯は汗を拭った。

「やる？　ピーちゃん？」

「やりますよ。庶民のためにね」

佐伯は目を輝かせた。

「俺は、ピーちゃんの、その正義感が好きだね」

小暮は、声に出して笑った。

3

プラン会議が始まった。

「ピーちゃん、どうだった？　昨日の三次さんの情報は？」

山脇が待ちきれないように佐伯に言った。

佐伯は、小暮からの情報を要領よく報告した。

「やれそうなの？」

亀田が聞いた。

「情報の確度は高いと思われます。小暮さんは、ネタ元は明かしませんでしたが、藤野周辺から出た情報であることは間違いありません。やるべきです」

佐伯はきっぱりと言った。

「一緒にやらしてください」

橋本が、勇んで口を挟んだ。

「五郎ちゃんは、例の愛人があるでしょう」

亀田が、顔をしかめた。

「確認しました。愛人と書いてもいいです」

「へえ、確認が取れたのか。大丈夫か？」

山脇が驚いた顔で言った。

「間違いないです。彼の妻から証言を得ましたから。妻の言葉で『愛人』と書きます」

「すごいじゃない？　ネタ元は女房なわけ？」

「ええ、女と別れさせたいらしいんですよ。あんな男でも愛した亭主なんでしょう？　哀しい話です」

橋本は、したり顔で答えた。

佐伯は、小暮の情報について考えた。いったい誰が、小暮に提供したのだろうか？　目的は？

小暮にそんな情報を提供できるのは、ルートが限られている。広報くらいしかない。もし広報だとすると背任行為だ。トップを守るべき広報が、トップを陥れるのであれば余程のことだ。

しかしこの問題が記事になれば、広報が疑われるのは分かっている。犯人捜しが始まるだろう。そんな墓穴を掘るようなことをエリート銀行員がするだろうか？

ではだれだ？　女と別れさせたいんですよ。橋本の言葉がリフレインする。藤野の女房？　まさか？

「俺、すいません。私、橋本五郎は銀行が嫌いなんです。人に金を貸して、偉そうにして、それで女作っていたらいけないでしょう」

橋本が興奮して言った。なんとしても小暮の情報に加えてもらいたいという熱意が溢れている。

「そういえば、お前の実家、この間、潰れたんじゃないのか」

山脇が声を落とした。

「ええ、百年以上続いていた造り酒屋だったのですが、リーマンショックから続く、不況に耐えられませんでした。最後は銀行に貸し渋りされて、あえなくポシャリました」

「確か、兄さんが跡を継いでいたんだろう？」

「ええ、そうなんですが……」

橋本の顔が翳った。

「私怨《しえん》で取材するなよ」

佐伯が厳しい顔をした。

「分かってます！」

橋本は、言葉を弾ませた。

「それじゃあ、佐伯の下に、五郎ちゃんと、カメラマンの岬《みさき》さんでチームを作ってくれ」

岬健司《けんじ》は、張り込み専門のカメラマンだ。

「私はデスクですから、実質、二人ですか？」

佐伯が慌てた。これでは十分な張り込みはできない。

「情報が煮詰まったら、すぐに増やす。しっかりやれ」

山脇が、励ますような笑みを浮かべた。

「頼んだわよ」

亀田が流し目をくれた。

「アイ・アイ・サー」

橋本が、おどけて敬礼した。

「尻尾を摑んでやりますよ」

佐伯が自信たっぷりに頷いた。

「ところでネタ元は広報かな」

山脇が佐伯に問いかけた。

「小暮の様子ですと、藤野の近くということですから広報か、秘書ってことになりますが、それなら足が付きやすい」

「広報に知り合いはいるのか？」

「ええ、ミズナミの広報とはよく飲んでいますが、藤野の悪口を彼らから聞いたことはありません。忠実なサラリーマンですよ」

「それなら小暮はどこからこの情報を入手したのかな」

山脇が首を傾げた。情報提供の裏に何かがあると考えているのだろう。

「五郎ちゃんは、銀行とは接点があるの？」

亀田が聞いた。

「私ですか？　ミズナミに知り合いはいますね」

橋本は、得意そうに口角を引き上げて微笑んだ。

「本部の奴か？」

佐伯が聞いた。

「まあ、そんなところです。私は藤野の噂は聞いていますよ。チャイニーズガールってね」

「チャイニーズガール？　なんだ、それ？」

佐伯が戸惑った顔をした。

「まあ、おいおい教えますよ」

「五郎ちゃんの秘密主義は、嫌だね。まったく……。しかし期待しているぞ。このネタをものにしろ」

山脇が、佐伯に強く言った。

「了解しました」

佐伯は、拳を握りしめ、胸を叩いた。

第五章　嫌悪

1

「許せない」

ＭＲＢ前任頭取の桑畑勇夫は、呻くように呟き、赤ワインの入った大ぶりのワイングラスを口に運んだ。

顔をしかめ、まるで苦い薬でも飲んでいるかのようだ。嚥下《えんか》するたびに、肉厚の首を喉仏がせわしく上下する。

顔が赤く染まっているのは赤ワインの色が、映ったわけではない。飲みすぎているのだ。

窓の外には、赤坂のネオンが輝いている。最近、この界隈《かいわい》も寂しくなったが、テレビ局がある一帯は、新たなデートスポットとして活況を呈するようになっていた。

裕也は、大手不動産会社スリー・ツリーが経営するレストランの個室にいた。

スリー・ツリーは、旧大洋栄和銀行のメイン取引先だったが、今ではＭＷＢにその取引が移っていた。

裕也の隣では、広報部長の山川が桑畑と同じ赤ワインのグラスを傾けていた。

部屋の中にはワインセラーがあり、何段にもワインが並べられている。百本以上はあるのではないだろうか。この部屋専用の高級ワインばかりだ。

壁の絵は、シャガール。夢を見ている乙女と黒のつば広帽子を被った男、馬、馬車、花などが描かれていて、裕也にも馴染み深い感じがした。

桑畑の空になったグラスにソムリエがワインを注ぎいれる。

「関口君、飲んでいるか？」

桑畑が怒ったように言う。

「はい、いただいています」

裕也は、慌てて答える。

「これはシャトー・マルゴーの一九九五年ものだな」

桑畑は、グラスを持ち上げ、ソムリエに視線を送った。

「はい。かの渡辺淳一先生の『失楽園』で主人公が恋人と最後に飲んだワインでございます」

ソムリエが微笑んだ。

「私は、旧大洋栄和のために勝手に一人で死んでしまったってわけだ。心中してくれる者はいなかった……」

桑畑は、ワイングラスを思いっきり傾けると、一気に飲み干した。高級ワインをじっくりと味わうというよりも、まるで安酒を呷《あお》っているようだ。

マルゴーがかわいそうだな、と　裕也は思った。

「私のことを無能だと世間も旧大洋栄和の連中も嗤《わら》っているのだろう」

桑畑が、赤く濁った目で山川を睨みつけた。

「まさか、そんな」

山川はたじろいだ。

「コスモクレジット再建計画を提案したのは、経営統合であの会社を扶桑や興産に奪われないためだ。人も金も、旧大洋栄和主導で再建するつもりだった。ところが奴らは、それは統合の趣旨に合わないと抜かしやがった。自分たちの銀行の天下り先を確保したいからだ。そうこうするうち陰謀を巡らしやがって、俺を病気隠退させ、後任に敵の少ない川田を据え、コスモクレジットには藤野子飼いの常務を社長で送り込みやがった。まるで旧大洋栄和の勝手にはさせないぞと言わんばかりだ」

桑畑は、憤懣《ふんまん》に唇を歪めた。

裕也は、桑畑のことを旧大洋栄和という合併銀行が生んだ無能な頭取だと思っていたが、コスモクレジット再建に絡んで、追い落とされたとは知らなかった。

現在、コスモクレジットは、桑畑が言うように旧興産出身の社長によって再建中だ。前任の旧大洋栄和出身の社長は追い出されてしまった。

「コスモクレジットは、大変のようです。旧大洋栄和の権益が次々と奪われています。僕の同期もいますが、嘆いていますよ」

山川は、さも深刻そうな顔で言った。

そこには、桑畑が退任した後、川田や瀬戸に取り入っている姿はない。

「悔しいが、コスモクレジットの経営が貸金業法改正などの影響で悪化したのは、事実だ。しかし旧興産に経営を譲る気はない。藤野は、川田を取り込み、瀬戸を口説いて、私を葬り去った。許せない」

桑畑は、またワインを呷った。

太った体型の桑畑は、どこから見ても穏やかな印象だった。しかしここにいる桑畑は別人だ。憤懣に身をよじらせている姿を見ていると、桑畑は、初めて自分をさらけ出しているのかもしれない。旧大洋出身の桑畑は、頭取になるまで合併行の中で旧大洋と旧栄和の幹部たちの顔色を窺《うかが》い、息を潜めてきた。その結果得た頭取のポストだった。やっと自分の個性を発揮できると意気込んだ矢先に、失脚させられた。生煮え、いや死に切れない気持ちなのだろう。

人間っぽいではないか。

裕也は、ふいに桑畑が好ましく思えた。

「チャイニーズガールってご存じですか？」

裕也は、東海林百合子の言葉を思い出して、口にした。思わず飛び出してしまった。まずいと、慌ててしまったが、桑畑と山川が訝《いぶか》しげに裕也を見つめている。

「なんだね、その中国人女性《チャイニーズガール》というのは？　歌か何かかね」

「歌ではないのですが、藤野頭取が、中国人の女性通訳を愛人にしているとかいう噂が、怪文書になって出回っていると聞きました」

裕也は、冷や汗が滲《にじ》み出るのを感じていた。自分が、桑畑におもねって、藤野の陰口をきいているようで気が滅入《めい》った。

「君は、知っているのかね」

桑畑が山川に聞いた。

「い、いいえ、初耳です」

山川は裕也を見て慌てた様子で言った。

「行内の一部では、噂になっていて……」

裕也は口ごもった。自分が怪文書の犯人にされていると話すべきか、迷ったのだ。しかし犯人にされたという腹立たしさを誰かにぶつけたいという気持ちを抑えるのも嫌だった。桑畑や山川が、同じ旧大洋栄和出身者であることに甘えに似た気持ちもあった。

桑畑と山川が裕也の次の言葉を待っている。

「実は、私が、怪文書をばらまいた犯人にされてしまいました」

裕也は苦笑した。

一瞬、桑畑の表情が固まった。隣の山川の表情は見えないが、同じように驚いている気配を感じた。

「本当なのか？」

「怪文書が、ですか？」

「いや、君がばらまいたというのは……」

「まさか、あり得ません」

裕也は、きっぱりと否定した。

「はっはっはっ……」

桑畑が腹をよじって笑いだした。それに合わせるように山川も表情を崩した。裕也は戸惑った。何がそんなにおかしいのか？

「関口君とは初めて飲んだが、愉快だね。嬉しいよ。骨抜きになったと思っていた旧大洋栄和にこんな侍がいたとはね。はっはっはっ」

「関口、よかったな。桑畑さんに褒められて……」

山川が囁いた。

桑畑が、「骨抜き」と言ったときに山川を一瞥したのに気づかなかったのだろうか。

「褒められたなんて……」

まさか桑畑は、怪文書の犯人が自分だと誤解しているのではないだろうか。

「あの藤野という男は、女の噂が絶えない奴だ。頭取になるにあたって北海道に女がいて、それを部下の役員に面倒を見させることにして手を切ったという噂を聞いたことがある。まあ、興産らしいなあ。大洋栄和は女に厳しいが、興産はルーズだからな」

「そうですか。そんな噂があったのですか？」

山川が、興味深そうな顔をした。

「君は、何も知らないのかね。広報部長だろ？」

桑畑は、皮肉っぽく言った。

「いえ、まあ、そのぉ」

山川は慌てた。

「君も、関口君のように疑われるくらいでいてほしいね」

「いやあ、まいったな」

山川は、ごまかすように笑った。

「ところで瀬戸は、藤野の牙城《がじょう》であるMWBを乗っ取りたいと思っているようだな」

桑畑は、何かを探るような目をした。赤らんでいた顔の色も落ち着き、表情にも張りが出ている。

「それなら聞いたことがあります。旧興産ではありますが、子飼いの水野《みずの》副頭取を後釜に据えたいと思っているようです」

山川はしたり顔で言った。

水野悠太郎《ゆうたろう》は、旧興産だが瀬戸に近い。現在は川田の下でMRBの副頭取だ。

「そのようだな。瀬戸は、旧扶桑の高島《たかしま》副頭取を可愛がっていたようだが、今ではすっかり水野に乗り換えた。藤野を隠退させ、水野を送り込み、MWBを統合しようとしている……」

桑畑の目が、ぬめっと光った。

高島宏隆《ひろたか》は旧扶桑で、藤野の下でMWBの副頭取。一方、瀬戸の下でMFGの副社長を務めるのは、旧大洋栄和の三枝敬一《さえぐさけいいち》。

「本当ですか」

裕也は驚いた。MWBを統合するなどという構想は聞いたことがない。

「こんな金融危機のときに、持ち株会社の下で、MWBとMRBとに分かれている必要はないだろう。経費も人員も重なり、無駄が多い。MFGの収益が、他のメガバンクより劣位なのはそのせいだ。当局からも、なんとかしろと言われているらしい。そもそも旧興産の救済としてMWBを作ったが、今では藤野の権力が行き渡り、瀬戸でさえ手がつけられない。それが面白くないというのが瀬戸の不満だ。そう考えると、怪文書は案外、瀬戸の周辺から出ているのかもしれないな」

桑畑が、思案げに言った。

「複雑ですね」

裕也は、思わず洩らした。

「ああ、だから面白いんだ。なあ、君たち、まだまだ私は枯れないよ。これからも面白い話を聞かせてくれ。頼んだよ」

桑畑の目が輝いている。獲物を見つけた目だ。凡庸な人物だと思っていたが、それは見せかけだけで、策謀を楽しむ古いタイプなのかもしれない。

「関口君、大いに疑われなさい」

桑畑は、また笑いだした。

2

「来ました。あれじゃないですか？」

橋本五郎は、カメラマンの岬健司に小声で言った。

吉祥寺《きちじょうじ》東町の閑静な住宅街に黒塗りの社用車が滑るように入ってきた。

早朝六時半。遠くで猫が喧嘩でもしているのか、空気を引き裂くような鳴き声がした。

橋本と岬は、早朝散歩を楽しむ人の振りをして藤野の自宅周辺を歩いていた。光談社から乗ってきた車は、運転手に言って、公園近くに待機させていた。

怪しまれないように注意して、遠目に自宅を観察していたが、だれもいないような住宅街にも人目はあるものだ。

不審車輌が公園の近くに止まっている、不審者が徘徊《はいかい》している、こんな情報を警察に提供されないうちに、藤野の車が自宅を出発してくれることを期待したい。

自宅の住所は、古い紳士録で調べた。最近の紳士録には住所は記載されていない。自宅は二階建てのなかなか感じのいい建物だ。庭の木もよく手入れされている。

「あれ？　五郎さん、車、自宅に行きませんよ」

岬が慌てた。車は、自宅の前を素通りしていった。

「藤野の車じゃなかったのかな？」

橋本は不安になった。散歩の振りをするにも限度がある。不審者がいる、と本当に通報されてしまう。

車は、藤野の自宅近くのマンションに止まった。低層で、数段の石段を上がると白い大理石のエントランスが長く延び、高級ホテルのようだった。

「おい、見ろ。藤野じゃないか」

橋本は興奮した。大理石のエントランスをスーツ姿で歩いてくるのは、間違いなくMWB頭取藤野だ。癖になっているのか、銀髪を手で梳いた。

「自宅に住んでいないんだな」

「誰かに自宅を貸しているのか、女房と折り合いが悪くて、別居しているのか、どうなんでしょうね」

岬は呟き、カメラを構えて何度かシャッターを押した。

運転手が、小走りに駆け寄ると、藤野は、書類鞄を無造作に手渡した。

橋本は、車種とナンバーを控える。

「岬さん、行くよ」

橋本は、公園近くに止めてある取材車に走った。

藤野を乗せた車は、高井戸から首都高速道路に入り、都心に向かう。車は渋滞に巻き込まれることなく順調に進んだ。

「このまま銀行へ行くんでしょうね」

岬が言った。

「旧大洋栄和の本店だったMFG本店に行くのか、旧興産の本店だったMWBの本店に行くのか、この銀行は本店が幾つもあるからややこしいね」

橋本が答えた。

「情報では、必ずMFG本店で打ち合わせをして、それからMWBに行くようです」

情報通り、藤野の車は、霞が関で高速道路を降り、日比谷に入り、外務省の側を通過してMFG本店に入っていった。

橋本たちの取材車は、MFG本店の車寄せ近くの道路に停車した。ここからだと車の出入りを監視できる。

「さあ、一日、張り込みですね。やりますか、五郎さん」

「藤野の車を特定できたのは上出来だよ。それにしても自宅の近くのマンションに住むなんて、どうかしているな。取材する必要がある。別居しているのかな」

「息子がいましたから、そっちに貸して、夫婦はマンション住まいってこともありますよ。コンビニでおにぎりでも買ってきましょうか？」

　岬が言った。

「コンビニがあった？　この近所に？」

　橋本は腹が空いていた。しかし張り込み中は、あまり飲み食いすると、トイレを探してあちこち歩かなくてはならない。

「『生活彩家』がありましたよ。さっき通るときに見つけました」

「じゃあ買ってきて。飲み物はお茶でいい」

　岬が出ていった。

　橋本は、「ちょっと横になる」と言い、シートを倒した。瞼《まぶた》が重くなり、まどろみ始めた。


「五郎、銀行にやられたぞ！」

　突然、兄の一郎の声が聞こえてきた。

「兄さん！　どうしたんだ」

「新酒のタンクなど設備を一新したんや。ミズナミリテール銀行の融資でな。そしたらこのリーマンショックが来て、運転資金は出せんと言う。借り入れが多いからやとぬかした。設備資金を貸したんは、お前とこやないかと怒鳴ったら、余計に険悪になって、設備資金の追加も出せんと言いやがった。もうあかん。橋本酒造もお終《しま》いや。すまんかったな」

「兄さん！」

橋本は叫んだ。

「大丈夫ですか？」

橋本が薄目を開けると、運転手が心配そうな顔を向けていた。

「すみません。夢を見ていたみたいです」

「大変ですね。いろいろと……」

「ええ、実家がこの間、倒産しまして、兄が行方不明なんですよ。そんなに気の強いほうではなかったので、債権者に会うのが嫌だったんでしょう。馬鹿なことはしないでほしいんですがね」

橋本は、シートを元に戻した。

「それはご心配ですね」

車のドアが開いた。岬が帰ってきた。コンビニの袋におにぎりや飲み物が入っている。

「張り込み開始!」

橋本は、袋に手を入れ、おにぎりを摑んだ。

3

藤野は、瀬戸を睨みつけていた。気分を害しているということをあからさまに態度に表すかのように、足を組み、体を背もたれに投げ出すように座っていた。

瀬戸は、落ち着き払っていた。藤野とは、対照的に両膝をきちんと合わせ、まるで行儀のいい子供のように座っている。

「だいたい高島君が、管理不行き届きなんですよ。だから大恥をかいた」

「高島君は、旧扶桑とはいえ、あなたのところの副頭取ではありませんか。その不満を私にぶつけるのは筋違いでしょうな」

瀬戸は苦笑しながら、川田に目を向けた。川田は何も言わない。

早朝に瀬戸、藤野、川田の3トップが瀬戸の部屋に集まり、他の役員をだれも入れずに忌《き》憚《たん》なく話し合う会議を開催していた。

朝に強い瀬戸の発案で始まった会議だ。何も講じなければ三人はまったく顔を合わせない日も多くなる。それでは統一した銀行経営ができないと始まったのだが、朝に弱い藤野はいつも不機嫌だった。

「しかしですね。私が仲介に入り大東テレビの株を買占めしている梅川ファンドをなだめているのに、あろうことか渋谷東口支店が、安売り王国に資金を出して、大東テレビの株を約八％も買わせていた。あの支店長は、高島君と親しいといいますから、相談はあったのでしょう。なぜゴーサインを出したのか？　気が知れん。私に恥をかかせようという意図があったに違いない」

藤野は、手に持っていた湯飲みを乱暴にテーブルに置いた。鋭く空気を切り裂く音がした。

瀬戸が口元を歪めた。

「渋谷東口の支店長は、ＭＲＢの傘下ですから、高島副頭取には相談していないと思いますよ。私が、藤野頭取の立場をもっと配慮すべきでした」

川田が軽く頭を下げた。

「川田頭取に謝られたら、もうこの話はお終いです。止めにします。いずれにしても我がＭＦＧは、取引先が膨大で、いたるところで利益相反を起こしますから、私たちでよく話し合いましょう。では私はこれで……」

藤野は尊大に胸を反らして、立ち上がった。

「ではまた明日」

瀬戸は座ったまま、軽く目礼をした。川田は、ソファーから腰を上げ、中腰という中途半端な姿勢で頭を下げた。

「ふう」と川田は、ため息をついて、再びソファーに腰を落とした。

「相変わらずですね。川田頭取のおかげです」

瀬戸の表情が曇った。

「あれじゃ高島君もかわいそうだ。露骨に副頭取を代えろと言っているようなものですね」

川田が眉根を寄せた。

「MWBを完全な自分の城にしたいのでしょう。副頭取も旧興産にしようとしています。私たちには、インベストメントバンクの業務は分からないとでも言いたげですね」

瀬戸が、「ちっ」と舌打ちをし、不快感を顕にした。あまり感情を表に出さないのに珍しいことだ。

「藤野頭取に関して不愉快な怪文書が出回っているようです。チャイニーズガールとか……」

「それはまた、国際的ですね。困ったものです。なんとかならないものですかかね」

瀬戸は、自分に言い聞かせるように言った。

「なんとかならないものですかね、本当に……」

川田も同じ言葉を、暗い声で呟き、苦笑した。

「行員のモラル低下につながっていませんか？」

瀬戸が聞いた。

「扶桑も大洋栄和もリテールで力を発揮してきました。興産はホールセールといいますか、要するに手を汚さない。昼間からパワーランチで商談を纏めている営業部の若手がいるそうです。経費を節約の上に節約しているMRBの行員は、冗費を使いまくるMWBの行員に不快感を抱いているようですね」

「上が上なら、下も下、というわけですね。心が離れてしまえば、統一した銀行グループとはいえなくなりますな」

瀬戸がますます深く眉根を寄せた。

「なんとかならないものですかね」

川田が、また繰り返した。

「川田頭取、同じことを繰り返しておいでですよ」

瀬戸が薄く笑った。

「これは、これは。鬱陶《うっとう》しいことです」

川田が口角を歪めた。

4

木之内香織は、日比谷通り沿いのビルの前にタクシーを止めた。赤いレンガの瀟洒《しょうしゃ》な建物だ。

エレベーターで七階に上がる。

「ここだわ」

中島勇法律事務所。中島は、グローバル・エステートの顧問弁護士だった。

木目調の壁が、落ち着いた雰囲気を醸し出している。受付カウンターには、薔薇《ばら》や季節の花が飾られている。相談に来る人に信頼感を与える内装だ。

無人の受付に置かれたベルを押す。リン。ひと際透明な音が鳴る。

「はい！」

受付に女性が現れた。

「木之内といいます。グローバル・エステートのことで参りました。中島先生に予約を入れてあります」

香織はきはきとした調子で言った。

女性は、香織の姿に目を見張った。その場が、華やかに輝いているように見えたからだ。

「はい、お待ちしておりました。こちらです」

女性は、香織を先導して、会議室に案内した。窓から皇居の堀と木々が見渡せる。香織は、窓際に立って眺めていた。清澄な空気が、流れ込んでくる気がする。

「お待たせしました」

落ち着いた声がして、香織が振り向くとそこに中島が立っていた。さほど上背はないが、がっしりとしていた。眉が濃く、男らしい印象だ。企業再生や法令遵守関係を得意分野にしている敏腕弁護士だ。

「お時間をいただきまして、申し訳ありません」

香織は、勧められるまま、中島の対面に座った。

「進藤さんにあなたのような妹さんがいるとは知りませんでしたよ」

中島は微笑んだ。

「事情があって私たちは別々の親戚に引き取られたものですから」

香織は目を伏せた。

「そうだったのですか。ところでその後どうですか？　進藤さんは？」

「自宅に引きこもったままです。苦労して作り上げた会社をあっという間に失ったわけですから、ショックだったのだと思います」

「そうでしょうね。力になれなくて申し訳ありません」

中島は、苦しそうに重い息を吐いた。

「ミズナミホールセールバンクを訴えることはできないのですか？」

香織は顔を上げ、中島を見つめた。

「不法行為といえるまでの行為はありませんからね。難しいです」

中島の唇が、固く結ばれ、歪んだ。

「しかしグローバル・エステートのどこがコンプライアンスに違反していたのでしょうか？　私、藤野頭取に直《じか》にお目にかかりましたが、まともに答えてくださいませんでした」

香織は、悔しそうに唇をとがらした。

「私が推測するに、進藤さんの友人に暴力団の舎弟と思われる人物がいて、彼に地上げの協力を依頼したというのが引き金になっているようです」

「兄は、暴力団関係者と認識して取引をしたわけではないと思います。それに一度でも罪を犯したり、暴力団に関係したりすれば、一切の商業活動から排除されるなんて、憲法の生存権を侵しているような気がします」

　香織は憤慨して言った。

「おっしゃる意味はよく分かります。しかし警察は、暴力団関係者と親しいというだけで周辺者として認定をし、銀行取引などを制限する方向に舵《かじ》を切っています。警察組織を維持するためには、暴力団関係者を増やさなければならないかのようです。やりすぎです」

「そんな風潮はなんとかならないのですか？」

　香織は憤りをぶつけるように、厳しい調子になった。

「現状は、より厳格になる方向で、それを止めることはできません」

　中島は力なく言った。

「兄がこのままダメになってしまうのではないかと心配です」

「彼はまだ若い。まだまだ再起のチャンスはあります。その際には私も協力します。よくおっしゃってください」

　中島は、香織を見つめた。

「分かりました」

　香織は立ち上がった。

「これからどうされますか？」

「貸し渋り、貸しはがし倒産の問題を放送できるように取材します。ミズナミフィナンシャルグループを許すことはできません」

香織は毅然《きぜん》として言った。

中島は、その強い口調にたじろいだ。

5

「だめだ。東北製紙の買収防衛に関わるアドバイザーになることはまかりならん」

MFG本店内の藤野の部屋に怒号が轟《とどろ》いた。副頭取の高島宏隆を見つめる藤野の目が怒りに燃えている。

高島の額は、汗が滲んでいるのかてらてらと光っていた。熱いのではない。興奮しているのだ。

「しかしそれでは契約違反です」

高島は細い体をしならせ、藤野の言葉を受け止めた。

「構わない。MWBは、太平洋製紙側に付く。我々が太平洋製紙側に付くのにミズナミ証券が東北製紙側に付くなどというのは許されない」

裕也は、強引な藤野の様子を醒《さ》めた目で見ていた。山川は、視線を藤野と高島との間でせわしなく動かしている。優勢なほうは、どちらなのかを必死で見極めようとしているのだ。

日本最大の製紙メーカー太平洋製紙は、大手証券会社である大野証券と組んで、中堅製紙メーカー東北製紙に敵対的買収を仕掛けようとしていた。藤野は、太平洋製紙と大野証券のトップから極秘に必要な資金提供などの支援を依頼されていた。

買収されそうになっている東北製紙は、中堅だが、技術力にすぐれ高級な紙を作ることで定評があった。一方、太平洋製紙は、製紙業界ではガリバー的な存在だが、中国進出計画の遅れや紙価の低下などの問題を抱えていた。ここで東北製紙を買収し、業界のシェアを圧倒的なものにし、それらの問題を一気に解決しようと目論んでいた。

「山川部長、関口君」

藤野が、突然、名前を呼んだ。

「は、はい！」

山川が、弾かれたように姿勢を正した。裕也も藤野を見つめた。

「君たちは、私に怒っているだろう。なにせ東北製紙は君たち旧大洋栄和の取引先だ。財務担当専務は、君たちのＯＢだからね」

藤野がぐっと睨んだ。

山川は、藤野の視線に圧されていた。

藤野の言うように東北製紙の財務担当専務は、旧大洋栄和のOBである片山恭三《かたやまきょうぞう》だった。片山は、裕也の入行店の支店長だった。

「製紙業界は今、過当競争で疲弊している。このままでは国際競争に負けるのは必定だ。銀行としても業界が疲弊していくのを手をこまねいて見ているわけにはいかない。幸い、我がMWBは多くの上場企業と取引をしている。かつて旧興産の先輩が鉄鋼業界を再編したように、今度は私が製紙業界を再編する番だ。これに成功すれば、自動車、電機、ガラスなどあらゆる産業を再編してみせる。それに今回は日本初の国内上場企業同士の敵対的買収だ。こういう時代になったのだと経営者に警告を発するよい機会だと思う。思いは複雑だろうが、賛成してくれたまえ」

「いえ、まあ」

藤野は、薄く微笑みながら言った。山川と裕也を懐柔しようという腹がみえみえだ。高島が奥歯を嚙みしめているのがよく分かる。ぎりぎりと音が聞こえてきそうだ。

「頭取のお考えに賛成します。広報もしっかりと支援させていただきます」

山川が、ソファから飛び出さんばかりに身を乗り出した。高島を棄《す》て、藤野に付く決断を下したのだろう。

「頭取、ファイヤーウォールということもお考えください。もともと東北製紙は、こうした事態を想定して、ミズナミ証券とアドバイザー契約を結んでおりました。まさに予想した事態が起きたのです。そうであればミズナミ証券は、たとえMWBと袂《たもと》を分かとうとも、東北製紙側に付くのが、信義というものです。これは譲れません」

高島が厳しい顔つきで反論した。

「私も高島副頭取の言う通りだと考えます。長い目で見れば、ここは中立であるべきかと……」

裕也は、体が震える思いがした。こんな重要な話し合いの場にいることさえ、立場を超えているのに、そこで頭取に抗して発言するなどというのは、暴挙以外のなにものでもない。

「関口……」

山川が目を見張った。

「私に洞ヶ峠《ほらがとうげ》をきめ込めと言うのか！　広報に来てもらったのは、他でもない。大きなニュースになったからだ。その対応策だけを述べればよい。余計なことを言うな！」

藤野の銀髪が、激しく揺れた。

「申し訳ありません」

裕也は怒りを抑え込んだ。賛成してくれと要求されたから、自分の意見を言ったのだ。それなのに……腸《はらわた》が煮えくり返りそうになる。

「関口君の言う通りです。頭取がミズナミ証券の東北製紙へのアドバイザー就任を禁じられるならば、この案件すべてにMWBは中立であるべきでしょう。私は、そう考えます」

高島は毅然として言った。

裕也は、眩《まぶ》しそうに高島を見つめた。旧扶桑の役員であるため、親しく話をしたことはないが、藤野に対してもこれだけの姿勢を保つことができるのは、たいした人物だ。それに引き替え山川の脆弱《ぜいじゃく》さは情けない限りだ。

「君は、瀬戸社長の覚えがいいからといい気になっているんじゃないか。もしこのままそんな態度を続けるなら、瀬戸社長に言って、解任するぞ。それでもいいのか」

藤野は、顔を突き出し、高島を睨みつけた。高島は、顎を引き、背筋を伸ばし、藤野の視線を跳ね返すように睨み返した。

ごくり。誰かが唾を飲み込む音が聞こえた。

ドアが開き、女性秘書が入ってきた。異様なほどの静けさに、秘書の足が止まった。

「どうしましたか？」

裕也が訊《き》いた。

「頭取にお客様です。東北製紙の片山様です」

藤野の目が鋭くなった。

「片山専務が……」

高島の顔に動揺が浮かんだ。片山の来行の意味を察したからだ。

「忙しい。帰ってもらえ」

藤野が言った。

「承知いたしました」

秘書は、無表情に一礼し、引き下がろうとした。

「待ってください」

裕也が立ち上がった。

「なんだね？」

藤野が不愉快そうに裕也を見た。

「僭越ですが、私がお会いします。昔の上司なんです。今の状況をお聞きし、頭取にご報告いたします」

裕也は、努めて笑みを浮かべた。

「出すぎた真似を……。勝手にしろ」

藤野は呟いた。

裕也は、立ち上がり、女性秘書の後に従い、藤野の部屋を出た。山川が、乞うような目で見つめたが、裕也は無視した。

背後でドアが閉まった。ふうっと大きく息を吐いた。女性秘書がくすっと小さく笑った。

「大変だよね」

裕也は同意を求めるように言った。

「そうですね。でもお優しいときもあるんですよ」

「えっ、藤野頭取のことですか？」

「ええ」

女性秘書は、微笑み、片山が待つ応接室へと案内した。

あの傲慢で、自分勝手な藤野は女性には優しいというのだろうか。裕也は、複雑な思いで応接室に入った。

片山は、顔を両手で覆い、体をかがめていた。深刻そうな様子だ。

「片山専務、お久しぶりです」

裕也は努めて明るく振舞った。

片山が顔を上げた。

「おう関口か？」

「いろいろ大変ですね」

「藤野頭取の時間はとれたか？　いるんだろう？」

片山がすがりつくよう目をした。

「ええ、いるにはいるんですが……」

裕也は眉根を寄せた。

「どうした？」

「会わないと言うんです。お前が行ってこいと」

「なんだって、関口。お前が頭取か！」

片山は、怒りを顕にし、ソファーから腰を上げた。

「すみません。どうしても会わないと言われるんです。今、買収のことを協議していたのですが……」

裕也は、片山に座るように促し、自分もソファーに腰を落ち着けた。

「藤野はなんと言っているんだ」

藤野と呼び捨てになった。

「太平洋製紙に付くと言っています。ミズナミ証券が東北製紙の買収防衛アドバイザーになることは、絶対にだめだという姿勢です。業界再編を成功させるのだと強気です」

「あの野郎、東北製紙がどうなってもいいのか！」

「東北製紙は旧大洋栄和がメインで、太平洋製紙は旧興産がメインであるというのが大きいのでしょうか。藤野頭取は、旧興産の先輩経営者のように業界再編をリードし、平成の鞍馬《くらま》天狗《てんぐ》とでも呼ばれたいようです」

「何が平成の鞍馬天狗だ。ファイヤーウォールはどうしたんだ。証券の客にメイン銀行が口を出していいのか？」

片山が吐き棄てるように言った。

ミズナミ証券が顧客と交わした契約内容を知り、メイン銀行がクレームをつける行為は、ファイヤーウォールという証券と銀行の境界を無視する行為で、禁止されていた。しかしミズナミ証券と東北製紙の取引に、藤野は強引に割り込んできたのだ。

「業界を再編しなければ、製紙業界は立ち行かないという考えがあるようです」

「それで東北製紙を犠牲にしていいのか。私の立場はどうなる？」

と片山は顎を突き出し、

「私がミズナミ証券に防衛のアドバイスを頼んでいたんだぞ。高額のアドバイス料を払い続け、いざとなったら、ダメだ、できないとはどういうことだ。金融庁に訴えてやるぞ」

と机を叩いた。

「申し訳ありません」

裕也は頭を下げる以外になかった。しかし自分がなぜ片山に謝らなくてはならないのか、謝ってどうなるのか、そう思うと怒りがふつふつと沸き上がってきた。

「関口、私は帰る。ＭＷＢの考えはよく分かった。藤野は許さない。よく言っておけ。東北製紙にも意地があるとな」

片山が立ち上がった。

「高島副頭取が、東北製紙の立場を考えて、藤野頭取に再考を促しておられます」

裕也は片山を見上げた。

「高島……。旧扶桑じゃないか。旧大洋栄和はどうしたんだ。だれか藤野に盾つく人間はいないのか？　みんな骨抜きになってしまった。こんな経営統合なんかするからだ」

片山の怒りは収まらない。出口まで歩き、裕也のほうを振り向くと、

「関口、藤野に尻尾を振るんじゃないぞ。尻尾を振ってもろくなことにはならない。自分を貫くんだ。やりたいようにやるんだ。それが合併銀行や統合銀行での生きる道だ。それで何が起ころうとも自分で引き受けるんだ。分かったな」

片山はかつての上司の顔になった。

「分かりました。ありがとうございます」

「また飲もうじゃないか。声をかけるよ」

片山は部屋から出ていった。裕也はエレベーターまで、見送るかどうか迷ったが、止めた。黙って頭を下げた。


「あの警備員が、ずっとこっちを見ているな」

岬が言った。

ＭＦＧ本店前に車を止めて、もう二時間以上になる。警戒しているのだろうか？

「移動したほうがいいですかね」

運転手が聞く。

「いいよ。どうしようもなければ代わりの車を頼むさ。もう少しここにいよう」

橋本が言った。

長時間、同じ車が停車していると不審車輌と思われ、警察に通報されてしまう。そこで張り込み取材では、数台の車を乗り換えることがある。

しかし今回の取材は、まだどの程度の規模になるか分からないので、取材費をそれほどかけられない事情があった。要するに乗り換える車を用意できないのだ。

「あれは広報の関口さんじゃないか」

橋本が言った。

車の出入り口に立っているのは、ＭＦＧの広報の関口裕也に違いない。何度か、取材で会ったことがある。銀行に厳しい取材だったにもかかわらず、率直で、好感が持てる対応だった。銀行員には珍しいタイプだ。たいていは傲慢で、週刊誌記者などは虫けらとしか思っていないような人間が多いが、彼はそうではなかった。

裕也の前に車が現れた。地下駐車場から上ってきたのだ。

「あの車です」

運転手が慌てて、エンジンをかけた。

橋本は、記憶の中で車のナンバーを照会した。間違いなく藤野の車だ。

「つけてくれ！」

運転手が「分かりました」と答える。

「どうせ、ＭＷＢに行くだけじゃないのか。まだ昼前だ。女に会うには早すぎる」

岬が言った。

藤野の車が、出入り口で一礼する裕也の前を通過した。

「見送りとは、大変だな」

藤野の車が、ＭＦＧ本店の外に出た。

なった。

「行ってくれ」

橋本は、出入り口を一瞥した。裕也がこちらを見ている。一瞬、視線が合ったような気がしたが、窓にはスモークがしてあるので、決してそんなことはあり得ない。しかし妙に気になった。

「いずれお世話になると思います」

橋本は、裕也に向かって呟いた。

「何を言っているのですか」

カメラをいじりながら、岬が怪訝そうな顔を向けた。

「独り言だよ」

藤野の車は、日比谷通りに入り、丸の内方面に向かった。向こうにはＭＷＢ本店がある。張り込みはスタートしたばかりだ。道のりは遠いのだろうか。

藤野の車がスピードを上げた。

「遅れるな」

橋本は運転手に言った。

「はい！」

運転手の緊張した声が車内に響いた。取材車はスピードを上げた。

第六章　追跡

1

タクシーが西麻布交叉点にさしかかった。

「そこで止めてください」

香織は、運転手に言った。タクシーは、硬質な音を立てて止まった。

「いいんですか？　店まで、まだ少しありますが……」

「ええ、結構です。領収書ください」

香織は、料金を払い、領収書を受け取ると、タクシーを降りた。

この交叉点は、車で通過するより歩くのがいい。

後ろを振り返ると、ブッシュ大統領と小泉首相が大騒ぎした「権八《ごんぱち》」が見える。今となってはだれも思い出さない出来事だ。

小泉純一郎ほど日本中を熱狂させた首相はいない。しかし夢から醒めると、だれもが憑《つ》き物が落ちたように小泉のことを忘れよう、あの時代の記憶を拭い去ろうとしているようだ。

あの時代はなんだったのだろう。小泉首相の批判記事を書こう、あるいはテレビで話そうとするだけでストップがかかった。「小泉の悪口は、視聴者の評判がよくないんだ、我慢してよ」ディレクターが顔をひきつらせるようにして言ったものだ。この馬鹿ディレクターめ、と思いながら、しぶしぶ原稿を直した。ニュースって視聴率なの？　と腹立たしくて仕方がなかった。

信号が青に変わった。あまり人はいない。以前は、といっても十年近く前は、もっと人通りがあったような気がする。でもそれは過去がいつでも華やかな記憶とともに蘇るという説を証拠だてているに過ぎないのかもしれない。

アイスクリームの「ホブソンズ」がある。裕也と時々食べたことがある。アイスクリームに砕いたクッキー。サクッ、サクッとした歯ごたえ。冷たいアイスクリームを口いっぱいに頬張る。裕也は、甘いものは苦手だと言いながら、いつでも「ちょっと」と言い、舌を伸ばしてくる。「あげない」「いじわるだなぁ」たわいのないやり取り。アイスクリームを指先に取り、裕也の鼻先につける。「何すんだよ」「食べさせてあげたのよ」「鼻じゃ食べられないよ」。たったアイスクリーム一つで、何時間もじゃれ合うことができた。

あれって、幸せなことだったのだろうか？　一緒にいる時間が、何物にも代えがたくって、世界は自分たちを中心に回っていて、他人のことを思いやることもなく、自分たちの周りはすべて敵ばかり、だから一緒にいる、離れない。裕也の表情に、言葉に、行為に敏感に反応し、同じように喜び、悲しんでいた。それがあるきっかけでいつの間にか、疲れるようになった。

玩具に飽きた子供のように裕也が変わってしまったのだろう。それとも自分が、変わったのか。裕也と肌を合わせていると、溶け合うほど心地よく、温かく、別にセックスしなくても、ただ手と手が、足と足が、絡まっているだけでよかった。

それがある日、裕也の肌にザラッとした感触を覚えた。足、手、指、どこだか分からない。ただそう感じたのだ。

そのとき、裕也の顔を見た。寝顔だったかもしれない。起きていたかもしれない。今となっては、どこで、どんなシチュエーションだったかも思い出せない。ただ、あのザラッとした、なんとも嫌な感触。それだけが自分の手を通じて、脳幹に伝わり、裕也から離れた。どうしたの？　香織？　ううん、なんでもない。

裕也がＭＦＧの広報にいるとは聞いていたけど、まさか出会うとは思わなかった。でも久しぶりに会った裕也から、あのザラッとした感じは受けなかった。

あのころの裕也は貪欲《どんよく》だった気がする。世の中に対しても、恋に対しても挑戦的だった。

私は、私のことだけを考えてほしい、今となっては気恥ずかしいが、純粋な少女の心を持っていたのだろう。裕也に、私以外にも付き合っている女性がいることを知ったとき、何もかも許せなくなって、あの、ザラッとした感触になったのかもしれない。もう遠い記憶になってしまったけれど……。

裕也もすっかりサラリーマンになったのだろうか。それも最も自分を押し殺さなくてはならない銀行員という職業。何枚も欺瞞《ぎまん》に満ちた表情を被り、剝《む》いても、剝いても本当の表情が出てこない。本当の表情はどこにあるのかといつの間にか自分さえ分からなくなってしまう職業。それが銀行員。

裕也とは、これからどんな関係になるのだろうか。出会った以上は、何かが再び始まるのかもしれないが、始まったら始まったで、天命に任せよう。

香織は、パソコンでプリントアウトした地図を見た。

「ここだわ、霞町《かすみちょう》」

目の前に狭い路地があった。表通りの喧騒《けんそう》とはまったく無縁の静けさだった。何軒かのレストランや料理屋の明かりが路地を照らしている。それが一層、沈黙を深くしているようだ。

香織は、路地に足を踏み入れた。まるでひと時代前にさかのぼったような街並みだ。足先が震えている。この街並みにではない。今から始まることの予感への恐れからだ。

2

「よく来てくれた」

片山は、裕也にソファーに座るように言った。

品川のホテルの一室。片山が時々利用するらしい。周りは緑の森に囲まれ、都心とは思えない。

「先日は、失礼しました」

裕也は、軽く低頭した。

東北製紙の専務として、藤野に会いに来た片山に無駄足を踏ませてしまったことを謝罪するつもりだった。

太平洋製紙が、国内初のTOBで東北製紙に買収を仕掛けた。太平洋製紙に肩入れする藤野は、旧大洋栄和OBの片山に会おうともしない。片山は、東北製紙の財務担当専務なのだが、まさか自分の出身母体であるMWBが太平洋製紙側に回るとは、予想もしていなかったのだ。

「今日、こんなところにわざわざ来てもらったのもそのことだよ」

片山は、冷蔵庫から缶ビールを取り出し、裕也が座るテーブルに置いた。

「恐縮です」

「今、ルームサービスで寿司を取ったから、それでも食いながら、相談に乗ってくれ」

片山が、言い終えるか終えないうちに、ドアフォンが鳴った。

「寿司が届いた。わりに美味《うま》いぞ」

片山が、にんまりして、ドアを開けた。

「そこに置いてくれ」

ボーイが、ワゴンを部屋に入れた。その上に大きな寿司桶《おけ》がのっている。三、四人前はあるだろう。

「すみません」

目の前の寿司を見て、裕也は恐縮した。

「ちゃんとしたレストランで食事をすればいいのだが、だれかに見られたりしてもつまらんからな。今は、微妙な時期だから」

「ええ、分かっています。私のほうこそ、ご迷惑ばかりおかけして申し訳ないです」

「さあ、食べよう。話は、それからだ」

片山が寿司に手を伸ばした。裕也も、そのとき、意外と腹が減っていることに気づいた。

シャリは小さいが、ネタが大きな寿司だ。口に入れると、シャリがはらりと崩れる。それがネタと絡まって、口の中で至福の瞬間がおとずれる。

「美味いだろう」

片山は嬉しそうな口ぶりだ。しかし表情は冴えない。どんよりとくすんだ顔色だ。肌もかさついているように見える。

「ええ、とても」

裕也も笑顔を返した。

「金融庁に相談したいのだが……」

片山がだしぬけに言った。

「金融庁、ですか？」

裕也は、寿司を口に含んだままだ。

「藤野のやり方は許せない。明らかにファイヤーウォールを逸脱している。このことを金融庁長官に直接言いたい。どう思うか」

片山は裕也に目を据えた。

「どう思うかと言われましても……」

裕也は、喉を鳴らして茶を飲んだ。

金融庁は銀行を管理監督する政府機関だ。片山は、藤野、すなわちＭＷＢの横暴なやり方を監督官庁に告発しようというのだ。

目の前に必死な形相の片山がいる。部屋の明かりが急に暗くなったような気がした。

「そうだな……。関口にとっちゃ自分の会社を告発する相談だから、ああ、いいですよとは言えないな」

片山は薄く笑った。

「ええ、まあ、そんなところです。専務の気持ちはよく分かります」

裕也は、寿司を食べ続けていいものか、迷った。

「食べながら聞いてくれ」

片山は、そんな裕也の気持ちを察したのか、寿司を食べるように勧めた。

裕也は、コハダをつまんだ。

「東北製紙は、従業員と地域が一体になった会社なんだよ。このグローバルが優先される時代に、ローカルというかな。いや、グローバルとローカルを合わせたグローカルという言葉があるだろう？　そんな感じだ。秋田から絶対に出ない。秋田の人を雇う。秋田を貧しい県にしない。秋田から海外に発信する。そんな根性を持った会社なんだよ」

片山は目を細めて言うが、所詮、取引先である銀行からやってきた天下り役員だ。きっと従業員との間にもなにかと軋轢《あつれき》があるに違いない。それが過剰なまでの東北製紙に対する思い入れになっているのだろう。

「銀行で三十年以上過ごしたけど、なんにも分かっていなかったよ。金だけを見てね。会社に向かってああでもない、こうでもないと講釈を垂れていただけだ。それで高給を食《は》んで、社用車、個室、秘書を付けてもらい、どんな会合でもいの一番に舞台に上げてもらってきた。昔より、待遇が悪くなったと愚痴をこぼす銀行の役員がいるが、製造業の連中と比べりゃ、他人の金で商売しているくせに、なんで偉そうなんだと言われても仕方がないさ」

片山は、缶ビールを口に運び、一気に飲み干した。缶を握りつぶすと、立ち上がって冷蔵庫からもう一本取り出してきた。

「関口、お前もいるか？」

片山は訊いた。

「私は、まだ残っていますから」

「そうか……」

片山は、缶ビールのプルタブを引きながら、「ふう」と大きなため息をついた。

「そんなに違いますか？」

「違うね」

片山はビールを飲んだ。

「合併か、統合かは知りませんが、自分が銀行員でいる間は、止めてほしかったですね」

裕也は呟くように言った。おもねっているように聞こえないか心配したが、やはりそう聞こえたのだろう、片山の頬が緩んだ。

「あのまま大洋栄和でいればよかったんだよ。今の評判の悪さはないだろう。MWBもMRBもかつての大洋栄和の手作りの良さ、客との親密さはない。ドライだよね。最近、倒産する会社は、みんなMWB、MRBの取引先だっていうじゃないか。グローバル・エステートだったかな、明らかな黒字倒産だろう？　あれは酷い」

「コンプライアンスの問題があったようです」

「どんな問題か知らないが、あまりにも無惨だよ。前期は、最高益だろう？　従業員を連れて海外に社員旅行に行ったそうじゃないか。あの会社の社長は、確か、叩き上げだ。さぞや悔しかっただろうな」

片山の言葉に、裕也は香織を思い出した。香織も同じようなことを言っていた。銀行の理屈で取引を解消したが、世間はそんな理屈を理解してくれることはない。

「あの会社だって同じことを考えたはずだよ」

「同じことといいますと？」

「金融庁に告発したいってことだよ。文句のひとつも言いたくなるさ。銀行を指導するってことは、私たち取引先のためにやることだろう。元銀行員の私が言うのもおかしいが、金融庁は銀行の客の立場も考えるべきだ。そこで相談だ」

片山が、ぐいっと体を乗り出してきた。

裕也は緊張し、身構えた。

「迷惑はかけない。金融庁長官に会えるルートを作ってくれないか。お願いだ」

片山は、頭を下げた。

「専務……、止めてください」

「私には金融庁へのルートはない。ただの紙屋だからな。しかし関口は現役で、広報だ。どんなルートでもあるだろう？」

片山の目が真剣だ。

「金融庁長官って、会ったこともありません。それに金融庁は癒着を恐れていますから、個別の取引先の問題には関与しません」

裕也は、片山の顔を正視できない。この真剣さに応えるためには、なんとかしましょうとさえ言えばいいのではないか。そのひと言だけが欲しいのではないか。それなのに官僚的な、ありきたりの答えを言ってしまったことを悔やんだ。

「分かっている。しかしそれをなんとかしてくれるのが関口だろう。私は、今や東北製紙でまったく立場を失っているんだ。そりゃそうだろう。もし買占めがあれば、それに対抗してミズナミ証券が守ってくれると、自慢げに社長や役員に説明していた。なんのアドバイスもなくとも千万円単位のアドバイザリー手数料を支払っていたからな。それなのに、いざ鎌倉となった途端に裏切りだ。呆れたね。藤野の指示だというのだ。そんなこと許されると思うか。私が抗議したら、ミズナミ証券はなんて言ったと思う？　藤野に頼んでくれだとさ」

片山は、口角を引き上げると、ははははと乾いた声で笑った。

裕也は、その笑い声に押しつぶされそうになりながら、片山と一緒に働いた時代のことを思い出していた。

ある独立系ソフトウエア・メーカーが経営不振になった。もし倒産すれば、支店は巨額の不良債権を抱えてしまう。その会社との取引を拡大したのは片山自身だった。裕也は担当者として稟議《りんぎ》書を書き、融資を実行したが、片山とメーカーには、おそらくなんらかの癒着があったのだろう。もし破産すれば、すべてが明るみに出る。そんな恐怖が片山にはあったに違いない。

裕也は、あのときの片山の顔を思い出す。どす黒い顔色で、今にも死んでしまいそうにも思えた。

「なんとかならんかなぁ」

片山が、途方にくれた表情で呟いた。

裕也は、その苦境を救ったのだ。

大学時代の恩師が、大手製造業系ソフトウエア・メーカーの社外役員をしていたのだが、裕也は彼に独立系ソフトウエア・メーカーの救援を頼んだ。話は、順調に進んだ。片山に、救援してくれるスポンサー企業が見つかったと報告した、あのときの顔は忘れられない。破顔一笑とは、あのことをいうのだろう。部下である裕也の手を握りしめ、ありがとう、ありがとうと繰り返した。それは支店長という立場をかなぐり捨てたものだった。裕也が、気恥ずかしくなるほどだった。

片山は、あのときと同じように裕也に期待しているのだ。どこにも頼るものがなくなるほど追い詰められ、ふいに裕也のことを思い出したのだろう。

「分かりました」

裕也は、思わず言葉を発した。

「おお、なんとかしてくれるか？」

片山は、裕也の手を摑んだ。

昔と同じだ、と裕也は思った。

「自信もないし、確約はできませんが、金融庁長官とのルートを探ります」

裕也は言った。当てがあるわけではない。しかしこの気落ちした片山の顔を見れば、空約束でもしなければ収まらない。

「頼む。頼んだよ。できるだけ早くだ。それまでは、徹底抗戦しておく。藤野のあのような横暴を許せば、日本の金融界はダメになる」

片山は、勢いよく缶ビールを飲んだ。

（彼が、確か、金融庁長官と親しかったはずだが……）

裕也は、片山に聞こえないようにひとりごちた。

3

香織は、隣に寝ている藤野をじっと見つめていた。ベッドサイドのほの暗い明かりが、藤野の銀髪を、濁ったオレンジ色に染めている。いびきは聞こえない。藤野の年齢でいびきをかかない男も珍しいのではないかと、ふと思う。寝息は穏やかだ。少年のようだ。まだこの男に少年の気持ちが残っている証だろうか。

藤野を陥れたい。そう願っていたら、いつの間にか、こんな関係になってしまった。

香織は、藤野と初めて二人きりであった夜のことを思い出していた。

＊

「ここだわ」

香織は、小さな看板を見つけた。「霞町するとみ」。指定された店の名前だ。鄙《ひな》びた路地に、小さな看板。馴染みでなくては、絶対に入ることはできない雰囲気だ。

「粋《いき》な店を知っているのね」

香織は、三階にあるその店に向かうべく、狭いエレベーターに乗った。

エレベーターのすぐそばに硬い木の扉。開けると小道のようなエントランスがある。右手は数人でテーブルを囲んでいる。そのまま進むと左手にカウンターがある。

白木の清潔そうなカウンターの内側で、小柄な主人と割烹着《かっぽうぎ》姿の女性が働いている。夫婦なんだろうか。二人ともまだ若い。

カウンターには十人が座れるかどうかだ。客を迎え入れる準備はできているが、まだだれもいない。

約束は六時半。しかし、まだその時間まで二十分もある。早く着きすぎた。

「あの……藤野さんのお席は？」

香織は、女性に聞いた。

「いらっしゃいませ。こちらに用意しております」

女性が、入り口から一番遠い席を指した。

香織は、指定された席に座った。おしぼりと茶が運ばれてきた。香織は、店内の明るさにほっとした気分になった。

いい店だわ。

香織は、おしぼりで手を拭いながら呟いた。

主人の弟子なのだろうか、調理場で若い人が働いている。だれもが寡黙《かもく》で、きびきびとした動きが心地いい。

この店は藤野の指定だ。

突然、藤野から電話がかかってきた。携帯電話の番号を教えていたから、当然ともいえるが、まさかMWBの頭取が直々にかけてくるとは思わなかった。

恐る恐る「はい」と答えた。すると、いきなり日にちと時間を指定され、「空いているかな」と問いかけられた。

強引だと思ったが、香織自身も強引に取材したことを考えると、藤野のことを悪く思うわけにはいかない。

「空いていますが、何か重要なことでしょうか？」

香織は警戒心を解かずに訊いた。

藤野には、よい感情を持っていない。むしろ機会を狙って叩きたいと思っている。グローバル・エステートを破産に追い込み、兄である進藤を社会的にも抹殺した男だ。藤野のことは憎んでも憎みきれない。

「美味いものでも食べないか？」

「えっ？」

「食事に誘っているんだよ。そんなに驚かなくてもいいんじゃないか？」

「は、はい。でも驚きました」

「君が、この間、食事にでも誘ってくださいと言ったからだよ」

電話の向こうで笑っている。

取材時に、そんな軽口を言ったかもしれないが、それはあくまで社交辞令というものだ。それをそのまま真に受けて……。

「でも……」

「空いているなら、店は、『霞町するとみ』という和食割烹だよ。真面目な主人が、真面目な仕事をしている店だ。西麻布の交差点近くだ。電話番号は……」

藤野は、話し終えると、「では、待っているから」と一方的に電話を切った。

なぜ藤野の誘いを受けてしまったのだろうか。香織は、出された茶をすすりながら考えた。

間違いなく躊躇した。この誘いを受けるべきかどうか？

しかし受けた。敵である藤野をもっと知るためだ。近づけば弱点が分かるかもしれない。そんな思いもあった。いやそれよりも藤野に魅力を感じていたのかもしれない。

「なぜグローバル・エステートを倒産に追い込んだのですか？」

この問いかけに藤野は笑みを浮かべながら、「ダメな会社は退場するのが、資本主義のルールだよ」とあっさり言ってのけた。取りつく島もないというのはこのことだ。でもこの割り切り方が、なぜだか心地よかった。兄の会社を倒産させた男なのにこんな気持ちになるのはおかしいと思ったが、本当なのだから仕方がない。きっとぐずぐずした男ばかりが周りにいるからだろう。

「いらっしゃいませ」

主人が、声をかけた。

見上げると、入り口のところに藤野が立っていた。

「待たせたね」

屈託のない笑顔。自慢の銀髪を軽く手で梳く。これが癖だ。バラエティによく出演する二枚目中年タレントのようだと思って、おかしくなった。あのタレントも遊び人だといわれているが、しぐさが似ているということは、藤野も遊び人なのだろうか。

「いえ、今到着したところです」

香織は立ち上がった。

「いいよ、いいよ。そのままで」

藤野は、体を寄せるように座ってきた。

「飲み物は？」

「お任せします」

「強いのかい？」

「ほどほどです」

「ほどほどね」

藤野は、「シャンパンを」と言った。とりあえずビールと言わないところが、お洒落なのか。

「僕たちの出会いに乾杯、でいいかな」

眼鏡の奥の目が、いたずらっぽく笑う。

「あくまで取材ですからね」

香織は、硬い表情で言い返す。

はははは、と藤野は笑い、シャンパングラスを目の高さに上げた。

「幸せな取材に乾杯」

藤野は、グラスを空けた。

料理は最高だった。

季節の食材が巧みに料理され、どれもこれもが体にしみこんでいく美味しさだ。

「美味いだろう。ここの主人は、『分《わけ》とく山《やま》』で修業したんだ。以前は、ここにその店があったんだよ」

藤野は、名店の名前を挙げた。

きびきびとした主人の仕事ぶりは美しい。カウンターの奥にしつらえられた焼き台では、魚が炭火でじっくりと焼かれている。あんなに丁寧に魚を焼いているのを見たのは初めてだ。じっくり時間をかけ、焼くというより、放射熱にあてられている間に、身が熟成していくという風だ。

「本当に、何もかも美味しいです」

シャンパンに続いて、いつの間にかワインを相当、飲んでしまった。

店の中は、品のいい客でいっぱいになった。中年の夫婦連れもいる。男同士もいる。人目に晒されるカウンター席は、嫌だなと思っていたが、だれも気にしていない。会話を楽しみ、主人の手さばきを期待感いっぱいの目で、じっと見つめている。

「ねえ、君、僕の愛人にならないか？」

藤野が唐突に言った。酔ってはいない。目もしっかりしている。それよりも驚いたのは、うっすらと微笑んでいることだ。

香織は、耳を疑った。飲んでいたワインのグラスを、焦ってカウンターに置いた。

「えっ？」

「怒ったかい？」

いたずらっぽく笑う。

「なんておっしゃったのですか？」

「愛人にならないかって言ったよ」

香織は、顔を赤らめた。ひそやかな声ではあるが、店の主人らの耳に届いていないかと心配になった。

大丈夫そうだ。主人らは、真剣に料理に取り組んでいる。

「帰りますよ」

香織は、小声で、しかし怒りは伝わるように言った。

「怒ると思ったよ。勘弁してほしい。若い連中と違って、僕にはあまり時間がない。だからこんな直截《ちょくせつ》な言い方になってしまう」

少し視線を落とした。

「失礼じゃありませんか」

香織は、きつい調子で言った。

「確かに僕には妻も子もいる。結婚してくれとは言えない。しかし僕は君を好きになってしまったようなんだ。恋といってもいい」

藤野は、恋などという言葉を臆面もなく口にして、ワインをひと口飲んだ。

「〆《しめ》の食事ですが……」

主人が、一人ひとりの客に釜で炊くご飯を供するために好みを選ぶように言った。

イクラ、サケ、ジャコと柴漬け、アワビなどの種類がある。

香織は、アワビの炊きこみご飯を食べてみたいと思った。愛人だの、なんだのというきわどい会話をしながらも料理だけは、しっかりと食べたいなんて、香織は自分のことを笑っていた。すると、

「ジャコと柴漬けがいいな。それでいいだろう」

藤野が同意を求めてきた。

アワビに心残りはあったものの、料理の中でアワビが出されたことを思い出し、「ええ」と答えた。

ふと、この藤野にとっては、愛人も恋もジャコと柴漬けもみんな同じ位置づけにあるのではないかと思った。どれも自分に好ましいかどうか……。

「話の続きだけどね、僕が君に恋していることは間違いない。初めて会ったのは、パーティのときだよ。覚えている？」

「はい、覚えています」

「よかった」

藤野は安心した顔で、

「あのとき、僕は、もう君から目を離せなくなった。こんな気持ちは初めてというか、久々だった。付き合いたいと真剣に思ったんだ。おかしいだろう？　これでも大銀行のトップなんだよ」

藤野が香織を見つめた。その目には真剣さが溢れていた。

「それでどうして愛人なんですか？」

「言葉を知らないだけだよ。申し訳ない。君を好きになった。結婚はできない。友達では嫌だ。恋人というには、年が離れすぎている。それなら愛人しかない。そんな論理立て」

またいたずらっぽく笑った。

「私にどうしてほしいのですか？」

「本気で付き合ってほしい」

「愛人として？」

香織は皮肉っぽく言った。

「そうだ」

藤野は、強い口調で言った。

＊

香織は、隣で安心しきったように眠る藤野の髪を白く細い手で梳いた。さらさらと流れるような髪だ。指に絡みつくこともない。

不思議な男だと思った。愛人というぶしつけな言葉にも、それほど怒りは覚えなかった。

あのとき、なぜ、「いいです」と言ってしまったのだろうか？

私は、報道記者だ。たとえＭＷＢ、そして藤野を憎んでいるとしても、報道という手段で追い詰めなければならない。それが使命であり、その姿勢で今日まで働いてきた。しかし、限界はある。本当に追及したいことでも、視聴率が取れなければ報道されない。コマ切れのような報道の垂れ流しでは、MWBも藤野も追い詰めることができない。私は、自ら進んでMWBの頭取の愛人になる。スキャンダラスな匂いが、経験できないほどの興味深いこととして迫ってきたのだ。報道記者としての限界を超えるためには、こういう手段しかない。

そしてこれで藤野を追い詰めることができる……。そう思ったのだ。

4

「なんか、いいネタはないのか」

編集長の山脇がいらいらしている。

水曜日の五時すぎは、魔のときだ。校了して、ほっとひと息つくまもなく、プラン会議で次の企画を決めねばならない。

毎週、毎週、追われるようにして写真週刊誌「ヴァンドルディ」の編集は続く。好きでなくてはやっていられない、と山脇は思うのだが、何が好きなのだろうか。

それはやはり紳士、淑女然とした奴らの仮面を剝《は》ぐことだろう。その瞬間に、初めて現れる奴らの人間的な表情。それが見たい。それが人間を好きってことじゃないかと山脇は本気で思っている。

山脇たちに仮面を剝がれた奴らの中には、再び厚い仮面を被る者もいるが、仮面を失った
おかげで自由を取り戻した者もいる。感謝こそされないが、そういう者には、拍手を送りた
い気分になることがある。

しかしなかなか剝ぎ甲斐のある奴が出てこない。このプラン会議にも、まだ現れない。

「ピーちゃん」

山脇は佐伯に声をかけた。

「はい」

佐伯は、どちらかというと優男風の顔を山脇に向けた。

「例の件はどうだ？　上手くいかないのか？」

山脇が訊いた。

「例の件って、ＭＷＢの藤野の件ですよね」

佐伯が、確認するように上目で山脇を見る。

「決まってんじゃないのよ」

次長の亀田のオネエ言葉が飛んだ。

「それがですね。人数、増やせませんか？」

「張り込み班を増やせって言うのか」

「この不景気になんて贅沢を言うのよ」

「なかなか敵もしぶとくて。密会場所は、特定できたのですが、一緒の場面は撮らせないんです。四六時中、張り込むには、もうひとチームをお願いして、交代で狙わないと、上手くいかないと思うんですが……」

「五郎と岬さん以外に、もうひとチームか……」

山脇はすぐに人繰りを考えた。

「いま、平場《ひらば》でなんとかなるのは、杏子《きょうこ》と忠《ちゅう》さんですね」

亀田が言った。

北山《きたやま》杏子は、橋本と同じ平場という役職のない女性編集者。小柄な体で、一見、ひ弱そうだが見かけによらずガッツがある。特技は酒といって憚らない。山脇期待の若手だ。現在は、特にジャンルを決めずに走り回っている。

「ヴァンドルディ」編集部は、完全な男女平等。徹夜も張り込みも女性だろうと関係ない。

横尾《よこお》忠は、ベテランカメラマン。性格はおっとりしているが、いざ対象を捉《とら》えたら鷹《たか》のように俊敏になる。

「分かった。佐伯の下に、杏子と忠さんを付ける。ピーちゃん、必ずものにするんだぞ。大銀行のトップの仮面を剝いでやれ」

山脇は、自分の顔の皮を剝ぐ仕草をして、佐伯に命じた。

「必ず撮ります」

佐伯も同じ動作で応じた。

5

トン、トン。窓ガラスを叩く音に気づいて、慌てて目をこする。眠ってしまったようだ。不覚、と橋本は反省した。

「橋本さん、橋本さん、警官です」

運転手の声に驚いて、窓を見る。街灯に照らされているのは、間違いなく警官だ。

「は、はい」

橋本は、慌てて窓を開けた。

「随分、長く停車していますね」

警官は、疑い深い顔で覗き込んだ。

「もうすぐ移動します」

橋本は言った。

長時間、同じところに停車していると、職務質問などやっかいな目に遭う。そんなことをしていたら、貴重なチャンスを逃すかもしれない。

橋本は、藤野が、女性との逢瀬《おうせ》の場所に使っているマンションの近くに停車していた。マンションは、二十数戸くらいの小ぶりで瀟洒な建物だが、さすがに場所柄セキュリティはしっかりしている。エントランスで、暗証を入力しないとドアは開かない。

駅から少し入った住宅街の中にあり、あまり人通りがないため、余計に車が目立つのだろう。

「取材ですか？」

警官は、岬のカメラに気づいたようだ。

「ええ、まあ」

橋本は、あいまいに答えた。余計な詮索をされたくない。

「申し訳ありませんが、身分証明書か、何かありますか」

周囲に要人でも住んでいるのだろうか。警官の警戒心が強い。カメラを持っているからといって、取材とは限らない。カメラに見せかけた凶器の場合もある。警官にしてみれば、不審者はすべて身分チェックしなければならないのだろう。

「社員証でいいですか」

「結構です」

橋本は、観念して社員証を見せる。

「ほほう、光談社の方ですか。ご苦労様です」

警官はやっとにっこりとした。何がご苦労様か分からないが、光談社に悪い印象は持っていないようだ。

「あまり長時間になりますと、通報があったりして、ややこしいですからね」

警官は、社員証を返しがてらに注意をした。

「あっ」

岬が叫んだ。

「どうした?」

「今、藤野が……」

橋本は、エントランスの方向に視線を向ける。警官の体が視界を遮っている。

「一人か?」

「ええ、一人です」

車内の慌てた様子に、警官もエントランスの方向を見つめている。彼の目にも一人の男が、マンションのセキュリティを解除している姿が見えているはずだ。

幸い、藤野はこちらの様子に気づいていない。それなのに警官と視線を合わせでもしたら、なんだろうと思うはずだ。自然と警戒心も増してしまう。

橋本は心の中で、警官に対して早くいなくなれと念じた。

「それでは失礼します」

警官は立ち去った。

視界が開けたが、もうそこには誰もいなかった。

「ちっ」

岬の舌打ちが聞こえた。

「交代だ」

橋本は、杏子に連絡した。

しばらくすると杏子と忠が、張り込み用のハイヤーでやってきた。

「ごくろうさんです。はい、これ」

杏子は、コンビニで買ってきたおにぎりとお茶の入った袋を差し出した。

「気がきくね」

橋本が中を覗き込む。

「五郎さんの好きな、サケもあります」

杏子の言葉に、橋本がニンマリする。

「よく好み、把握してるね」

「一応、女子《じょし》ですから」

杏子が、笑う。

「お前から、女子って言葉を聞くとは世も末だ。腐女子《ふじょし》っていうんじゃないのか」

「おにぎり、返してください」

頬を膨らませた杏子が、袋を取り戻そうとする。

「はいはい、じゃれるのはそれくらいにして、交代でしょう」

岬が、橋本の持っている袋にさっさと手を入れ、おにぎりとお茶を取る。

「それ、俺のサケ……」

橋本が、哀しそうに手を伸ばした。

「どうですか？　状況は？」

忠が聞いた。

「ターゲットの男は、先ほどマンションに入った。女はまだだ」

橋本が、おにぎりを口に入れた。

「女は特定できたのですか？」

杏子が聞く。

「ここ一カ月、男は女と二人になった姿を外に晒していない。警戒はしているのだろう。このマンションに出入りする女の写真は、ほぼすべて撮った。その中で頻繁に出入りする若くてスタイルが良くて……」

「五郎さん、なんだかうらやましそうですよ」

杏子がからかう。

「馬鹿言うな。この野郎って感じだな。話を戻すぞ。それはこの女だ。これがターゲットの男と付き合っているのは間違いない」

橋本は、写真を見せた。そこにはモデルのような若い女性が颯爽《さっそう》と歩く姿が写っていた。

「いい女ですね」

忠が、目を凝らす。

「そうだよ。毎日、杏子みたいなミニ戦車《タンク》のような女ばかり見ていると、たまにはこういう女と話をしてみたいよ」

「五郎さん、ミニ戦車ってなんですか？　怒りますよ」

「だからそうやってどんどん大砲を撃ってくるからだよ。まあ、冗談はさておき」

「冗談じゃありませんよ。私より少し背を高くして、少し胸と尻を大きくしただけじゃないですか」

「杏子、競うな。本題から逸れちゃうぞ」

岬が注意する。

橋本が、「さて」と空気を変え、

「ということで、張り込みは、杏子と忠さんに任せる。さっき警官に長居を咎《とが》められたから、適当に移動はしていいが、出入りのチェックはしっかり頼んだぞ」

「分かりました」

杏子の目が真剣だ。早くも獲物を狙う目になっている。

「この女は、もうすぐ来るはずだ。来たら連絡してくれ。俺たちは別のところで待機しているから」

「来なかったら？」

杏子が聞いた。

「絶対に来る。男が入ってから十数分後に、女が来る。それがパターンだ。それで二人が一緒に出てくればもうけものだが、それはない。いままでもなかったからな。女が出てくれば、杏子、お前が尾行してくれ。ここからタクシーを呼ぶ場合もあるから、そのときは忠さんとこの車で尾行してくれ。この女が何者か突き止めるんだ。いいな」

橋本が杏子の目を見据えた。

「了解しました。任せてください」

杏子は、やる気たっぷりに敬礼をした。

「じゃあ、後は頼んだ。俺たちはしばらく休む」

橋本は、岬と車に乗り込んだ。

「飲むんじゃないですよ」

杏子が笑って言った。

「お前と違う」

橋本は、ドアを閉めた。

6

「なかなか来ないわね」

杏子は、不満げに言った。あれだけ断定的に十数分後に女が来るのがパターンだと言っていたのにもかかわらずだ。

「当てにならないんだから」

「まあ、そう怒るな。もし時間通りに来るなら、それは高級コールガールだぜ。それはそれでスキャンダルだけどね」

忠がにんまりとする。カメラのレンズを磨くのに余念がない。

「コールガール？　売春婦ってこと。いやらしい」

「そんなことあるもんか。アメリカじゃ、多くのエスタブリッシュメントが、コールガールといいことしているぜ。時々、事件になるけどね。日本にも、エスタブリッシュメント専門の、コールガール事務所があるんだから」

車の近づく音がする。

個人タクシーがマンションの前に止まった。

「あれは！」

忠が、カメラを構える。時間は二〇時一〇分。マンションの入り口の明かりが、タクシーを照らす。ドアが開き、白いパンタロンスーツの女性がタクシーを降りた。

「ターゲットだ」

忠が、シャッターを押す。女性が、周りに注意を払うように、こちらを向いた。だが、こちらの車に気づいた気配はない。連続してシャッターを押す。

「美人ね」

思わず杏子が呟く。

「ああ、いい女だ」

忠も同意する。

女性は、暗証のパネルを慣れた手つきで操作し、マンションの中に消えた。

杏子は、橋本に携帯電話を入れた。

「来たか。遅かったな」

「情報がいい加減なんだから」

「そう言うな。都合がつかなかったのだろう。そのまま張っていてくれ。女が出てきたら、尾行を頼んだぞ」

「分かりましたけど、五郎さんは？」

「今からそっちへ行く。とにかくツーショットを押さえないとな。俺たちは、男が出てきたら男をつける。またどこかで二人になるかもしれないからな」

橋本は言い、携帯電話を切った。

「さあ、じっくり待ちますか」

忠がカメラを抱いて、シートに体を預けた。

「いったい何者なんでしょうね」

杏子は、マンションを見つめている。手に持ったアーモンドチョコレートをひと粒、口に入れた。

「人の恋路を邪魔する奴は、馬に蹴られて死んじまえってか」

忠がおどけながら言った。

「それって私たちのことですか？」

「そうともいえる。邪魔する価値がある相手だと考えて、俺はカメラを構える」

忠は、レンズを杏子に向けた。

「邪魔する価値ですか。正義を振りかざす奴の仮面を引っ剝《ぱ》がす。それが私たちの役目。かっこいい」

杏子はチョコレートをまた口に入れた。

「他人様から見れば、クズみたいな仕事だけど、嘘をつく奴は許さない。それが週刊誌屋《トップ》の根性ってとこかな」

忠との会話が途切れた。

「どうした、杏子」

「タクシーが来たわ。誰か出てくるのかしら」

「ターゲットじゃないよ。中に入って一時間足らずだ」

忠は気にする素振りも見せず、レンズを磨いている。

「ねえ、彼女よ」

風を切るように歩いてくるのは間違いなく彼女だ。

「忠さん、カメラ、カメラ」

杏子が、忠をせかす。

忠は、慌てて窓越しにカメラを構え、立て続けにシャッターを押す。

「男は、出てこないのか」

「タクシーに乗るわ。運転手さん、追いかけて」

杏子が、甲高い声で言った。

女を乗せたタクシーが動きだすのを見計らって、ハイヤーが動きだした。

「今、女がマンションを出ました。尾行します。後をお願いします」

杏子は、橋本に携帯電話をかけた。

「分かった。男のほうは、まだマンションだな」

「はい」

「まかれるな」

橋本は、耳元に響くほどの大声で話すと、電話を切った。

女を乗せたタクシーは、都心に向かって走っていく。

「喧嘩したのかな」

忠が、独り言のように言った。

「そんな風ではなかったわよ」

「じゃあ、やろうとしたけど、男のモノが役に立たなかったとか？」

忠がにんまりと笑みを浮かべた。

「馬鹿！　真面目にやって」

杏子が、忠の頰を叩いた。

「あれ？　セクハラかな」

「当たり前よ」

杏子が唇を突き出し、眉根を寄せた。

タクシーは、どんどん都心に入っていく。

女は、都心に住んでいるのか。そんなことはないだろう。逢瀬に遅れてきた上に、いつもより早く引き上げ、どこかに急いでいる。きっとただのＯＬではない。時間に追われる仕事を持っているのではないか。杏子は、タクシーのテールランプを見ながら思った。

「日本橋に来ました。あれ？　日銀に行きますよ」

忠が、目を丸くしている。

「日銀の女？」

ＭＷＢの藤野と出会う接点はある。もし日銀のキャリアなら、これは面白い。杏子の気持ちが高ぶった。

タクシーは、日銀の中に入った。杏子たちは、道路からそれを眺めた。中に入るわけにはいかない。

「ちきしょう！」

忠が、悔しそうに言った。

「ここで張り込みましょう」

杏子は、女の正体に俄然《がぜん》、興味が湧いてきた。

「警備員に聞いたらどうかな」

「教えてくれるかしら？」

「当たって砕けろですよ。杏子の魅力でなんとかなるんじゃない？」

「気楽ね」

人がよさそうな、年配の警備員がいた。杏子は、彼女の写真を持って、警備員に近づいた。

「あの……、ちょっと人を捜しているんですけど。とても重要なことを伝えなくてはならないんです」

杏子が、最高のかわい子ぶりっこの演技を見せる。小柄な杏子は、高校生くらいに見えなくもない。

「そりゃあ大変だね。それが写真かい？」

警備員は、まるで娘に話しかけるように写真を手に取った。そして微笑んだ。

「この人なら知っているよ。きれいな人だからね」

「えっ、知っているんですか？」

「この人はね。大東テレビの記者で、木之内さんだね。名前は、確か……香織さんじゃなかったかな」

「大東テレビの記者さんですか」

杏子は、思わず叫んだ。

「これでいいかい？」

「ありがとうございます」

杏子は、警備員からひったくるように写真を奪い取ると、ハイヤーに駆けだした。

「ヒット！　ヒット！」

杏子は、ハイヤーの中の忠に向かって親指を立てた。

第七章　接吻

1

　裕也は、受話器を取った。相手は、光談社の編集者、橋本五郎だ。写真週刊誌「ヴァンドルディ」の編集部にいる。

「『ヴァンドルディ』の橋本さんをお願いしたいのですが」

　裕也は、自分の声が緊張しているのが分かった。まさか橋本に「金融庁長官とのルートが作れないか」という相談をすることになるとは思わなかった。

　橋本は、編集者の中では親しいうちのひとりだ。編集者といえば、攻撃的なもの言いをする人が多いが、彼は聞き上手だ。銀行の立場をよく理解してくれるようなところがある。しかし、それはやや丸みを帯びた風貌から感じるだけで、実際は、他の編集者と同じようにスキャンダルに徹底して食いつくことに変わりはないだろう。

　橋本は、かつて谷垣《たにがき》金融庁長官と親しくなったと話していた。「ヴァンドルディ」に異動する前にいた政治経済系の雑誌でインタビューしたことがきっかけで、情報交換がてらにちょくちょく食事もすると自慢げに話していた。

裕也は、片山の依頼を実現するために橋本の人脈に頼ろうと考えた。彼が、この依頼をスキャンダルと思わないことを期待するしかない。

「もしもし」

橋本の声だ。

「ああ、関口です。MFGの広報の関口裕也です。ご無沙汰しています」

「なんだ、関口さんか。お久しぶり」

橋本の明るい声が返ってきた。ほっとした気持ちになる。

「突然で申し訳ありませんが、ちょっとお会いする時間を作っていただけませんか？　昼でも夜でも結構です」

「ああ、いいですよ」

橋本の声が微妙に変化した。

「よかった。早いほうがいいんですが」

「ちょっと待ってください。スケジュールを確認しますから」

橋本が、電話を外した。裕也は、早ければ今日にでも会いたいと思っていた。片山は急いでいた。

「今夜、空いていますよ」

「よかった。それじゃ、後から場所を連絡しますから、夜の六時半でいいですか」

「承知しました。なんの相談か、緊張しますね」

「いえ、くだらない頼みごとです。でも当事者には必死のことで……」

「それならいつものことですね」

橋本が笑うのが聞こえた。

受話器を置いた。

さて、いきなり片山を同席させるのもどうかと思う。とりあえずは自分が一人で会おう。それに公的な存在である金融庁長官が、いくら親しい編集者からの依頼だからといって私的な企業の相談ごと、それもM&A潰しに加担してくれるとも思えない。今回の行為は、世話になっている片山への義理を果たすだけの意味しかないだろう。

それに自分の行為は、MWBのトップである藤野に弓を引くことでもある。いくら藤野に対する反発を片山と共有したからといって広報マンとして許されることではない。

「関口、ちょっと」

次長の井上が呼んでいる。

「はい」

裕也は、慌てて井上の席に走った。橋本への電話のことを聞かれるのだろうか。

「なんでしょうか？」

「こっちこそなんだか知らんが、藤野さんがお呼びだよ」

井上が嫌な顔をした。

「藤野頭取が？　なんでしょうか？」

裕也も表情を曇らせた。先ほど光談社の橋本に電話をしたのは、藤野がバックにいて進めようとする太平洋製紙による東北製紙のM＆Aに楔《くさび》を打ち込みたいためだ。まさかそれを知られてしまったのか。

「関口……」

井上が、目を細め、裕也の心の中を覗き込むような表情をした。

「はあ……」

裕也は、頼りなげな声を出した。

「取り込まれるんじゃないぞ。お前のためにもならない」

「どういうことでしょうか？」

「どういうことでもない。たいした意味はない。まあ行ってこいよ。個室におられるから」

目の前から汚いものでも排除するように手を振った。裕也は不愉快な気持ちになった。この銀行というより、この組織には、欲望と権謀術数が渦巻きすぎている。大洋栄和、扶桑、興産、そんなもの、本当はどうでもいいではないか。しかし、いつどんな場面にもその権力バランスが顔を出す。井上は、旧扶桑だ。旧興産のトップである藤野に自分が呼ばれただけで、微妙なバランスが崩れると懸念している。愚かなことだ。

裕也は、井上を無視するように藤野の個室へと向かった。

裕也は、ざわざわとした気分になった。まさかとは思うが、本当に片山から依頼されたことが藤野の耳に入っているのではないだろうか。この組織は、どこに密告者がいるか分からないところがある。だからだれもが発言に慎重になっている。食堂だろうが、喫茶室だろうが、トップへの批判は絶対的なタブーだ。あまりの窮屈さに我慢できず居酒屋で放言しようものなら、翌日にはそのことがトップの耳に入っていることがあるほどだ。そう考えると、片山と会ったことを藤野が知っていてもおかしくない。裕也は、橋本に電話したことを早まったかと後悔した。

「広報の関口です」

裕也は、ドアをノックし、藤野の個室に入った。

「そこに座ってくれ」

藤野は、裕也を見るなり執務机から離れた。

裕也は、指示されたようにソファーに腰を下ろした。

「忙しいときに悪かったな。要件は早く済ます」

癖のようになった銀髪をかきあげる仕草をした。

裕也は、藤野と二人きりになるのは、初めてのことだった。普通は、山川部長や、他の行員がいる。裕也は、何が始まるのか緊張で体を硬くした。

「木之内香織、大東テレビの記者と君は親しかったんだよね」

藤野は微笑した。

「木之内？」

裕也は、あまりに唐突な質問に驚き、どう対応していいか分からなくなった。

「いつか、あの、マスコミを呼んでのパーティに来ていた記者だよ」

「はい、同じ大学です」

裕也は、かろうじてひと言だけ発した。

「それだけじゃないだろう」

藤野は、にやりとした。

裕也は、首を傾げた。何を言いたいのだろうか。

「付き合っていたのだろう？」

「すみません。ここに呼ばれたのはプライベートのことを聞かれるためでしょうか。いくら頭取でもそれはないと思いますが」

「記者と親密に付き合っていたのかと聞いているんだ。広報としてふさわしいか否かを判断する基準だろう。君が、今でも彼女と付き合っているなら、広報というポストを考え直さざるを得ないだろう」

藤野は、先ほどの穏やかな微笑みとは、打って変わった険しい表情になった。

「今は、付き合っていません。彼女とは大学時代で、終わりました」

裕也は、なぜ香織のことを答えなければならないのかと疑問を覚えながらも答えざるを得ない。

「本当なんだな」

藤野は、体を乗り出してきた。

「本当です」

「そうか」

藤野は、ソファーの背に体をあずけて、「ふう」と息を吐いた。

裕也は、藤野が笑っているように見えた。なんだ？　この男は。

「私には敵が多いようだ。知っているか？」

藤野が裕也に顔を向け、真面目な顔で言った。

裕也は、突然の質問に戸惑った。何を答えるべきか分からない。硬い顔で黙っていた。

「私のことを追い落とそうとする奴が多い。今回の経営悪化の原因は全部、私にあるということを陰で言ってやがるんだ。そんなことがあるものか。悪化の原因は、瀬戸や川田があまりにもリスクを取らないからだ。私だけが、リスクを取っている。それでたまたま上手くいかなかったからといって、いちいち責任はないだろう。それでだ。私は、広報を重視している。君は、なかなかの男だと聞いている。山川や井上はもはや瀬戸と川田についた。君は、私を守ってくれないか」

「なんですって？」

「嫌か？」

「嫌も何も、私は銀行の広報であって……」

「それ以上言うな。そんなことは百も承知だ。君のことは木之内君からもよく聞いている。若いころからしっかりしていたそうじゃないか。ぜひ私を頼む」

「具体的には、どうすれば」

「何があっても私の指示に従い、守ってくれればいい。悪い情報があれば、私の耳に入れてくれ」

「分かりました」

裕也は返事した。広報としてトップのために尽くすことは当然だ。裕也にとって、藤野も川田も瀬戸も尽くすべき対象だ。それに軽重はない、と自身に言い聞かせた。

「分かってくれたら、安心だ。まあ、君は大洋栄和出身だが、悪いようにはしない」

「ありがとうございます……」

裕也は、とにかくこの場を立ち去りたかった。

「頼んだぞ。もう行っていい」

藤野はソファーから立ち上がり、自分の席に戻った。

裕也の胸は苦しいほど激しく動悸《どうき》していた。これが取り込まれる、ということなのか。そんなことより橋本と接触し、藤野を追い詰めるかもしれない依頼をしようとしたタイミングで、自分を呼び出したのはなぜなのか。本当に藤野は片山が自分に接触していることを知らないのだろうか。

木之内香織？　なぜ彼女の名前が出てきたのか。ただ自分とつながりがある記者の名前を挙げただけなのか。藤野は、木之内から、自分の評判を聞いたと言った。親しいことを言外に匂わせるような言い方だった。なぜだ？　本当に親しいのか？　まるで自分に嫉妬をしているかのような口ぶりだった。

裕也は、大きく頭《かぶり》を振った。頭の中から、余計なことを振り払おうと思ったのだ。普通の表情に戻らなければ、井上から、あれこれ詮索されてしまう。

藤野は、井上のことを自分の陣営だとは考えていないとはっきりと言った。広報で、頼りにできるのは裕也だけだとでも言いたげな口ぶりだった。

旧扶桑出身だから仕方がないともいえるが、井上は、信頼されていないのか。井上に比べて自分の方が期待されている。そう考えると、不思議に心が高ぶってくる。

あるジャーナリストが言っていたことがある。ある首相の、自分に批判的な記事を書く記者を籠絡《ろうらく》する方法についてだ。飯を食おうと言い、二人きりで食事をする。たったそれだけで徐々にその記者が書く記事の、首相批判がトーンダウンするという。権力者が、配下の者の心を摑むのは、簡単なことだ。君に期待している。君を評価している。たったこれだけの言葉で、配下の者は、取り込まれていく。

裕也はゆっくりと、まるで忍び込むような気持ちで部室に戻った。井上がいないのを見て、ほっとした。

「伏魔殿とはこのことか……」

裕也は、ぼそりと言葉を洩らした。

2

「杏子、今日は、俺は張り込みから外れるからな」

「えっ、せっかくターゲットの相手の素性が判明したんですよ。どうしたのですか？」

杏子が不満そうに口をとがらせる。

「ＭＦＧの広報が会いたいと言ってきた」

橋本は、眉根を寄せた。

「えっ、張り込みがばれたんでしょうか？」

杏子の表情が強張《こわば》った。

「そんなことはないはずだが……。とにかく会ってくるから、張り込みは、お前が中心で頼む。岬さんも横尾さんも一緒でいいから」

「中年カメラマン二人と、一緒に張り込みですか？　襲われたらどうします？」

「そんなことはない。あったら喜べ」

橋本は、笑った。

「馬鹿にしてますね。美味しいものを食べ終わったら、来てくださいね。今日は、ターゲットのいい写真が撮れそうな気がするんです」

杏子の表情が引き締まった。

「どんな作戦をするんだ？」

橋本も真面目な顔になった。

「逢引《あいびき》のマンションの前で、張っていてもなかなか尻尾を出しません。そこで考えたのですが、事を行なう前には、腹が減っては戦ができぬと、食事をするでしょう？」

杏子が薄笑いを浮かべている。

「まあな」

「で、食事をする店の前で張り込もうと思っています。そこから逢引マンションまで追跡すれば、いい写真が撮れるのではと思います」

「店は分かっているのか？」

「だいたいってところです」

「頼りないなぁ」

「これまでの張り込みで目星はついていますから、もしまかれてもその店の前で待ちます。きっと成功しますよ。私は、あげマンですから」

杏子がにやりと笑った。

橋本は、どきりとした。杏子の口から、あげマンという言葉が飛び出したからだ。いくら週刊誌の編集部員だといっても若い女性の口から飛び出す言葉ではない。

「おいおい、ちょっと言葉を慎め」

橋本が眉根を寄せた。

「何を過剰反応しているんですか。意識しすぎですよ」

杏子がいたずらっぽく笑った。

「期待しているよ。何かあったら連絡してくれ」

「月にかわっておしおきよ！」

「なんだ、それ！」

「セーラームーンですよ。必ずターゲットを捉えてみせます」

杏子は、まるでアニメの主人公にでもなったかのように両手をクロスさせ体を捻ると、指先で橋本を狙い撃つ格好をした。

橋本は、苦笑しながら、がんばってくれと言った。

裕也が指定してきた店は、銀座の「馳走啐啄《そったく》」。茶懐石の心得のある店主が、有機野菜などをふんだんに使った料理を提供してくれる店として評判がいい。橋本は行ったことがないが、美味ければ、杏子を慰労する際に連れていってやろうと思った。

　銀座の通りを歩く。最近は寂しくなった。不景気が銀座にひしひしと押し寄せている。高級ブランド店が軒を並べていた通りも、最近はファストファッションという名のチープでカジュアルな衣服を提供する店が増えた。それにつれて客層も変化した。若い客が、銀座に溢れるようになった。昼間の大通りは、まるで原宿だ。彼らは、夜の客にはならない。特にこんな裏通りには歩いてこない。

　交詢《こうじゅん》ビルの前にある、小さなビルの二階に看板が見えた。うっかりしていると見過ごしてしまう。

「ここだな」

　橋本は、狭い階段を上がった。引き戸を開けた。優しそうな笑みの女将が、「いらっしゃいませ」と腰を曲げている。店内は、カウンターとテーブル席が三つ。広いとはいえないが、寛《くつろ》げる店のようだ。

「関口さんの……」

　橋本が、裕也の名前を言いかけると、「橋本さん」と店の隅のテーブルから手が挙がった。

「関口さん、お久しぶりです」

　橋本は言った。

「こちらこそ、突然、お呼びたてして申し訳ありません」

裕也は、立ち上がって深く頭を下げた。

橋本が席に着くと、女将が、「山形の純米大吟醸です」と赤い漆《うるし》の屠蘇《とそ》入れを手に持っている。

「乾杯しましょう」

裕也が言い、膳の中の赤い漆の杯を手に取った。女将が、酒を注ぐ。杯に酒が満たされる。

「乾杯」

裕也の合図で、橋本は杯を少し上げ、酒を飲み干した。

いったい何に乾杯だと言うのだろうか。目の前にいるＭＦＧの広報の男は、何を求めているのだろうか。まさか藤野の女性問題を追っている「ヴァンドルディ」編集部の張り込みのことを知っているのではないだろうか。

「白菜のカニ入りゼリーがけです」

小さな陶器の器に、透明のゼリーがかかった、まるで青い宝石のような煮白菜が入っている。

「とりあえずビールでいいですか」

裕也が聞く。

「お任せします」

橋本は答えた。

生ビールが運ばれてきた。

先付けは、筍や赤貝のしぐれ煮、ニシンの昆布巻きなどだ。どれも丁寧な味付けだ。

「美味いですね」

橋本は、早くもビールを飲み干した。

「日本酒にしますか？」

「ええ、お任せします」

裕也は、一向に用件を切り出さない。日本酒を飲みながら、たわいもない話題に終始している。料理は、花わさびやふきのとう、モロコなどの初春の味わいの前八寸から椀に移った。椀は、干しナマコや大根、人参、菜の花などをしんじょにした、きんこしんじょだ。きんことは、干しナマコのことだ。

「銀行も大変ですね」

橋本は、話題の水を向けた。

「ええ」

裕也は弾まない。どこかに迷いがあるように顔色が冴えない。

「特にMFGは、他のメガバンクに比べても大変だといわれていますね。金融危機以来、業績の低迷が著しいし、銀行の自己資本比率規制の強化が検討されていますから、そうなると増資をしなくてはならなくなる。しかしMFGは、まだ過去の大型増資の付けを払っているような状況でしょう？」

「付けといいますと？」

「今度増資するとなると、普通株です。他のメガバンクは、それで検討しています。しかしMFGは、過去の優先株を、普通株に転換するたびに株価を押し下げている。こんな低株価じゃ、だれも普通株増資に見向きもしてくれない」

刺身は、マグロや旬《しゅん》の魚とともにフグのてっさまでもが出てきた。フグ好きの橋本は、思わず顔がほころんだ。薄造りのフグを何枚も箸で摑み、細ねぎと一緒に口に入れた。甘さがじんわりと口中に広がる。

「そんなことよりも未だに派閥争いをしていることに問題がありませんか」

裕也の目が、冷たく光った。橋本は、驚いたように裕也を見つめた。彼がどの程度正直な人間なのかは、分からないが、派閥争いという言葉で的確に自分の組織を批判するとは思わなかったからだ。

「同感ですね。関口さんは、大胆ですね」

「どうしてですか？」

「自分の銀行を批判されるからです。驚きました」

「そんなことありません。今日、ここに来たのもそれが原因のひとつです」

「派閥争いですか？」

橋本の問いかけに、裕也は頷いた。よく見ると、酒にはほとんど手をつけていない。飲んでいるのは、橋本だけだった。

グジの焼き物が出てきた。

「飲まれないのですか」

橋本は、裕也の杯に日本酒を注ごうとした。

「いただきます」

裕也は、それをひと息に飲み干すと、

「こんな派閥争いばかりしていたら、MFGは、メガバンクから脱落しますね。それだけならまだマシです。もっと最悪の事態になるかもしれない」

と吐き捨てるように言った。

「関口さん、せっかくお会いしたんです。用件を話してください」

橋本は、再度、日本酒を杯に注いだ。裕也は、それを飲み干す。

「橋本さんは、谷垣金融庁長官をご存じでしたね」

裕也の目が、橋本を見据えた。

「ええ、親しいです。時々、飲んだりしますが……。それが何か？」

「紹介していただけませんか？」

「紹介？　金融庁なら銀行のほうが親しいというか、なんというか」

橋本は、裕也の真意が摑めなかった。

「その通りですが、この頼みは、いわばプライベートです」

裕也の顔が歪んでいる。悩みぬいているようだ。

「実は、紹介してあげてほしいのは、東北製紙の片山恭三という財務担当役員なのです。旧大洋栄和銀行の出身で、私のかつての上司です」

「東北製紙といえば、太平洋製紙に派手なＴＯＢをかけられそうになっている会社ですね」

「その通りです。そのＴＯＢに絡んでいるのが、ＭＷＢなのです」

「ＭＷＢというと、藤野頭取？」

橋本は、ターゲットの話題になりそうな気配に緊張した。

「太平洋製紙は、藤野頭取の率いる旧興産銀行のメイン取引先。東北製紙は、旧大洋栄和のメイン取引先です」

「それじゃあ、今となっては同じ銀行の取引先のＴＯＢになるわけですね」

「片山さんによりますと、東北製紙は、ミズナミ証券にＴＯＢなどがあった場合の防戦を頼んでいたようです。ところが藤野頭取の指示で、その契約を反故《ほご》にされたばかりか、ＭＷＢの意向も東北製紙を太平洋製紙に買収させようというのです。あまりにも巨大な銀行であるため、ほとんどの企業と深い取引をしていますから、橋本さんがおっしゃったように、情報が筒抜けで、ファイヤーウォールが機能していないと片山さんは嘆くのです。このままだと買収されてしまう。そこで金融庁の力でなんとかしてほしいと言うのです」

「個別企業のＭ＆Ａに金融庁長官を関与させろと言うのですか？」

「はい。何かいい知恵はないかと考えた結果、橋本さんを思い出した次第です」

「覚えていていただいたことは感謝しますが、簡単ではないですね。あなたなら分かるでしょうが、長官は個別企業には口を出しません」

橋本は、断固とした口調で言った。官僚のトップである長官が、バブル時代ならいざ知らず、いまのようなコンプライアンスが重視される世の中で、個別企業の経営に口を出すなどということはあり得ない。

「派閥争いと言いましたよね」

裕也が顔を上げた。哀しそうな顔だ。

「ええ……」

「この相談も旧興産と旧大洋栄和との争いです。こうやって相談している私を、おかしいと思いませんか」

「といいますと？」

「だってこの行為は、ＭＷＧの藤野頭取に敵対する振舞いですよ。彼が進めようとする買収をなんとか止めさせようと画策しているわけですからね」

「なるほど……」

「でも私はＭＦＧの広報です。本当は、藤野頭取を守らねばならない。私の立場は股裂《また》き状態です。笑ってください。義理立てもあって橋本さんに電話をして、金融庁長官への仲介を頼みました。しかしそれは銀行内での派閥活動であり、トップの意向に反することなんです。こんな矛盾した自分をさらけ出して恥ずかしいです。もう結構です。忘れてください。飲みましょう」

裕也は、日本酒を追加した。料理は、強肴《しいざかな》になり、亀戸《かめいど》大根と油揚げや牛筋を煮込んだものになった。

「そうしますと、片山さんですか、世話になった方への義理もあって私に金融庁長官との仲介を頼もうとしたけれど、それは派閥活動だというのですね。それで忘れてくれと……」

「そんなところです。勢い込んで連絡しましたが、橋本さんを待つ間に、自分がやろうとしていることの大きな矛盾に気づき、逃げ出そうかと思ったくらいです」

裕也は、手酌で日本酒を飲んだ。先ほどより暗い顔になった。

「傷んでますね。ＭＦＧは……」

橋本は亀戸大根を口に入れた。十分に出汁《だし》が染み、美味い。

「傷んでいると思います」

「元凶は、だれですか？　瀬戸社長ですか？　川田頭取ですか？　それとも藤野頭取ですか？」

橋本の目が鈍い光を放った。

「だれがというわけではありません。三人とも悪いでしょう。彼らが、お互いを牽制《けんせい》するため、経営規律が緩んでいる。いっそ全部、交代すべきでしょう」

裕也は、緊張した顔で言った。

「あなた方、若手や中堅ががんばって交代させればいいじゃないですか。それをやった歴史が、旧大洋栄和にはある」

橋本の言葉が強くなった。

「そんなこともありましたね。しかしあれは、昔のことです。大きな不祥事があったからできたことです」

裕也は、遠くを見つめる目になった。旧大洋栄和は、巨額不良債権に暴力団が絡む不祥事に揺れ、経営責任をとって会長、頭取、副頭取らが総退陣し、経営を刷新したことがあった。十年以上前のことだ。その経営刷新に若手や中堅たちの活躍があった。今ではだれも話題にしない伝説だった。

「昔の人にできたことが、現在のあなたにできないはずがない。銀行は社会の公器だと思います。派閥争いで経営を悪化させるなど、私物化してはならないと思います。生意気ですが……」

「その通りですが。まさか橋本さんに励まされるとは思いませんでした」

裕也は苦笑した。

「ねえ、関口さん、もし今、トップにスキャンダルが起きれば、それを契機に、皆さんが立ち上がって経営を刷新する可能性がありますか？」

橋本は口角を引き上げた。

「スキャンダルにもよります」

裕也は、橋本の真意を摑めず、慎重に答えた。

「経営を刷新すべきスキャンダルだとしたら……」

橋本がじっと裕也を見つめた。

「不可能ではないと思います。やれるかもしれません」

裕也の顔から、酒の赤味が消えていく。

橋本の携帯電話が激しく鳴った。着信を見た。杏子からだ。

「すみません。ちょっと席を外します」

橋本は立ち上がり、引き戸を開けざま、携帯電話の通話ボタンを押した。

「藤野が……！」

橋本の興奮した鋭い声が聞こえたのか、裕也が橋本を見ている。

「ちょっと待て」

橋本は受話器を手で押さえ、外に飛び出した。


「キス、キスしました！」

杏子は、携帯電話に向かって叫んだ。周囲を憚らない大きな声だ。

「落ち着け、落ち着け、杏子」

橋本が、必死でなだめるが、落ち着いてなんかいられない。やっと写真に撮ったのだ。藤野が女性と路上でキスをした。その決定的瞬間を撮った。もちろん、藤野も相手の女性、木之内香織という記者も少しも気づいていない。

「キスしたんですよ。路上で、チュ！　路チュー！　ですよ」

「分かったから説明しろ」

「西麻布に霞町という小粋《こいき》な店が並ぶ通りがありますよね」

「ああ」

「一度くらい連れていってくださいよ」

「余計なことはいい。先を説明しろ」

「そこにある『するとみ』っていう小料理屋に二人で入ったんで、外で待ってました。結構、寒かったですよ。私と岬さん、横尾さんで、因果な商売だなってぼやいていたら、まず女性が出てきました。こりゃまた失敗だと思いました。二人で並んで出てきてくれりゃよかったんですが。また無駄骨かとがっくりしたんです」

「それで、どうした？」

　橋本がいらいらしているのが分かる。せっかくのスクープだ。できるだけじらして説明したい。

「女性は、反対の方向に歩き始めました。そこに藤野が出てきて、彼も女性の後を追うように歩き始めたんです」

「カメラの向きと反対にか？」

「そうです。もうがっくり。視界から消えたと思ったそのときです。なんと向こうから二人が並んで歩いてくるじゃありませんか。まさかと思いました。カメラに撮ってほしいとばかりに近づいてきます。もう嬉しくって岬さんも横尾さんもシャッターを押しまくり。二人は親しそうに話しながら歩いてきます。私、キスしろ、キスしろって念じたんです。本当です。そうしたら、まさに目の前で、立ち止まったかと思うと、藤野が女性に顔を向け、それに合わせて女性も顔を上げて、唇を重ねたんです。あの年のオヤジにしちゃ、結構、慣れたキスでしたね。その間、五秒、いや十秒間ほど。二人は唇を重ねていました。それをばっちり撮ったんです」

杏子は、最後のばっちりを強調した。

「よくやった。すぐに社に帰って現像しろ。俺も戻る」

「褒美は？」

「その写真が掲載されて、雑誌が売れたらだ」

「ケチッ」

杏子は、嫌味を言って電話を切った。

よくやった！　と飛んでいって褒めてやりたい。

橋本は、店の中に戻り、裕也の前に立った。

「すみません。急用で戻らねばなりません」

「ねえ、橋本さん、いま、藤野って聞こえたような気がしたのですが。まさか藤野頭取のことではないですよね？」

「関口さん、あなたを信頼して少し話しますと、実は、藤野頭取のスキャンダルを追っています。また連絡します。あなたがたが立ち上がるきっかけになればいいですが……」

橋本は裕也に言った。

裕也は、硬い表情で橋本を見つめた。

「ああ、それと金融庁長官には、今日の件、話しておきます。どうなるかは責任を持てませんが、メガバンクの中は、情報管理が不備でファイヤーウォールがなっていないと忠告します」

橋本は微笑した。

「何が起きているのか、必ず話してください。動揺しないようにしますから」

裕也は、橋本を睨むように見つめた。

3

裕也は眠れない夜を過ごし、翌朝、出勤してからも、昨日の橋本の言葉の意味を考えていた。

いったい何が起きているというのだろうか。藤野に関係したスキャンダルだと橋本は言い、もしそれが表ざたになればＭＦＧの経営を刷新できるかと迫った。本当に経営を揺るがすようなスキャンダルが起きているのか。橋本は、それを連絡してくるのか。

「関口」

井上が呼んでいる。

「はい」と返事して、裕也は井上の席の前に立った。

「昨日の藤野頭取の話は、どんな話だったんだ？」

井上が、疑い深い目で見つめている。

「たいしたことはありませんでした」

裕也は、視線を外し気味に言った。

「たいしたことはないってのはないだろう。頭取が、個別に呼んで天気の話をしたと言うのか」

井上は、周りの部下に聞こえないように押し殺した声で言った。

「本当になんでもなかったのです」

裕也は、どう説明していいのか、窮していた。藤野が言った通り、自分を守れと命じられました、井上次長は瀬戸派で信じられないそうです、こんな答えを言えばいいのか。

「お前、昨日の夜は、どこに行った。藤野頭取のお声がかりか？」

井上が口角を歪めた。

「違います。疑われるなら、頭取秘書に聞いてください」

「秘書に聞いても分かるものか。藤野頭取は、いつも秘書には嘘を教えるらしい。どこに行っているか、誰も知らない。そういうことになっている」

井上は、薄く笑った。底冷えのするような笑いだ。藤野のことを詮索し、彼の秘密を知っているとでも言いたげな顔だ。ひょっとすると橋本が言っていたスキャンダルも知っているのかもしれない。

裕也は、なぜか一矢報いたくなった。

「そういえば次長のことが話題になっていました」

裕也は、感情を交えずに言った。

「俺、俺のことが？」

井上は、明らかに動揺した。

「どんな話題だ。教えろ」

「忘れました」

「忘れた？　そりゃないだろう。なあ、どんな話題だ？」

井上は、媚《こび》を売る顔つきになった。他人のことも気になるが、それ以上に自分のことが気になる。エリート本部官僚の典型だ。何よりも自分のことが好きなのだ。

「本当に忘れました。気になさることはないですよ。それにしても藤野頭取は、警戒心の強い方ですね」

「どういうことだ？　思わせぶりなことばかり言うな」

井上が苛立っている。

「次長は、藤野頭取にとって警戒すべき対象だってことです。まったく信頼されていませんん」

裕也は感情を抑えようとしていたが、体の芯が急に熱くなってきた。ＭＦＧでは、だれも彼もが、派閥争いに汲々《きゅうきゅう》としている。そんな組織に未来はない。橋本に触発されたわけではないが、自分の手で壊せるものなら壊したい。

す」

「なんだと！」

井上の顔に怒りが浮かんだ。

「藤野頭取は、旧行意識に凝り固まった人物として井上次長を警戒しているということです」

「そんなことが話題になったのか」

「次長、MFGはこのままでいいんですか。こんなにそれぞれがいがみ合っていて、この金融危機を乗り越えられますか。私たちのように実際の現場を担う者さえもが、トップの派閥争いの渦に巻き込まれている。これは問題だと思います」

「藤野頭取が、俺のことを信頼していない？　派閥争い？　おい、関口、お前、寝ぼけてんじゃないのか。そんなこと言っているから旧大洋栄和には人材がいないっていわれるんだ。ちょっと来い」

井上は、乱暴に席を立ち、歩き始めた。そしてさっさと応接室に入ると、「関口、ドアを閉めろ」と言った。

裕也は、強張った顔でドアを閉めた。井上は、何を始めようというのか。

「MFGが、このままでいいとは俺も思ってはいない。しかも派閥争いをしているんじゃない。問題は、何をやっても派閥争いとされてしまうことだ。藤野頭取に何を吹き込まれたのは知らないが、すべては彼を失脚させることから始まるんだ」

「失脚させる？」

「今から言うことは、他言するな。関口は旧大洋栄和だ。旧扶桑である俺とは基本的に利害が一致するはずだ。だから少し話してやる。ＭＦＧの問題は、ＭＷＢを抱えていることだ。経費も何もかもＭＲＢとダブルになる。現在の金融環境じゃ投資銀行のビジネスモデルは成り立たない。瀬戸社長は、機動的にＭＦＧの組織全体を見直したいと思っているが、プライドの高い藤野頭取が、ＭＷＢを握って放さない。ならばいっそのこと藤野頭取を外してしまおうかという動きがある」

井上の目が、妖《あや》しく光った。

「それは本当ですか」

裕也の声が震えた。

「俺たちは、好むと好まざるとにかかわらずこの動きに巻き込まれることになる。もし関口が、本気でＭＦＧの派閥争いを終わりにしたいのなら、この動きに積極的に加担すべきだ。派閥争いに乗じて派閥を解消する。いわば、毒をもって毒を制すだ」

井上は薄く笑った。

「次長はどうされるのですか」

「俺か？　俺は、藤野頭取からは、典型的な旧扶桑の瀬戸派と思われている。だから旧興産も旧大洋栄和も、だれも俺にちょっかいは出してこない。もし瀬戸社長が勝利を収めれば、何もしなくても、俺は瀬戸派として勝利の余禄にありつける。関口は、旗幟《きし》鮮明ではない。だから藤野頭取に声をかけられる。声をかけられただけでもう藤野派と思われるだろう。これからはよくよく考えて行動しろ。それがアドバイスだ。俺は、藤野頭取の情報が欲しい。関口が藤野派になれば、情報が入ってくる。どうだ？　俺と組まないか」

井上は、裕也の心の底まで覗き込むような目で見つめた。

裕也は、足元から震えが来るほどの恐ろしさを感じた。自分が、藤野派？　たった一度、藤野に呼ばれただけで藤野派になるのか。

裕也は、井上の顔を見つめた。井上と組むとはどういうことだ？　藤野派の顔をして情報を井上に提供し、藤野を葬る手助けをすることか。まるでスパイだ。

裕也の目の前に荒涼たる景色が広がってきた。しかしこの景色の中に身を投じなければ、何も変わらない。

「うん？」

スーツの内ポケットに入れた携帯電話が振動している。マナーモードにしているため音は出ない。裕也は、携帯電話を取り出した。着信名を見た。橋本からだ。

「だれからだ」

井上が聞いた。

「次長と組めば、ＭＦＧを我々の手に取り戻せますか？」

裕也は聞いた。

「そんなこと、分かるか」

井上は、裕也の甘さをあざ笑うかのように口角を歪めた。

第八章　混沌

1

井上は、誰かと電話で話し始めた。ＭＦＧ本部内でいかに生き残るかのみに全能力を注いでいる、ある意味で尊敬すべき存在だ。自分のように、理想ともいえない、形にもならないおぼろげなものを追い求めて、浮遊しているよりも、もっと確かな人生だ。

携帯が激しく振動している。早く電話に出ろと催促している。裕也は、井上から離れて携帯電話の通話ボタンを押した。

「お待たせしました」

橋本からだった。谷垣金融庁長官と片山との面談のことで連絡してきたのだろうか。

「関口さん、大事な話があります」

「例の件ですか」

一瞬、橋本の話が止まった。

「その件は、必ず調整します。今回は、あなたの銀行の件です」

橋本の声が暗い。

ＭＦＧのことだって？

週刊誌ネタになるようなことが起きたというのだろうか。裕也は、携帯電話を握る手に力を込めた。

「藤野頭取の不倫現場の写真があるのです」

「なんですって」

裕也の声が裏返った。聞き間違いではないかと耳を疑った。

「藤野頭取が、日銀記者クラブ所属の記者、具体的には大東テレビの木之内香織という記者と不倫をしています」

「えっ、香織と」

「香織って、関口さん、彼女と親しいのですか」

橋本が声を潜めた。

「えっ、いえ、そんなことはありません」

裕也は、慌てて否定した。

「経済部の記者と不適切な関係を持つのは、頭取として問題じゃないかと思うのですが」

「写真があるのですか」

「ええ、親密な様子が写っています」

「掲載するつもりですか」

「そのつもりです。黙って掲載してもいいと思ったのですが、広報に迷惑をかけたくなかったので、関口さんだけには耳に入れておこうと思いましてね」

橋本は淡々とした口調を変えない。裕也は、たいしたことではないと錯覚しそうになった。

「貴重な情報をありがとうございます」

「仁義だけは切りましたからね、後は、どうするかは関口さんのほうで考えてください。私は淡々と進めますから。正式なコメントをいただくことになりそうです。よろしく」

裕也が、言葉を返す前に携帯電話は一方的に切れた。

裕也は、戸惑った。どう動くべきか考えがまとまらない。その理由は、藤野のことというより、その不倫相手が香織だということだ。本当だろうか。あの香織がなぜ？

「藤野を恨んでいたんじゃないのか」

裕也は呟いた。

グローバル・エステートを倒産させ、社長の進藤を追い詰めたのは藤野だと、香織は憤慨していた。許さないと言っていた。それなのになぜ藤野と不倫関係に……。

嘘？

橋本がわざわざ嘘を言うはずがない。それに橋本は、木之内香織とはっきりと名前を挙げた。嘘なら、あれほど具体的には言えるはずがない。

香織は藤野に抱かれたのか？

想像するだけで胸がかきむしられそうになる。嫉妬なのか？

裕也はまだ香織を愛していた。広報と大東テレビの記者として再会したことで、もう一度関係を構築できるのではないかと淡い期待を抱いていた。それが、本音だ。

藤野は、この間、香織との関係を質《ただ》してきた。あれはどういうことだ？　まさか自分と香織が付き合っていないことを確認したのだろうか。

そういえば……。藤野は、記者クラブパーティで香織を見て以来、何かにつけて彼女に注目していた。彼女が、グローバル・エステートに関する記事を書いたのではないかとも疑っていた。

いったい何から始めればいいのだろうか。この瞬間に香織に連絡して、真偽を質したい気持ちだ。しかしそれはできない。

裕也の視界に井上が入ってきた。広報部員として動かねばならない。グループの広報は、MFGに一本化されている。藤野が頭取を務めるMWBには広報部はない。ということは、この藤野のスキャンダル情報は、自分しか知らないということになる。

この情報を井上に伝えるべきか？

(藤野を追い落とさねば、ＭＦＧは良くならない。そのために俺と組め)

井上の囁きが聞こえる。

藤野に直接伝えるべきか？　藤野は、マイナス情報を伝えてくれた自分を評価するだろうか。藤野に評価してもらうことになんの喜びがある。

もしこの情報が真実ならば、藤野は香織を奪った憎い男ということになる。

いや、藤野が奪ったのか？　それとも香織が藤野を奪ったのか？　考えれば考えるほど苦しい。しかし、早く動かなければ時間がない。

ふいに総務部の西山の顔が浮かんだ。

西山ならどうするだろうか？　右翼の街宣車にも動ぜず普段通りに対応する男だ。修羅場をくぐりぬけたことを想像させるが、それをおくびにも出さない。

裕也は、携帯電話で西山を呼び出した。

「西山ですが、関口さん、どうしました？」

「ちょっと、ご相談があるのです。いま、そちらに行ってもいいですか」

「どうぞ、お待ちしています」

西山の明るい声が聞こえた。裕也は、駆けだしていた。

2

「直《じか》あたりできるか」

橋本は、杏子に怒鳴るように言った。パソコンの画面には、張り込みチームが撮ってきた写真が映し出されている。

「やります。藤野をこのまま追い詰めます」

杏子が勢いよく返事をした。

「それにしてもいい女だな」

画面で、長身の、まるでモデルのような若い女性がこちらを向いて笑っている。黒髪がゆったりとなびいている。

「うらやましいんですか」

「馬鹿言え。不自由していないさ」

「よく言いますよ。モデル級ですよ。木之内は」

「藤野も、メガバンクの頭取とは思えない笑顔だな」

「警戒心がなさすぎですよ。自分の車を返して、二人で深夜の通りをぶらぶら……」

「チュッ、か」

「こんなことをしていて、大赤字を出している銀行の頭取としての社会的責任はどうなっているんでしょうかね」

杏子が憤慨している。

「それを追及するのが、こっちの仕事だ。相手にとって不足はない。徹底して追及しろ。期待しているぞ」

「分かりました。成果を期待してください」

杏子は飛び出していった。

橋本は、パソコンから写真をプリントアウトした。深夜にもかかわらず、驚くべきクリアさだ。最近の写真技術の進歩は目覚ましい。どんな小さな明かりでも、それを光源にして画像を結ぶ。これでは秘密を守るのも大変だなと被写体に対して同情さえ湧いてくる。

「それにしても？」

橋本は、奇妙な違和感にさいなまれていた。それはＭＦＧ広報部の関口裕也が「香織」と木之内のことを呼び捨てにしたことだ。親しいのか？　という問いかけを慌てて否定した。名前を呼び捨てにするのは親しいということだ。あの咄嗟の反応は、広報と記者という関係を超えているような気がする。

ダブルなのか？

彼女は関口とも付き合っているのではないか。彼は独身だから不倫ではないにしても、もし親密な関係だとしたら、彼女がそれでも藤野に近づいたのはなぜだ？

そもそも佐伯にこの情報を持ってきたフリー記者小暮はどこから入手したのか。情報提供者は、最初から相手が木之内香織だと知っていたのか。藤野に近いところが情報源であることは間違いないと小暮は話していたという。すると相手の女性の素性も知っていたに違いないが……。

この情報を自分たちに提供してプラスになるのは誰か？

あの銀行には頭取の不倫以上に複雑なものが隠れている？　いや蠢《うごめ》いているようだ。

「おう、五郎ちゃん、撮れたらしいな」

背中に声をかけられ、橋本が振り返った。

「編集長、やりましたよ」

橋本は、プリントアウトされた何枚かの写真を山脇に見せた。

「いい写真じゃないか」

山脇が嬉しそうに口角を引き上げた。

「しかし不倫なんて、不届きな野郎ですね」

「最近は、こういう馬鹿な経営者がいなくなったから景気が悪いんじゃないか」

山脇は、藤野の肩を持った返事をした。

「へえ、不倫肯定派ですか?」

「そういうわけじゃないが、こいつを追い落とそうとしている奴らのことを思うと、馬鹿な経営者がいてくれて連中も楽しいだろうと思うのさ」

「ねえ、編集長、私らは、その連中に上手く使われているかもしれないんですか」

「その連中って、追い落とそうとしている奴らのことか」

山脇が、橋本を見つめた。

「ええ、そうです」

橋本は眉根を寄せた。

「俺たちは、正義漢を気どるほど偉くない。いわば下衆《げす》だ。しかし下衆だからこそ世の中の真実を暴き出すことができる。この藤野って馬鹿を追い落とそうと血眼になっている奴らに上手く乗って、連中の真の姿をまるごと暴けばいいんだよ」

山脇は、「しっかりな」と言い残して、どこかへ消えた。

編集部員はすっかり出払ってだれもいない。張り込みを杏子に任せてから、少し怠けてしまった。

「今日の夜、谷垣さんのところにでも挨拶に行くか」

谷垣金融庁長官は、夜は自宅で過ごすことが多い。立場上かどうか分からないが、あまり会合に出るのが好きではない。早く帰宅してウイスキーでも飲みながら本でも読んでいるだろう。久しぶりに夜討ちをかければ、喜んでくれるかもしれない。最近、金融庁がらみの話題も少ないから、記者が張り込んでいることもないだろう。

「まさか関口さんは、藤野に恋人を寝取られたってことはないだろうな。その恨みで、東北製紙のことを頼んできたのだろうか……」

橋本は、メガバンクの人間関係の底知れぬ闇に怖気《おぞけ》を感じて、ぶるっと体が震えた。

3

「写真週刊誌『ヴァンドルディ』が、藤野さんの不倫写真を撮ったというのですね」

西山は、いかにも不愉快そうな顔をした。

「すみません。こんな話を西山さんにするのは、どうかと思うのですが、向こうの編集者が、私にだけ連絡してきたのです。扱いを間違えると問題が大きくなりますから」

裕也は、申し訳ないと頭を下げた。

「いや、いいんです。関口さんは、この情報を上げることで派閥争いに利用されるのが嫌なんですね」

「その通りです」

裕也は、西山の読みの鋭さに驚いた。

「実は、私こそ困っているんですよ」

西山は眉根を寄せた。

「どういうことですか」

裕也は、怪訝そうな顔をした。

「その写真かどうか分かりませんが、私、見たんです」

「えっ」

裕也は驚き、言葉を失った。どういうことだ。西山は何を言っているのだ。目の前にいる人間が、まったく別物に見える気がする。

「いまどき、総務とはいっても総会屋や情報屋などブラックな連中と付き合っていると、胡《う》散《さん》臭い目で見られて、何をいわれるか分かったもんじゃありません。ですから黙っていたんですが、しばらく前に知り合いの情報屋から写真を見せられたんです」

西山は淡々と話す。

「どんな？」

裕也は、身を乗り出した。

「ピントははっきりしていませんでしたが、藤野さんと女性が並んで歩いていました。どこか繁華街の夜でしたね」

西山は、記憶を辿るような目つきをした。

「『ヴァンドルディ』は、写真を撮った直後に私に電話をしてきましたから……」

裕也は、首を傾げた。

「おそらく私が見たのは、素人写真でしょうね。顔がはっきりしていませんでしたし、写真全体も暗かった……。あれでは雑誌屋さんも商売にならないでしょう」

「というと、だれですか？」

裕也の質問に、苦い表情で首を振った。

「分かりません」

「その……情報屋ですか？　その男が撮ったのでしょうか」

「それはないでしょう。ケチな男ですから」

西山は、薄く笑った。

「その写真は手元に？」

「ありません。金は払えないよ、と言ったら、そうだよなと持って帰りました。だからちらりと見ただけです。昔ならその写真を買い上げ、なんとかネガまで手に入れられないかとあれやこれやと八方手を尽くしたのですが、今はそんなことをしても叱られるだけですから、やりません」

「ということは、『ヴァンドルディ』とは別に藤野頭取の女性問題を追いかけていた者がいるということですか？」

　裕也の問いに、西山は、小さく頷き、「人事抗争を仕掛けたいと思っているのでしょう」と呟いた。

「どうしようもないですね」

「瀬戸さんは天皇です。いや天皇というより独裁者でしょうか？　それにとって代わろうと野心を持っているのは、藤野さんだけです。周りはどちらが最終的に権力を握るか、じっと見守っています。勝ち馬に乗るためです。おそらくその『ヴァンドルディ』にも情報屋にも、藤野さんを追い落として瀬戸さんの権力を確立しようとする動きに加担している奴が動いているのでしょうね」

「西山さんは、旧扶桑ですから、瀬戸支配の確立は歓迎ですか？」

「いやいや……」

西山は苦笑し、

「私のような末端にいる人間は、そんなことはどうでもいい。むしろちゃんとした銀行として世間の役に立てるほうがいいでしょう。二人とも、いや川田さんも入れて三人とも早く退陣すべきでしょう」

と、最後の三人に少し力を入れた。

「悩みますね」

裕也は苦笑した。

「関口さんは、これからの人です。自分の信じる道を行けばいい。あなたのような若い人が増えれば、この銀行をもう少しマシな銀行に変えることができるでしょう」

西山が、微笑んだ。

「できるでしょうか？」

裕也は言った。

「できますよ。いまのままなら、私の年金が心配だ」

「そんなことを心配しているのですか」

「一番、心配ですよ」

西山は声を上げて笑った。

「とりあえず役割を果たします。西山さん、何かあったら情報をください」

「協力します。少しくらい役立つこともあるでしょう」

西山は、裕也を強く見つめた。

裕也は、西山の視線に押されるように総務部を出た。井上に橋本の情報を話し、緊急に瀬戸を交えた協議を始めよう。派閥争いに利用されないように慎重に進めねばならない。

4

「次長、ご報告があります」

裕也は、西山のところから戻り、藤野の不倫情報を井上に報告することにした。覚悟を決めたのだ。それを井上がどのように使うのかは、彼次第だ。これによって起きることを受け止めていく以外にない。

「なんだ。忙しいから後にしろよ」

顔を歪めた。

「緊急です」

裕也は言った。焦ってはいない。この情報を提供した後の井上の表情を見たいと思った。

「たいしたことのない話に限って緊急だと言いがちなんだ。ここで言えよ」

「ここでは言えません。別室へ行きましょう」

井上が怪訝そうな顔をした。

「面倒な奴だな。いいよ、ここで言え。忙しいから」

何もやっていないことは分かっている。電話で自分を取り立ててくれる役員を捕まえては、愚にもつかない行内情報を話しているだけだ。

「藤野頭取に関することです。スキャンダルです」

周りに聞こえないように声を潜めた。東海林と東松が席に着いていたが、こちらに関心を向けている様子はない。

井上の顔が一変した。

「なんだって」

声を上げた。

「シッ」

裕也は、井上の口を手で押さえそうになった。

「来いっ」

井上は険しい顔になり、別室に向かって急いだ。

裕也は、自分が情報の第一提供者であることに優越感とでもいうべき、愉悦を感じていた。しかし報告の中に加えなくてはならない香織のことを思うと、胸が苦しくなった。

「座っていろ」

井上は、別室の近くにだれもいないことをキョロキョロと確認して、自分の手でドアを閉めた。

「話せよ。小声でな」

井上は、裕也の前にあわただしく腰を下ろすと、身を乗り出した。

「光談社の写真週刊誌『ヴァンドルディ』の橋本さんから、連絡がありまして」

「前置きはいい。肝心なことを早く話せ！」

「藤野頭取の不倫現場を押さえたそうです」

裕也は、表情を変えずに言った。

井上は、のけぞり、「あちゃっ、あの野郎」と声を上げ、慌てて口を押さえた。

「いつか失敗すると思ってたんだ。チャイニーズか？」

井上は、興奮した様子で言った。

「はあ？　なんですか、それは？」

例の怪文書のことを言っているのだ。

「違うのか？」

「違います」

「相手はだれだ？」

井上の目が据わってきた。裕也は、口ごもった。言いたくない気持ちが募った。香織が相手だと、裕也自身が信じられないからだ。

「だれなんだ」

「大東テレビの木之内香織です。『ヴァンドルディ』は、日銀記者クラブの記者との不倫関係を問題にしています。銀行頭取としてふさわしくないというのでしょう」

「信じられない。いつ関係したんだ」

井上は、腕を組み、天井を見上げた。

「写真があるようです」

「見たのか？」

「まさか」

裕也は否定した。

「どうするかなぁ」

井上が頰を何度も膨らませた。考え込んでいるときの癖だ。

「すぐに関係者を集めるべきだと思いますが」

「関係者ってだれだ？　広報部長、秘書室長、それに藤野頭取本人か。そんな連中、役に立つものか」

井上は吐き捨てるように言った。

「じゃあ、どうするんですか？」

裕也は、井上がこの情報をどこにも報告しないのではないかと心配になった。

「関口、すぐに秘書室に連絡して、瀬戸社長の時間を取ってくれ。瀬戸社長の指示を仰がないことには、何も始まらない」

「藤野頭取より前に瀬戸社長に報告するのですか？」

「おかしいか？」

「おかしいかどうかの問題ではなく、記者が藤野頭取に直接インタビューするかもしれませんから、警戒をしていただかねばなりません……」

裕也は困惑した。

「なあ、関口。俺が旧扶桑だから言うんじゃないが、この銀行で少しばかりまともなのは瀬戸社長ぐらいだ。俺は瀬戸社長を軸にこの銀行を変えたいと思っている。関口も軸足を定めろ。そうでないと何もできない、何も変えられない。そのことを理解しろ。だから、まず瀬戸社長だ」

「次長のおっしゃることを、たとえ理解したとしても、それでも私はまず真っ先に藤野頭取に週刊誌に気をつけてくださいと報告します。それが広報の原則です。そうしたほうがいいと思います……」

「なんでもいい、とにかく瀬戸社長の時間を押さえろ。後は、お前の勝手だ」

井上は激しい口調で言った。彼の頭の中には、瀬戸しかない。それだけ瀬戸の力を信じるところが大きいのだ。

5

私道から細い道が続いている。歩きやすいように石畳になっているが、典型的な旗棹地《はたざおち》だ。ここには車さえ止められない。表通りから奥まっているために価格は安いが、なかなか売れない土地だ。ここの先の三十坪足らずの敷地に二階家がある。それが金融行政を司り、メガバンクの頭取を震え上がらせる谷垣良夫《よしお》の自宅だ。

橋本は玄関にあるドアフォンを押した。時刻は午後七時。橋本にとっては昼間も同然の時間だが、谷垣が最も寛いでいる時間だ。その意味では彼を訪ねるには、ふさわしくない。それに約束もしていない。しかし会ってくれるだろうという気がしていた。

（藤野の女の問題の背後にあるＭＦＧの派閥抗争の情報も入手しておきたい）

橋本は、自分の考えを整理しながら、家の中からの返事を待った。

「はーい！　どちら様ですか？」

夫人の声だ。

「光談社の橋本五郎です」

インターフォンに覗き込むように話しかけた。

「あぁら、橋本さん！　どうしたの久しぶりね」

夫人は、明るい声で答えてくれた。突然の来訪は、迷惑なはずだが、さすがに長官の妻だ。嫌な顔もせず、陽気に迎え入れてくれる。

「長官、いらっしゃいますか？」

「ええ、居間で本を読んでいるわよ。上がりなさいよ」

玄関のドアが開いた。ふくよかな体軀《たいく》の夫人が笑顔を見せた。

「すみません。お邪魔します」

橋本は、居間にいる谷垣に聞こえるような声で言った。

「早く、来いよ。焼酎を飲んでいたところだ。一緒に飲もう」

居間から声が聞こえる。谷垣だ。アルコールのせいで陽気になっているのかもしれない。

狭い玄関だ。天井は高いが、豪華な造りではない。しかし家人の性格を反映しているのか居心地がいい。

居間は、欅《けやき》のフローリング仕立てになっている。床暖房になっているのか、部屋全体が温かい。天井は高く、部屋の空気が澄んでいるような気がする。居間の真ん中に濃い茶のずっしりとした木のテーブルがある。谷垣が自慢する日系人作家ジョージ・ナカシマのテーブルだ。それに合わせて繊細な細い背もたれのジョージ・ナカシマの椅子が四脚、テーブルを囲んでいる。

ジョージ・ナカシマは、両親は日本人だが、アメリカ生まれで建築家から木工家具作家に転じて成功した。ブラック・ウォールナットというアメリカ大陸を代表する胡桃《くるみ》の木を使い、素材の美しさを最大限に引き出した家具を作り続けた。

谷垣は、そのテーブルに焼酎のグラスを置き、本を読んでいた。

「まあ、そこに座れよ。すぐに酒を用意させるから。同じものでいいな」

少しも迷惑がったところのない微笑だ。

谷垣とは、インタビューで知り合ったが、不思議と気が合った。経済部の記者ならいざ知らず、雑誌屋風情と気が合うキャリア官僚も珍しい。理由は分からないが、たまにこうして彼の自宅の居間で飲むと、いつも話が弾む。橋本は、自分がまるで彼の息子になったかのような錯覚に陥ることがある。

夫人が、焼酎の入ったグラスとつまみのからすみを運んできた。

「からすみですか」

「こんなものしかなくてすまないな」

「いえ、大好物というか、めったに食べられませんから」

橋本は、グラスを持ち上げた。

「ようこそ」

谷垣も同じようにグラスを上げた。

「いつ見てもこのテーブルはいいですね」

「味わいがあるだろう。一本の木を切り、板にすると木目が表と裏で左右対称となるんだ。その表と裏を、ほれ、ここでつないでいるんだ」

谷垣が、指差したところに楔がはめ込まれていた。

「ブックマッチという技法で、ジョージ・ナカシマが考えたんだが、この楔をちぎりといってね、木の表と裏ではそり具合、縮み具合が違うので、それをつないでテーブルにするのはとても難しいんだ」

谷垣はいとおしげにテーブルを撫でた。

「そりが合わない板の表と裏をちぎりが結びつけている……。合併銀行みたいですね」

橋本は、派閥争いに苦悩する裕也の顔を思い浮かべた。

「上手いことを言うね。まさにその通りだ」

谷垣は、橋本の比喩に感心したように、何度か頷いた。

「ＭＦＧのことで少しお耳にと思いまして……」

「まさにこのテーブルのことだな。そりの合わない板をなんとかつなぎ止めている状態だ。ジョージ・ナカシマは、それを芸術的技法として確立したが、ＭＦＧは醜いままだ」

谷垣は焼酎のグラスに口をつけた。

「太平洋製紙が東北製紙を買収しようとしていますが、両社ともＭＦＧといいますか、ＭＷＢ銀行の取引先です。それでファイヤーウォールが守られていないという情報がもたらされましてね」

「どういうことかな？」

谷垣の顔が曇った。

「東北製紙の財務担当役員が言うには、ミズナミ証券の買収防衛策が、買収する側の太平洋製紙に肩入れしているMWBの横槍でダメになったというのです。まさかメイン銀行に裏切られるとは思ってもいなかったということです」

「個別企業の苦情を直接会って聞くわけにはいかないが、両社のメイン銀行であるなら、おのずと節度を持たなければならない」

谷垣の耳にも何かしら情報が届いているような気配だ。

「黙って証券がやることを見てなさいということでしょうが、あのMFGは三つの銀行の派閥争いが酷くて、私のところに訴えてきた者も、それが原因だと言っていますね」

からすみを口に入れた。しょっぱさと旨みが一気に広がる。

「太平洋製紙は旧興産で、東北製紙は旧大洋栄和だというのだね」

谷垣もからすみを食べた。

「その通りです。それに旧扶桑も絡んで、三つ巴《どもえ》です」

「三人寄れば文殊の知恵とはいかなかったか」

谷垣は、焼酎のグラスを大きく傾けた。残っていたのを飲み干してしまった。

「どうすればいいんでしょうか？」

橋本は訊いた。

「ジョージ・ナカシマは、本当に自然を愛し、森を愛し、木を愛していた。自然が最も美しく輝くためには何が必要かをいつも考えていたんだな。そしてありのままがいいと考えた。そこで木の欠点である節、虫食い穴、幹の中の異物が残した大きな傷痕《きずあと》までも個性として評価して、すべてをさらけ出し、それを美にしてしまったんだ。ほれ、これも虫食いの穴だが、味があるだろう」

谷垣が指したところには不規則な形の穴が開いていた。虫が食った痕だ。普通は、修理して消してしまうが、そのままにしてある。それが見る者に自然や森の息吹を感じさせる。

「味があります。欠点を隠さないことですか。しかし彼らはなかなかジョージ・ナカシマの域には達しませんね。また新たな火種を摑みましたから」

「ファイヤーウォール以外にかね」

「ＭＷＢの藤野頭取が愛人と密会する現場を押さえました」

橋本は、谷垣に目を据えた。言うべきではないかもしれない。しかしこの件に関する彼の反応を見ておきたい。

「掲載するのか」

眉根を寄せ、厳しい顔つきになった。

「ええ」

橋本は、腹に力を入れた。

「ジョージ・ナカシマは、こう言ったそうだよ。『木には切るべきときがある』とね」

谷垣は静かに言った。

「切るべきとき……」

橋本は、その言葉を反芻《はんすう》した。

「切るべきときを間違えるといい家具ができないんだろうね。その東北製紙の件は、ちょっと調べさせる。少し眠くなったなぁ」

谷垣は、目を細め、口を手で押さえた。

「それでは失礼します。突然、お訪ねしてすみませんでした」

橋本は、腰を上げた。谷垣を見た。目を閉じている。本当に眠いのか、それとも何か、思考を巡らしているのか。

(切るべきとき……)

橋本は、口の中でもう一度谷垣の言葉を繰り返した。深く考えるべきかどうかは分からないが、何かが動きだすかもしれないという予感だけはする。

6

「藤野頭取とは、結局、連絡が取れませんでした」

裕也は、瀬戸に言った。彼のそばに川田がいる。

「一日中、出ずっぱりで、そのまま取引先との会食で六本木に向かわれたようです」

井上が説明した。

「本当に会食好きですね」

瀬戸が、含みのある言い方をした。

「本業は会食、ということになりますか。これは言いすぎですか」

川田が、媚びるような表情で瀬戸を見た。

「仕方がない。本人には、後から質すとして、関口君、説明してくれたまえ。手短に頼むよ」

瀬戸が裕也に命じた。苛立ちが顔に出ている。彼は、めったに午後の七時過ぎまで銀行にいることはない。今日は、たまたま会議があり、終わったらすぐに帰ろうと考えていたら、こんなくだらない会議に付き合わされることになった。

「藤野頭取と大東テレビの女性記者との不倫、密会写真を『ヴァンドルディ』が掲載するということです」

「本当に写真は、あるのかい？」

川田が聞いた。

「現物を見ているわけではありませんが、事実だと思います」

井上が答えた。

この場所は、不思議な空気に支配されている。広報部長である山川も秘書室長の加山もいない。井上と裕也だけだ。まるで他の関係者を入れても役に立たないとでも言いたげだ。

「どんな写真かも分からないのだね」

瀬戸の目が、暗く光った。

「はい」

「それならこんなに大騒ぎすることはないだろう。どうせ暗がりなんだ。はっきり写っているはずがない」

川田が裕也を責めた。

「写っている、いないの問題ではなく、テレビ局の女性記者と不適切な関係を結んだことが問題なんですな。さてどうしたものか」

瀬戸が目を閉じた。

川田は、瀬戸を一瞥し、そして唇を嚙みしめ、黙った。

裕也は瀬戸の言葉を待っている自分を感じていた。隣に座る井上も同じだろう。そして川田も。だれもが瀬戸の次の言葉を待っているのだ。この場にいない藤野に対する言葉だ。

　万事において物事を慎重に進める瀬戸は、拙速に決断を下すことはない。熟慮に熟慮を重ねるが、その間も実はじわじわと他人の陣地に駒《こま》を進めている。気がつくと相手の陣地をすべて奪ってしまっている。そんな仕事の進め方が瀬戸の流儀だ。

　はっきり言って瀬戸にとって藤野は邪魔だ。藤野の支配するMWBを統合し、MFGの下に銀行、証券、信託、保険、リースなどを纏め、巨大でありながら統制のとれた金融グループを作りたいと思っている。そうしなければ他のメガバンクや外国の金融機関との競争に敗れてしまう。改革が遅れれば、たちまちグローバル金融の時代では敗者になってしまう。だからなんとかしなくてはならない。この瀬戸の問題意識は、裕也にも共通する。裕也が派閥にこだわっていないとすれば、井上の言う通り、瀬戸を旗印にして進軍すべきではないだろうか。裕也は迷いつつも、いずれ近いうちに旗幟を鮮明にせざる得ないときが来るだろうとの予感を覚えた。

　藤野を切りたい。これが瀬戸の本音だ。藤野も瀬戸と同じ野心を抱いている。しかし藤野は瀬戸とまったく違うタイプの経営者だ。失敗を恐れないといえば、聞こえがいいが、思いつきが多い。自分の欲を優先する。だから上手くいくときはとてつもない力を発揮するが、失敗するときは大きく失敗する。

瀬戸は、沈黙し、瞑想したままだ。この場にいない藤野と死闘を繰り広げているような気がする。自分と違うタイプの経営者が、同じように金融グループの支配者の座を目指して、見えない血を流している。

二人に比べると、川田は凡庸だ。しかし、最もしたたかだ。世の中には、不思議なことが往々にして起こる。それは何もしないものが勝つということだ。たとえばじっと動かずに亀が道で止まっている。すると先に駆けていったウサギは、獣に食べられて全滅してしまう。その獣も病気に倒れ、絶滅する。何もせずじっと動かずにいた亀だけが生き残った。流行を追い続ける企業が成長するのではない。その場に留まる努力を続けた企業が生き残るのである。これはある意味で真実だ。川田がそれほど戦略的に振舞っているかどうかは分からないが、最後まで生き残るのは彼ではないかと思うことがある。

裕也は、室内に流れる緊張感に耐えられなくなるのではないかと心配になってくる。

「辞めてもらいましょう」

瀬戸が独り言のように呟いた。

一瞬にして室内が凍りついた。測れないほどの零下にまで室温が低下した。

裕也は、自分の携帯電話が激しく振動しているのに気がついた。着信を見ると、藤野からだ。

「藤野頭取から連絡です」

裕也の言葉に、瀬戸が目を開けた。

「はい、関口です」

「おい、記者に取り囲まれた。何があったんだ」

藤野の怒りの籠った声が飛び込んできた。

「いま、どちらですか」

「六本木ヒルズのグランドハイアットを出たところだ。なんとか車に乗ったが……」

「ちょっとお待ちください」

裕也は、携帯電話を遠ざけ、

「記者に取り囲まれたとおっしゃっています。六本木ヒルズを出られたところです。いかがいたしましょうか」

と瀬戸に言った。

「ここに来てもらえ」

瀬戸は、静かに言った。裕也には、その声が、足元からじわりと冷気が上ってくるような冷たさをもって聞こえた。

「逃げられたじゃない！」

杏子が、逃げるように去っていく車のテールランプを睨みつけた。

「写真、撮ったから」

横尾と岬が同時に言った。

「見せて！」

杏子が、横尾のカメラを覗き込んだ。横尾が操作すると、画面に写真が次々と現れた。

＊

「出てきたぞ」

横尾が言った。

グランドハイアット東京の車寄せに藤野が現れた。数人の男たちに取り囲まれて笑っている。機嫌がいいのだろう。確か、情報では取引先との会食であったはずだが、まるで自分が接待を受けたかのようだ。生来、陽気なタイプなのだろうか。だから不倫もできるのか。

少し離れたところにいる岬も藤野に気づいた。オーケーサインを出す。杏子は、藤野をめがけて駆けだした。その後を横尾が追いかけ、反対側から岬が攻める。

「ＭＷＢの藤野頭取ですね」

杏子は、遠慮なくいきなり声をかけた。藤野を囲んでいた人たちが、突然の闖入者《ちんにゅうしゃ》に驚いて身を引く。彼らはガードマンではない。単なる客であり、取り巻きだ。カメラを構えられたら、必ず身を引く習性がある。自分たちが被写体になりたくないからだ。

藤野がたじろいだ。

横尾と岬が押す無遠慮なシャッター音が車寄せに響く。

「『ヴァンドルディ』です。大東テレビの女性記者さんとの不倫疑惑について聞かせてください」

杏子は、辺り構わず大声で問いかけ、ボイスレコーダーを差し出した。

藤野の顔が瞬間的に凍りつく。

部下のような男が忠義面で「君たち、君たちはなんだ」と藤野と杏子の間に割って入ろうとした。しかし「不倫」と聞いて、金縛りに遭ったように立ち止まった。

「大東テレビの木之内香織さんと密会されていますね。まずいんじゃないですか。不倫ですね。赤字ですね。公的資金もまだ返していないんでしょう！」

「知らん！　そんな名前知らん。公的資金は返した！」

藤野が逃げようとする。周りの男たちの足が止まる。

「否定するんですか。写真があります。密会現場の証拠写真です」

「知らん。知らんと言ったら知らん」

藤野は、「車、車を呼べ」と部下に叫んだ。

「中小企業が困っています。そんなとき不倫、していていいんですか」

杏子は、尚《なお》も叫ぶ。一般の客たちが好奇心に満ちた視線で騒ぎを見ながら通り過ぎていく。

「いい加減なことを言うな」

藤野は鞄を持ち上げた。小ぶりのハンドバッグのような鞄だ。殴られる！　杏子は身構えた。しかし藤野は、その鞄を頭の辺りに近づけた。顔を隠そうとしているのだ。

「経済部の記者との不倫は問題ではありませんか」

「でたらめだ！」

藤野は、鞄を持った手を杏子に伸ばした。杏子の胸に当たり、体を押した。

「撮って、撮って！」

杏子は、藤野からまるで暴力でも振るわれているかのように叫んだ。横尾と岬は冷静にシャッターを押す。

＊

カメラの液晶画面に、藤野の姿が現れた。

鞄で顔を隠している、逃げようと足早になっている、杏子に手を伸ばしている……。冷静さを欠いた姿ばかりだ。権威も威厳も何もない。

「まあまあね」

杏子は呟いた。

いつの間にか車寄せから藤野を取り巻いていた男たちの姿は消えていた。

第九章　暗闘

1

沈黙がこれほど重苦しいものだとは、いままで知らなかった。胸が圧迫され、息が上手くつけない。瀬戸の執務室には、昼間のように明かりがついているが、暗く感じられる。瞳は、室内の光を集めているはずなのだが、心がそれを拒否しているのだろう。そのため周囲に座る人間たちの顔がはっきりと見えない。ぼんやりとした影だけが存在している。

正面には瀬戸。その横には順に川田、秘書室長の加山修一、広報部長の山川俊夫、広報部次長の井上がいる。だれもが深く沈黙したままだ。

先ほどまでは瀬戸と川田、そして井上と裕也しかいなかったが、瀬戸の指示で加山と山川が呼ばれた。もうすぐ藤野がここに来るはずだ。

瀬戸が「辞めてもらいましょう」と言った。あれは藤野の退任を示唆しているのだろうか。もしそうならここにいる瀬戸も川田も退任することになるだろう。三行で経営統合している以上、三人の代表者が一斉に交代するのが、暗黙の了解事項だ。世間がなんと言おうとそれを変えることはできない。

　そうなれば旧興産の水野悠太郎、旧扶桑の高島宏隆、旧大洋栄和の三枝敬一の三人の副頭取・副社長が順当に昇格することになるのか。それとも新たな候補者が現れるのか。

　トップの座を目指しての戦いが、もうすぐ始まる。藤野の到着がそのゴングを鳴らす。本当にそうなるのか。それとも藤野の巻き返しがあるのか。考えれば考えるほど、裕也は気ぜわしくなり、息遣いが激しくなってくる。

　それにもう一つ裕也を憂鬱にしているのは、香織の存在だ。よりによって藤野の不倫相手が香織であるとは、いったいどういうことだ。まだ信じられない。香織に問い質さねばならない。純粋に藤野と愛を交わしているとは思えない。何か目的があるのか。

　それに西山に近づいてきた情報屋も同じネタを持っていたという。いったいどういうことなのだろうか。このことを瀬戸に伝えるべきだろうか。誰かが藤野を攻撃するだけではなく、ＭＦＧという金融グループそのものを攻撃しようとしているのではないか。

　瀬戸は、眠ったように動かない。おそらく彼にはそのことが分かっているだろう。そんな気がした。複雑な経営統合組織の中で、天皇と呼ばれるまでに権力を掌握した。瀬戸に対抗するため藤野はＭＷＢを自分の根城にして、それを死守しているように見える。そうせざるを得ないのだ。そこを拠点に瀬戸を攻めようとしているが、劣勢は否めない。

最も恐ろしいのは瀬戸？　裕也は瀬戸を見た。急にその影が大きくなり裕也に迫ってきた。

ドアがいきなり開いた。裕也は体ごとドアに向いた。

「お待たせしました」

藤野が荒い息のまま立っている。

瀬戸がにこやかな笑みを浮かべて、すっと立ち上がり、「大変でしたね」と藤野に近づいた。川田も瀬戸に誘発され、慌てて立ち上がった。裕也たちも立った。ここでも瀬戸が主導権を握っている。

「皆さん、お揃いでどうされたのですか」

藤野は、何もなかったかのように室内を進み、瀬戸の正面、すなわち裕也の横に座った。

藤野が座ったのを見届けて、瀬戸が座り、それを待って裕也たちも座った。それはまるで最初からの約束事のように思えた。

「ご心配しておりました」

瀬戸は微笑を絶やさずに言った。

「いやあ、まいりましたよ。突然ですからね。まったく身に覚えがありませんな」

藤野は声を出して笑ったが、目だけは厳しく周囲を窺っていた。

「身に覚えがないことですか？」

川田が聞いた。

「どういう意味でしょうか」

藤野が、その大きな目をぐいっと剝いた。

「関口君、話しなさい」

藤野が言った。

「関口、何かあるのか？　そういえばこの集まりはなんだ？　なぜ秘書室長の加山までいるんだ？」

藤野は、同じ旧興産出身の加山を睨んだ。加山は、慌てて目を伏せた。

「写真週刊誌『ヴァンドルディ』から連絡がありまして、言いにくいのですが、藤野頭取の不倫現場の写真を撮ったと言うのです」

「掲載すると言うのか」

「ええ、そのようです」

「ではなぜ私にすぐ連絡しなかったんだ？　連絡してくれれば、あんなに慌てなかったのに……」

藤野は激しい怒りの籠った目で裕也を見つめた。

「それは……」

裕也は言い訳のように井上に視線を移した。最初に瀬戸に報告すべきだと言ったのは井上だ。井上は、視線を外してしまった。

「連絡が取れなかったのです」

裕也は、やっとの思いで口に出した。

「連絡が取れなかった？　いい加減なことを言うな。場所は分かっていたはずだ。飛んでくればいいではないか」

藤野の激しい怒りに、裕也は言葉を失った。

「まあまあ、藤野さん、そんなに怒らずに。みんな心配しているのですからね。ところで女性との関係は、本当ですか？」

瀬戸は、小首を傾げた。

藤野は、唇を横に結び、不愉快さを露骨に顔に表した。

「そんなことはどうでもいいでしょう。プライベートなことだ」

藤野の憤慨したような言い方に、瀬戸は笑った。

「何がおかしいのですか。失敬な」

「確かにおっしゃる通りプライベートなことではありますな」

「おい山川部長」

突然、藤野から呼びかけられ、山川は驚いたように目を剝いた。

「なぜ私にすぐに報告しなかった。こんな査問のような場を設営しやがって」

「私は、何も……」

「何も知らないというのか。広報部長だろう。私を守るのが役割ではないのか」

「関口が勝手にやったことです。私は何も聞いていません」

山川は、うろたえて裕也を見た。

藤野は、憎々しげに裕也を見て、

「それでは何か？　君が週刊誌の記者から私のスキャンダルを聞き、いそいそと瀬戸さんに報告したというのかね。この会も君の差し金か。若いのになかなかやるじゃないか。私に恥をかかせて、どうするつもりかね」

と口角を歪めた。

裕也は、黙っていた。井上の指示に従っただけだと言いたくなったが、興奮する藤野に何を言っても無駄だ。

藤野が怒るのも当然ではある。連絡が間に合わない間に記者に取材されたため、わけが分からず動揺した態度を見せてしまったのだろう。あのとき、すぐに藤野に連絡しておけば、怒りを買うことはなかったかもしれない。しかし藤野のことだ。裕也に、「だれにも言うな」と指示をしたことだろう。少なくとも瀬戸には言うなと。そうなれば今度は瀬戸から睨まれたはずだ。どっちにしても裕也は、橋本が最初にスキャンダルを教えてくれたことの不運を呪った。

しかし裕也は自分が今、藤野から責められている以上に藤野に不快感を持っていた。香織を抱いたのか。そう思うだけで胸がかきむしられそうになっていた。こんな場所からすぐに飛び出て、香織に真実を問い質したい。

「なんだその目は。自分は、悪くないとでも言っているような目だな。トップを守れなくて何が広報だ」

藤野は怒りを裕也にぶつけた。裕也は唇を固く結んだまま藤野を見つめていた。

瀬戸が、すっと立ち上がった。そして井上に向かって、

「記者には、プライベートなことだと答えなさい」

と言った。

藤野の怒りなど完全に無視している。

「はい、分かりました」

井上は、深々と頭を下げた。

「そんな答えは許さん」

藤野が、唾を飛ばさんばかりに声を荒らげた。

2

香織は、ほの暗い明かりに照らされた病室にいた。ゆっくりとした寝息が聞こえる。ベッドにかけられたシーツがゆっくりと上下する。

「兄さん」

香織は、寝息を立てる男に呼びかけた。しかし男は目覚めない。男は進藤継爾だ。かつてグローバル・エステートという新興不動産会社を率いて時代の寵児《ちょうじ》ともてはやされたことがあったが、倒産させてしまった。悲嘆にくれた進藤は自宅にひきこもっていたが、ある日、首吊り自殺を図り、かろうじて助かった。しかし、それ以来、眠り続けている。

「必ず藤野に復讐するから」

薄い唇を進藤の耳元に運び、囁いた。

「本当にいいのか」

香織の背後から男が言った。

「ええ、これでいいの」

「しかし香織ちゃんが藤野の愛人になってその写真をばらまくなんて方法を聞いたときは、とても賛成はできなかった……」

「西山の叔父さん、他に何ができるの？　報道記者として巨大銀行の不正を暴いても、所詮、小説の世界と思われるだけ。どのマスコミも大手銀行の味方よ。貸し渋りや貸しはがしの報道なんて、だれも見向きもしない。絶望したわ。だけど男と女のスキャンダルは現実の世界の話……」

香織から西山の叔父さんと呼ばれたのは、ＭＦＧの総務に勤務する西山照久だ。

「君たち二人は離れていても本当に仲のいい兄妹だった。香織ちゃんにはいつも継爾君がいた。私は、特に何かしてやれるわけではなかったが、君たちが立派になっていく姿はいつも私を元気づけたものだ。それが一瞬でこんなことになるなんて……」

西山は、うっすらと目に涙を浮かべた。

「兄さんがヤクザに関係するわけがないじゃない」

香織が怒った。

「あまり大きい声を出すと、他の患者に迷惑だよ」

西山が諭した。

周囲のベッドはカーテンで仕切られており、だれもが気を使いながら静かにしている。時折、小さな呻き声が聞こえるのは、悪い夢を見ているのだろうか。

もっとお金があれば、個室に入れてあげられたのにと思い、香織は涙ぐんだ。

「住宅開発興業の菱倉仁を紹介したのは、この私だ。彼は大山組の構成員なんかではない。言いがかりだ。継爾君からその話を聞いて驚いたくらいだ」

西山はぽつりと言った。

「分かってるわ。叔父さんも良かれと思って紹介してくださったわけだから。兄さんが、事業を始めようとしたとき、だれも助けてくれない中で菱倉さんは支援してくれた。おかげで兄さんは大きくなった……」

香織は、そっと進藤の頬を撫でた。

「しかしそれが命取りになるとはなあ。申し訳ないことをしたものだ」

「彼らには目障りだったのよ。急成長する兄さんがね」

「この国には、若い企業が急成長をすると、皆でよってたかって潰そうとするところがある。この銀行も、それにつながる大手の不動産業者も、継爾君の成長が危険なもの、自分たちを脅かすものに見えたんだ。だから何か理由を考えた。そりゃ菱倉も立志伝中の男だ。成り上がりだ。若いころにヤンチャのひとつもしたかもしれん。それを探し出して、継爾君を潰す理由にした。おかげで菱倉も倒れてしまった……」

西山は、拳を固く握った。こめかみに太く血管が浮かんだ。

「写真を見た？」

「あのＣＤに入っていた香織ちゃんとあいつの写真かい？」

「はい」

香織は凛《りん》として言った。

「見たくはなかったよ。香織ちゃんが、あんな男とベッドに入り、にこやかに笑みを浮かべている写真など……」

「私も写したくはなかった。でも復讐のためには必要だったの。あれを送って。送り先は、金融庁、銀行の役員、主要な取引先などよ。叔父さんに任せるわ」

「いいのかい？」

「いいの。これで藤野を社会的に葬ることができるわ」

香織は、西山を強く見つめた。

「そうだ。大事なことを言うのを忘れていた。『ヴァンドルディ』という写真週刊誌が、香織ちゃんとあいつの写真を撮ったらしい。掲載するそうだ。情報提供しておいたが、ちゃんと動いていたんだ」

「それ、どこからの情報？」

香織は、嬉しそうに言った。

「広報の関口さんだよ」

「裕也さん？」

「知っているのかい？」

「名前だけ。でもどうして彼が、叔父さんに知らせてきたの？」

香織は、首を傾げた。

「彼とは親しいんだ。週刊誌から情報の提供を受け、その扱いに困って相談に来た。彼は真面目でいい男だね」

西山は微笑した。

「関口さん、きっと私に会いに来るわね」

香織は、確信ありげに小さく頷いた。

「藤野との関係は、これからどうするんだ？」

西山は、眉根を寄せた。必要な写真は撮ったのだから、これ以上関係を深めてほしくないというのが、西山の気持ちだった。

「もちろん、関係は解消します。でもすんなり別れてくれるかしら？」

香織は、口角を引き上げ、小悪魔的に微笑んだ。

西山は、香織が一日でも早く藤野と別れてくれることを望んでいた。相手は社会的地位がある男だ。まさかストーカーのようになるとは思わないが、男女の仲だけは分からない。予想外のトラブルにならないようにしてもらいたい。

進藤の寝息が聞こえる。医師は、目覚めるときがあると言うが、それがいつになるのか。

香織が、進藤の瞼に指で触れた。きらりと光った。涙かもしれない。

3

「藤野さん、私のコメントでは気に入りませんか」

瀬戸は、薄笑いを浮かべながら言った。

「プライベートだと言っていただいたほうが、私も記者に説明しやすいのですが」

川田が困惑したように言った。取材を受ける約束でもしているのだろうか。

「不倫などという事実はないと申し上げている。そんな写真など撮られた覚えはない。そもそも私の問題なのに、君たちが先に知っていることが気に食わない」

藤野は、裕也を睨みつけた。

「それは全社的な問題になりますので、それで……」

山川が申し訳なさそうな顔をした。

「うるさい。余計なことを言うな。だれかが陥れようとしているのに違いない」

藤野は、手で山川を払いのけるような仕草をした。

「まあ、冷静になりましょう。では藤野さん、あなたの思う通りにやってください。それでもし上手くいかなかったらいかがされます」

瀬戸は、相変わらずあいまいな笑みを浮かべている。自分の本心を隠すためなのかもしれない。

「いかがするとは、どういう意味ですか」

藤野は、大きく目を見開き、瀬戸に体を乗り出した。

「いや、深い意味はありません。どのようにされるのか、お伺いしただけです」

瀬戸は、ふっと藤野の視線を避けた。

「責任ということなら、身に覚えのないことです。責任のとりようがありません」

藤野は、怒りを全身にみなぎらせた。

「お言葉ですが」

裕也は、藤野を正面から見つめた。思わず言ってしまった言葉に、たちまち後悔の念が起きる。

「なんだね」

「写真はございます。彼らは嘘を言ってきてはおりません」

怯える気持ちを押して裕也は言った。

「私が、事実無根だと言っているのを、君は嘘だと言うのか。そんな写真はない。よしんばあっても暗がりで顔など判別できるはずがない。言いがかりをつけようと思えばいくらでもつけられる。君にはがっかりしたよ。少し見込んでいたのだがね」

藤野は、唾を飛ばさんばかりに言った。裕也は、一人で藤野に呼び出されたことがあった。あのとき不倫相手である香織のことを聞かれた。なんでもないと答えたら、藤野は嬉しそうにした。藤野は、露骨に井上を嫌い、裕也を味方にしようとしたが、いまやその考えは捨ててしまったようだ。

「小さな明かりでも鮮明な写真を撮ることができます」

井上が言った。

「私は君が気に食わない。なにかね。私の顔が鮮明に写っていると言うのかね」

藤野は井上を睨み、声を張り上げた。

「写真の技術は進歩していますから」

井上は、藤野の怒りなど気にしない様子で答えた。

「井上君、もういい。藤野さんの気の済むようにしてもらいなさい。もし先方から質問されたら、私の指示は、プライベートなことという回答で押し通すことだ。それが一番だと思う。私は藤野さんのことを思ってこの指示を出している。分かったね」

瀬戸は険のある目つきで井上を見た。

「承知いたしました」

井上が低頭した。

「瀬戸さん、あなたの指示は分かった。しかしね、事実無根だからね、それははっきりしているから」

「まあ、写真の現物を見てからでいいでしょう。そんなものがあれば、ですが。それからまた考えましょう。それでは……」

瀬戸が解散を指示した。

「瀬戸さんと川田さんを除いて、私の部屋に来てくれないか」

藤野が言った。

「ほほう、やはり気になりますか」

瀬戸が言った。

「あなたに足をすくわれないかと心配でね」

藤野は、声を大きくした。

「なんのことやら、分かりませんが……」

瀬戸は薄く笑った。

4

沈黙が裕也の肩に重くのしかかってくる。誰もがうなだれたままだ。藤野だけがいらいらと室内を歩き回っている。薄目を開けて、その姿を見ていると、めらめらと怒り、嫉妬が込み上げてくる。この男が香織をもてあそんでいるのだ。許せない。こんな男を守ることなどできない。いや、広報はこの男を守るのではない。銀行を守らねばならないのだ。そのことを忘れてはならない。迷いに迷い、自分がどうすればいいのか分からなくなってしまいそうだ。ここに座って藤野の叱責を聞いているより、香織に会って真相を確かめたい気持ちでいっぱいだ。

「写真を見たわけではないんだな」

藤野が裕也に立ち止まって訊いた。

「はい。見ておりません」

裕也は座ったまま答えた。

「それならばそんな写真はない」

藤野はまた歩きだした。

携帯電話が鳴った。藤野が音の方向を睨んだ。井上が慌ててスーツの内ポケットから携帯電話を取り出した。

「はい、広報の井上です。いま、会議中でして……」

井上は、携帯電話を手でおおい、声を殺して言った。

「『ヴァンドルディ』の編集長の山脇です。ご無沙汰です」

「山脇さん！」

井上の声が、甲高くなった。そして受話口を手で塞ぎ、「『ヴァンドルディ』の編集長です」と藤野に言った。

「なんだと！」

藤野が井上のところにずかずかと歩いてきた。

「ちょっとお待ちください」

井上は、携帯電話を取り上げんばかりの藤野を制した。

「ご用件はなんでしょうか？」

「正式なコメントをいただきたいと思いましてね。明日、ペーパーをファックスしますが、とりあえず電話で結構ですから」

山脇は、気負いもなく落ち着いた口調だ。

「いったいなんの件でしょうか」

「藤野頭取の不倫スキャンダルです。うちの橋本がそちらの関口さんに耳打ちしたと聞きましたので、それなら井上次長に直接伺っても問題はないだろうと……」

「なんのことか分かりかねますが」

「とぼけないでいいですよ」

山脇は、藤野が木之内香織といた場所、時間、路上でキスをする写真の件、逢瀬を繰り返しているマンションの場所などの詳細を説明した。

「何を説明されても私にはさっぱり分かりません」

井上は答えた。

「何を言っているんだ」

藤野が横から声を張り上げた。井上が慌てて受話口を押さえた。

「貸せ！」

藤野が手を伸ばした。井上が驚いて身を反らした。

「いいから貸せ！」

藤野は、井上から強引に携帯電話を奪い取った。

「頭取！」

井上が悲鳴のような声を上げた。

「何が面白いんだ！　人の後をこそこそとつけやがって！」

藤野は、携帯電話を握りしめると叫んだ。

「相当、お怒りのようですが、まさか藤野頭取ですか」

山脇が訊いた。

藤野が、一瞬、たじろいだ。どう答えるべきか迷っている。

「先ほどは失礼しました。うちの記者がだしぬけにボイスレコーダーを突きつけたりしまして」

「何を追いかけているかはしらんが、まったくの事実無根だ」

「銀行の頭取が、日銀記者クラブ所属の女性記者と不倫はまずいでしょう。そう思われませんか。何か特別な情報を洩らせば、あるいはもう洩らされているかもしれませんが、それは重大なインサイダーですよ」

「だから事実無根だと言っているだろう。いい加減にしろ」

藤野の顔が紅潮している。

「密会に使ったマンションの費用は、銀行の経費ですか？　公私混同はありませんか？」

「何を言っているんだ。そんな馬鹿なことをするわけはないだろう」

「それは不倫、密会を認められたということですか」

「違う、公私混同のことだ」

「社用車であるセンチュリーで女性を迎えに行き、同乗させるのは公私混同ではないのですか」

「し、知らん！」

「あの料理屋の代金は銀行に回されるのですか」

「な、何を言っているんだ」

「銀行の交際費で落とされるのか、どうか、そんなことは少し調べればすぐに分かりますよ」

「そんなことはしない」

藤野の額が汗ばんでいる。動揺が激しい。

「ということはご自分で支払われたわけですね」

「当たり前だ」

「ほら、事実無根ではないじゃないですか」

山脇の笑い声が聞こえるような口ぶりだ。

「とにかく事実無根だ。へんな記事を掲載したら訴えるぞ」

藤野が叫んだ。

「頭取」

裕也は藤野の前に進み出た。

「なんだ！」

藤野が睨みつけた。

「携帯電話をお貸しください」

裕也は手を伸ばした。毅然とした態度で迫った。藤野のことをよく思っていなくても、これ以上醜態を晒してほしくないという思いだった。藤野は、携帯電話を握ったまま迷っていたが、ぐいっと携帯電話を突き出した。顔が怒りに震えている。

裕也は、それを受け取り、「もしもし、関口です」と言った。

「山脇です。ご無沙汰しています」

山脇とは、何度か飲んだことがある。明るい酒だ。光談社の将来を担うホープだ。

「質問状をお待ちしています」

裕也は答えた。

「頭取からぼろくそに言われた後にしては、水臭いな。でもまあいいでしょう。質問は、今回の不倫をどう思っているか？　報道記者と不適切な関係になるのは、頭取として問題ではないのか？　女性との密会に社用車を使うのは問題ではないか？　密会の費用を銀行の交際費から落としていないか？　です」

「了解しました」

「事実無根、密会などなかったとおっしゃっていたが、そんな回答をすれば余計に問題が大きくなるということは、広報なら分かっていますね。取り扱いを間違うと経営問題になりますよ」

「承知しています」

「それではすぐにファックスします」

電話は切れた。

「どうだった？　記事は抑えられそうか？」

裕也のすぐ横に藤野の厳しい顔があった。

5

「どうでしたか？」

杏子が覗き込むように顔を出してきた。

「最低だな」

山脇は吐き捨てた。

「へえ、冷静な編集長を怒らせるなんて、驚きですね」

橋本が笑いを含んだ言い方をした。

「五郎ちゃんが事前に話してやった関口が苦労しているようだったぞ。言葉の後ろに藤野の顔が見えた」

「すまじきものは宮仕えね」

佐伯がおどけた。

「ピーちゃん、銀行にだけは勤めたくないね」

「編集長は、頼んでも雇ってくれません」

佐伯の目が笑っている。

「さあ、徹底してやるぞ」

山脇が橋本たちをじろりと見渡した。

「密会を事実無根だと言っているんですか？　杏子がいい仕事をしたのに」

橋本が杏子を見つめた。杏子が嬉しそうに微笑んだ。

「藤野は、ちゃんとした写真が撮れていないと高をくくっているんだろう」

「そんな程度のリスク管理でよく頭取が務まるな」

佐伯が呆れ顔で言った。

「あの銀行、派閥争いが激しいんですよ」

橋本は、裕也が太平洋製紙と東北製紙のM&Aの問題で相談に来たことを話した。

「それで金融庁の谷垣さんはなんて言ったの」

「木には切るべきときがあると……」

「それって意味深じゃないですか」

杏子が身を乗り出した。

「ああ、意味深だ。お前の原稿のように分かったようで分からない」

橋本がわざとらしい深刻な顔をした。

「うん、もう！　馬鹿にして！」

杏子が怒った。

「我々の記事次第では金融庁も動きだすってことだな」

山脇が言った。

「ええ、そう思います」

橋本が硬い表情で答えた。

「やりがいがあるぞ。杏子、第一弾、第二弾と続けるから、しっかりと原稿を書くんだぞ」

山脇が興奮した口調で言った。

「書かせてもらえるんですか」

杏子の目が輝いた。

「当たり前じゃないか」

山脇が、杏子の頬を指先でつついた。

「それって、私を誘っていませんか」

杏子が、いたずらっぽく微笑んだ。

「藤野と一緒にするな」

山脇が笑った。

山脇の机の上には、藤野の密会写真が無造作に置かれていた。その写真の中の藤野は、スーツ姿で左手を無造作にスラックスのポケットに入れ、右手に握った鞄を勢いよく振り、満面の笑みを浮かべている。子供が母親から小遣いをもらい、お菓子を買いに行くときのようだ。楽しくて、楽しくて、宙を飛んでいる気分に違いない。隣には白いジャケット姿の香織が、夜風に髪をなびかせていた。

6

裕也は両足に力を入れ、踏ん張っていた。目の前には藤野の顔がある。怒りに顔を膨らませ、はちきれそうになっている。

「記事を潰せ」

藤野の唇が動き、裕也に言葉をぶつけた。

「できません」

裕也は言った。

「なぜだ。お前ら広報だろう」

藤野は井上に怒りをぶつけた。

「もういまの段階では無理です。写真も撮っているのです」

裕也は強く言った。

井上は立ち上がった。

「本当に密会はないのですか？　写真は偽物ですか？」

井上も裕也に加勢した。

山川は視線をさまよわせ、ソファーに座ったままだ。二人の部下が、藤野に向かっているのが信じられないという顔だ。加山はじっと藤野を見つめている。

「密会などない。写真など写っているはずがない」

藤野は言った。

「しかし彼らは写真を撮ったと言っています」

「そんなものはいくらでも偽造できるだろう。コラージュでも貼り合わせでもなんでもやる連中だ」

「それでは木之内香織とは付き合っていないのですね」

裕也は言った。これは聞いておかなくてはならない。

藤野は、急に声の調子を穏やかにし、裕也に向かってにんまりとした。裕也は、藤野の態度の急変に戸惑った。

「関口、お前はいま、私のことをざまあみろ、いい気味だと嗤っているだろう」

藤野は裕也を指差した。

「何をおっしゃるのですか」

裕也は目を見開いた。

「お前は木之内と昔、付き合っていた。私が彼女と付き合っているのが事実なら嫉妬しているはずだ。腹が立つからといって、私を裏切ったら承知しないぞ」

藤野の言葉に井上は裕也を驚いた表現で見つめた。

「本当か」

井上は裕也に聞いた。

「ええ、大学時代から知ってはいますが、今は全く関係ありません」

「それはまずいな」

井上が顔をしかめた。

「何がまずいのですか。私がなぜ藤野頭取に嫉妬しないといけないのですか」

裕也は、井上に抗議した。

「まあ、いい。お前のことは後で考えよう」

井上は裕也から顔を背けた。

「頭取、私は彼女とはまったく関係ありません。信じてください」

裕也は、腹の底から怒りが湧き起こってきた。

「じゃあ、だれだ。加山、お前か！」

突然、藤野は秘書室長の加山に叫んだ。加山は、驚いて顔を上げた。

「とんでもございません」

加山は、ソファから立ち上がることもせず必死で手を振った。

「お前は、私のスケジュールをみんな押さえている。お前が週刊誌に情報を流したのか」

「馬鹿なことをおっしゃらないでください。私は秘書です。頭取の黒子です。信じてください」

加山は必死で言った。

「だったら犯人を捜せ！　私を週刊誌に売った奴を見つけるんだ」

藤野は、加山に言った。息が荒い。

「分かりました」

加山がソファーから飛び上がるように立ち上がり、低頭した。

「本当に密会はないんですよね」

裕也は念を押した。藤野の狼狽《ろうばい》ぶりを見れば、香織との不倫は事実だ。怒りと困惑と、悲しみにも似た気持ちを抑えられない。

「ない。密会はないが、面会はした」

藤野は、何かを思い出すかのように微笑んだ。

「なんですって？」

「だから密会はしていないが、彼女と面会はしたと言っているんだ。とにかく週刊誌には密会の事実はないと答えるんだ。それ以外は言うな」

「そんな答えは通りません」

裕也は抵抗した。

「なんだと！　とにかく密会の事実はないと言いきれ!!」

藤野は、また怒鳴った。

「プライベートなことだと答えるというのは、どうされますか」

井上が、瀬戸の意見を繰り返した。

「そんな答えは必要ない。ないものはないんだ」

「分かりました」

井上は静かに低頭した。

「それにしてもいったいだれがこんな情報を週刊誌に売ったのだ。腹が立つ。見つけ出して、そいつの体を八つ裂きにしてやりたい」

藤野は、奥歯を嚙みしめた。

「犯人捜しはされるのですか？」

加山が低頭しつつ、聞いた。

「当然だ。捜せ。山川、井上、君たちは広報だ。君たちの責任で犯人を捜すんだ」

藤野は声を荒らげた。

「お言葉ですが、犯人を捜す前に頭取はどのように今回のことをお考えなのですか。密会は事実ではないとおっしゃいますが、もしも週刊誌側の言うことが事実であるなら、日銀記者クラブの記者との関係は銀行への信頼を損ねる可能性があると思います」

裕也は、腹を据えて言った。

「関口、言葉がすぎるぞ」

山川が戸惑いを浮かべた。

「私たちは記者との関係を大事にしております。公平に、そして透明にというのがモットーです。もしそれを頭取自らが破られているとしたら……」

裕也の言葉に藤野の形相が変わった。みるみるうちに目が吊り上がり、耳まで引き上がっていく。

「貴様……」

藤野の嚙みしめる歯の音がぎりぎりと聞こえてくる。

「私の責任を問うているのか」

「そうです」

裕也は明瞭に言った。

藤野は、ぐいっと顔を近づけた。息が直接当たる。熱く、粘り気がある。裕也は藤野の視線から逃げないように踏みとどまった。

「お前は、なかなか骨があるな。私に責任論を言ったのは、お前だけだ。瀬戸も川田も言わない。言えばそれがそのまま自分に降りかかるからだ。それに……、損失を出そうが、女性と付き合おうが、人の噂も七十五日というだろう？　しばらくの間、耐えていれば忘れてしまうものだ。そのときに、まだお前は、私に責任論を問うことができるか」

藤野は、激しく笑った。

裕也は顔をしかめた。耳を塞ぎたくなった。誰も自分を追及することなどできないと思っている傲慢さに溢れた笑い声を聞きたくなかった。

7

「川田さん、明日、金融庁の谷垣さんに連絡を入れておきましょう」

瀬戸が言った。

「瀬戸さんから、ですか？」

川田が、意図を探るような目つきをした。

「ええ、ＭＦＧの社長は、私ですからね」

瀬戸が微笑した。

「それはそうです。瀬戸さんが、上場企業であるＭＦＧの社長です。私や藤野さんは、子会社の頭取に過ぎませんから」

川田が皮肉な笑いを浮かべた。

「何を、ご謙遜なさいますか」

「ところで、何をご報告されるのですか」

「藤野さんのことに決まっています。写真が出てからでは遅い」

瀬戸はきっぱりと言った。

「それでなんとおっしゃるのですか」

川田は相変わらず慎重だ。

「スキャンダル写真が週刊誌に出ると言いますが……」

瀬戸は小首を傾げた。

「それだけですか」

川田は皮肉そうな顔を崩さない。

「それだけと言われますと?」

瀬戸がにやりとした。

「藤野さんのことは、スキャンダルだけかと……」

「谷垣さんに藤野さんの首に鈴をつけるように頼めと言うのですか」

瀬戸は、やや表情を硬くした。

「誰かがつけねばなりません。MFGのためです。このままでは組織が持ちません。MWBをMRBに統合いたしませんと……」

「MWBの証券部門を分離し、グループ内の証券会社に統合し、巨大証券を作り、銀行部門をMRBに統合し、さらなる巨大銀行を作る。これが川田さんのお考えですね」

瀬戸は愉快そうに言った。

「それは瀬戸さんの構想ではありませんか」

川田が言った。

「私の構想であるかはどうでもいいことですが、三行統合を真の成功に導くためには、多少の血が流れることを覚悟せねばなりません。いよいよ、その機会が到来しつつあるようです。谷垣さんにもご協力を願うことがあるかもしれませんが、私たちが自らの手を汚して、悪者にならざるを得ないでしょう。川田さん、いそがしくなりますよ」

瀬戸は底光りするような目つきで川田を見つめた。

川田は「はい」と答え、口角をわずかに引き上げるような笑みを浮かべた。

第十章　共闘

1

写真の中には、暗闇にくっきりと浮かぶ男と女。男は高級そうなスーツを着込み、右手に持った鞄を大きく振っている。それはまるで子供が、いつもは厳しい母親から外出の許可が出て、一目散に外に飛び出したときに似ていた。その証拠に彼の表情は笑顔がはちきれんばかりだ。絶対に仕事中には見せたことのない笑顔だ。彼を知っているだれかが見れば、別人と思うかもしれない。

女は白いスーツ姿。すらりとした体軀は、まるでファッションモデルのようだ。特にスカートから伸びた足は美しい。どちらかというとがっしりとしたずん胴体型の男と並ぶと、余計に彼女のスタイルの良さが引き立つ。顔は分からない。目の部分が隠されているからだ。しかし笑顔であるのは分かる。軽く開いた口元からは白い歯がこぼれている。

男の左手は彼女の右手をしっかり握りしめている。いまからどこへ向かうのかは推測の域を出さないが、二人にとって幸せの場所であるに違いない。だれ憚ることなく握りしめられた手を振り、いまにもページから飛び出してきそうだ。

　もう一枚はさらに衝撃的だ。男は女に顔を向け、女は男に顔を向け、共に少し伸び上がるような姿勢で唇を重ねている。男の横顔は、いくらか緊張しているようだ。女の表情は、これもまた隠されているが、うっとりと目を閉じているように想像される。

　場所は通りの真ん中だ。写真には写っていないが、人通りがまったくないとはいえないだろう。公共の場である通りの中央で立ち止まり、唇を重ねる男女を、見咎《みとが》める者はいないのか。若い男女ならいざ知らず、少なくとも男は分別盛りを過ぎた年齢であることは間違いない。そんな男が若い女性と唇を重ねるのにこの通りがふさわしいとはいえない。

　さらに写真は続く。

　二人が小さな割烹で食事をしている後ろ姿。男の少し丸くなった背中が年齢を感じさせないでもないが、女が男に向けている顔から推測すると、二人の間では話が弾んでいるのだろう。写真を盗み撮りされているという警戒心は微塵もない。

　続いての写真は、男女別々だ。男は周囲に警戒の目を走らせ、ネクタイを少し緩めてはいるが、大事そうに鞄を握りしめ、マンションのエントランスに消えていく。

　女はスカートにラインが浮かび上がるほど、のびやかに足を伸ばし、まるで飛ぶように男が消えたマンションに入っていく。写真に添えられたキャプションによると、二人は一緒にマンションに入ることはないらしい。男が先に入ることもあれば、女が先のこともある。必ず十分程度の時間差を設けて中に入る。そのことでこの二人の関係が、世間に秘密にしておきたいことだということが分かる。

最後の写真は、マンションから出てくるところだ。男はすっかり寛いだ様子でネクタイはしていない。ワイシャツの襟首のボタンも外し、ぶらりと鞄を持った手を下げている。タクシーを止め、それに乗り込もうとしている。それだけ見ると、ただの酔客としか見えない。しかし別に撮られた颯爽とタクシーに乗り込む女性の写真と重ね合わせると、これは逢瀬を終えた男女が別々にマンションを出て、帰宅の途につく場面であるということが分かる。

裕也は、写真週刊誌「ヴァンドルディ」を思い切り引き裂きたい感情に激しく襲われた。嫌な汗さえ滲みだし、心臓の鼓動は激しくなり、目尻は吊り上がる。これを引き裂き、藤野に罵声《ばせい》を浴びせたい。

写真の男は、間違いなく藤野その人であり、女は香織だった。目は隠されていたが、香織を知っている裕也には間違えようがない。

「えらくはっきりと写るものだなあ。これでよく何もなかったと否定するよな」

井上の声がする。裕也は何も反応できない。

「おい、関口、聞いているのか」

「は、はい」

「藤野さんは、これで何もないってよく否定するよなって言っているんだ。おかげでこっちのコメントが馬鹿みたいじゃないか」

井上が怒っているのは、光談社から正式に求められた銀行の考え方として「密会はありません」と答えたことだ。

瀬戸は、「プライベートなこと」という風に答えて、とりあえず逃げるべきだと指示をした。しかし藤野は、広報に「全否定」を命じた。写真などまともに写ってはいない、否、写真などない、否、面会はあったが密会はないなどわけの分からない理屈をこねたのだ。

井上は、わずかに抵抗を試みたが、すぐに諦めた。広報なら、藤野を諫《いさ》めることも時に必要なのだが、その役割は放擲《ほうてき》してしまった。

「どう思う？」

井上は盛んに裕也に声をかけてくるが、裕也はまだ動揺が収まらない。

橋本から香織と藤野のことを聞かされていても何も見せられていないときは、動揺はしなかった。しかしいま、これほど鮮明な写真を見せられると、藤野に対する言いようのない憤りと、香織に対してなぜ？　という思いにとらわれ、そこから抜け出ることができない。

「おい、どうかしたのか？」

「いえ、はい」

「このコメントじゃ瀬戸さんに叱られるぞ」

井上は、眉根を寄せた。藤野を守るということにはなんの関心もない。井上にとって重要なのは、瀬戸がどう思うかということだけだ。

「そうですね……」

「それに光談社の山脇たちだってここまで否定されたら、怒りだして追及はまだまだ続くぞ。面倒くさくなってしまうぞ」

井上の言葉は耳に入らない。裕也は猛烈に香織に会いたくなってきた。

山川が血相を変えて近づいてきた。

「井上次長！」

「どうされましたか」

「どうされましたかではない。今顧客サービス室から文句があったぞ」

「顧客サービス室から？」

「雑誌を見た客からのクレームがすごいそうだ。なんという不潔な銀行だ。幹部が不倫をしているとは、はなはだ許せないなど、ひっきりなしに電話があるそうだ。それに密会はないなどと居直るとはいい加減にしろというクレームも多いと言ってきた」

山川の言いようは、まるで広報のコメントは井上単独の責任だと言っているようなものだ。藤野から指示を受けた場所には山川もいたではないか。

「そっちはそっちで対応してもらうしかないですね」

井上は憤懣を押し殺し、突き放すように言った。

山川は、井上の態度に不満そうだったが、ひと言、「君がなんとかしろ」と言い残してどこかへ行ってしまった。

「ちっ、藤野さんに状況を説明に行ったんじゃないか。本当に金魚のフンのような男だ。川田さんがかわいそうだな」

井上は裕也を一瞥した。

「えっ？」

裕也が聞き返した。

「大洋栄和には人材がいないってことだよ。このままだと興産の言いなりになるぞ。扶桑が頑張っているからなんとかバランスが保てているんだぜ」

裕也はうんざりした。もういい加減にしてほしい。いまは旧銀行の派閥で何かを考えている場合ではないだろう。この藤野問題をどう決着させるべきなのか。どの程度波及するのか。

そこを見極めねばならない。

それにもう一つ、とにかく香織に会って藤野のことをどう思い、どうするつもりなのか聞いてみたい。

携帯電話が鳴った。

「あっ」

思わず声を上げた。香織からだ。

「どうした？　だれからだ？」

井上が疑い深そうな視線を送ってくる。

「ええ、特に……」

裕也はあいまいな返事をし、携帯電話の通話ボタンを押した。

「関口です」

「会えない？」

いきなり香織の声が飛び込んできた。

2

「ピーちゃん、売れ行き好調よ」

次長の亀田が、ねっとりとしたオネエ言葉で佐伯に微笑みかけた。

「五郎と杏子を褒めてやってください」

佐伯は、編集長の山脇にも聞こえるように言った。

「第二弾も撃つぞ」

佐伯の話が聞こえているのかいないのか分からないが、山脇が勢い込んだ。

「やりましょう」

佐伯が即座に応じた。

「読者からの反応がすごい」

山脇は興奮していた。

「いい反応なのよね」

亀田が満足そうに笑みを浮かべた。

「ああ、あんな頭取は辞めさせろ、預金を解約する、中にはあんないい女と関係するなんて許せないなどという正直な反応もあるがね。久しぶりだよ。これだけ反応があったのは」

山脇は満足そうだ。

「MFGに詳しい識者のコメントを取ります」

佐伯が応じた。

「それと大東テレビの社長の写真とコメントも取れ。お前さんの会社の記者教育はどうなっているんだとね」

「杏子のインタビューに逃げ惑う藤野の写真を使います」

「それがいいだろう。それにＭＦＧの瀬戸社長やＭＲＢの川田頭取の写真とコメントも取らせろ」

山脇は、矢継ぎ早に指示を出した。

「すぐに五郎に指示します」

3

裕也は、香織に指示された都内の病院の入り口に立っていた。

香織は、会いたいと連絡してきて、この病院で待つようにと言った。

なぜ病院なのか？　裕也にはなんの説明もない。説明を聞きたいと思ったが、香織にはそれを許さない雰囲気があった。裕也は何も聞けないまま、急いでここに来た。

時計を見た。約束の時間だ。

驚いて振り向くと、そこに香織が立っていた。紺色のスーツ姿だ。そのせいかやつれて見える。

入り口に立ち、外ばかり注視していたが、背後、すなわち病院の中から声をかけられた。

「裕也」

「香織……」

裕也が名前を呼ぶと、香織は目に涙を溜めて体を預けてきた。

「助けて……」

香織が囁くように呟いた。

裕也は、香織の肩を強く抱いた。

香織は、写真雑誌に自分の姿が掲載され、疲れきっているのではないか。

「どうしたんだ？」

「裕也、お願いがあるの」

「僕も心配していたんだ。会社には行けないだろう」

「ええ、でもそれはいいの。こっちへ来てくれる？」

香織は裕也から体を離した。

「こっちって……。病院？　だれか入院しているの？」

香織は小さく頷くと、病院の中へと歩いていった。裕也はその後に続いた。

受付のそばには、多くの通院患者や入院患者がいた。その中を香織はしっかりとした足取りで歩いている。いったいどこへ行こうというのだろうか。藤野のことはどう切り出せばいいのか？

「ここよ」

香織は病室の前で足を止めた。

「進藤継爾？」

病室の名札を読んだ。

どこかで聞いたことがある。記憶を辿《たど》ってみるが思い出せない。

「中へ入って」

香織はドアを開けた。

「西山さん！」

裕也は、ベッドのそばに立ち、微笑んでいる男に向かって叫んだ。

「お待ちしていました。関口さん」

西山は、ゆっくりと頭を下げた。

「どうして？」

「詳しい話は後でしょう。とりあえず彼を見舞ってほしい」

西山は裕也をベッドまで案内した。香織は、すでにベッドに横たわる男の手を握りしめている。この男が進藤継爾なのか？

「関口さんは、グローバル・エステートを覚えているよね」

「グローバル・エステート？　西山さんと一緒に右翼から攻撃を受けましたね」

「そうだよ。MWBがむりやり反社会的勢力と関係があるという理由をつけて潰してしまった不動産会社さ」

「むりやりかどうかは知りませんが、MWBの有力取引先で、業績もよかったのに、なぜ？と思いました。それがどうしたのですか？」

「そこに眠っているのは進藤継爾君、香織ちゃんの兄であり、問題のグローバル・エステートの創業者であり、代表だったんだ」

西山は哀しそうな目でベッドに横たわる男を見つめた。酸素マスクをつけられ、一定の息遣いをしているが、機器が外されれば、そのまま死の世界へと誘《いざな》われてしまうに違いないと思われた。

「兄ですって？　香織とは兄妹なのですか？」

裕也は驚いた。香織を見た。いまにも泣きだしそうな顔で進藤の手をさすっていた。

「私は彼らの叔父にあたる。幼いころから後見人だったんだ」

西山は淡々とした口調で言った。

「驚くことばかりですね。他に僕が聞いておくことがあるのですか」

裕也は唇を震わせた。

「もう一つ。進藤君が追い詰められる結果となった反社会的勢力というのは、菱倉という私の知り合いの不動産業者なんだ。彼は決して反社会的勢力ではない。言いがかりに過ぎない。彼のことなら私はよく知っている。だから進藤君に紹介したんだ……」

西山は苦痛を与えられたかのように顔を歪めた。

「西山さんが、グローバル・エステートの破綻のきっかけを作ったのですか？」

「そうはっきりと言わないでくれよ。その責任を痛感しているんだ」

西山は目を伏せた。

「叔父さんのせいじゃないわ。すべて藤野が悪いのよ」

香織が悔しそうに口元を歪めた。

裕也は言葉を失うほど驚いた。いったいどういうことだ。笑みを浮かべながら藤野と路上でキスをしていた香織が、藤野のことを呼び捨てにしているではないか。

「藤野って、まさか藤野頭取のこと？」

「そうよ。裕也、あなたが仕えているＭＷＢの藤野頭取。彼が兄をこんな風にしてしまったのよ」

香織は進藤を指差した。その目は怒りと憎しみに燃えていた。

「藤野には、新興企業として成長するグローバル・エステートが既存の不動産業者、財閥系企業を脅かす存在に見えたのだろうね。このまま成長させると、そうしたエスタブリッシュメントたちの基盤を揺るがすと思ったんだ。それで言いがかりに等しい理由で、反社会的企業というレッテルを貼り、葬り去ることを決めた。そしてそれを実行した。進藤君がどれほど言い訳しようと、誤解を解く努力をしようと、一切、耳を傾けなかったそうだ。それで会社はアウト。もともとＭＷＢの野放図な支援もあって、予想以上に成長したという面も否めなかった。だから支援打ち切りは、そのまま命脈を絶つことに等しかったんだ。進藤君は絶望して、自殺を図った結果、この状態だ」

西山の落ち着いた話しぶりにかえって怒りを感じた。西山は総務という銀行を守るべきポストにいながら、なぜか銀行と距離をおいていたように感じられたが、理由は進藤にあったのだ。裕也は西山の話を聞きながら、静かな寝息を立てる進藤をじっと見つめていた。

「私たち兄妹は、両親が貧しかったため、西山の叔父さんたちのお世話になって大きくなったの。だから兄の出世はとても誇りだったし、喜びだった。その兄を壊した藤野を許すことはできない」

香織は唇を嚙みしめた。

「それならどうして……」

裕也は疑問を口にした。

「どうして私が写真週刊誌に藤野と一緒にいる写真を撮られたのかと聞きたい顔をしているわね」

香織は薄く微笑んだ。

「ああ、僕はそれが聞きたかった。胸がかきむしられるような思いがした……」

裕也は香織を見据えた。

「そうか、やはりそうか。君たちは付き合っていたのか」

西山は、弾んだ声を出した。

「学生時代のことです。随分、昔になるわ」

香織は遠い目をした。

「そんなことはいい。教えてほしい。なぜ藤野なんかと」

裕也は悲鳴のように言った。

「復讐よ」

「復讐？」

「そう、兄の復讐。こんな姿にした藤野を許すわけにはいかない。でも私にできることは限られている」

香織は、悲しそうに目を伏せた。

「香織、君は兄さんのためにわざと藤野とのスキャンダルを起こしたと言うのか」

裕也は憤りで爆発しそうになった。

「そうよ」

香織は、胸を張った。

自分は何も悪いことはしていないと、痛々しいほど気持ちを張り詰めさせている。

「僕は、君を軽蔑する。いまこの場で、できることなら殴ってやりたい」

「軽蔑するならすればいい。しかし私は、藤野を社会的に葬りたいの」

香織は、声を絞り出すように言った。

「関口さん、香織ちゃんを責めないでほしい。彼女は身を捨てて継爾君の復讐をしようとしたんだ。馬鹿な行為だとは思うけれども、それしかなかった。そして協力してやってくれないか」

西山は静かに頭を下げた。

「いくら復讐のためとはいえ、僕には理解できない」

裕也は体が震えるほど怒りが込み上げてきた。だれに対して？　それは復讐のために藤野に身を投げ出した香織に対してだろうか？　いやそうではない。そこまで香織を追い込んだ藤野に対してだ。

「理解してほしいとは言わない。もう進みだしたことだもの。後には引き返せない。でも裕也、あなたがMFGの広報にいることが分かったから、こんな無謀な手段をする決意をしたのよ。あなたなら、必ず分かってくれると信じたからなの。理解しなくても協力を頼みたいの。あなただってMFGの現状をこのままでいいとは思っていないはずよ。永遠に繰り返される旧行の派閥争いの中で、メガバンクの座から陥落しても構わないの？」

香織は思いつめた目で裕也を見つめた。瞳が涙でぬれている。

「僕がいたから？　僕がいたからこんなことをしたと言うのかい？」

裕也は激しく動揺した。

「あなたに責任を負わせる気はない。でも、私のことを本当に理解して、見守ってくれるのは、裕也、あなただけだと思ったの。私は確かに藤野に対する憎しみで、どこかおかしくなっているのかもしれない。でも、そんな私をきっとあなたは分かってくれる。そう信じたの」

「僕に何を？」

裕也は身を乗り出すようにして聞いた。

「藤野のスキャンダルを利用して、行内で藤野失脚の可能性を追求してほしいの」

「僕に？　僕は藤野頭取を守るべき立場にあるんだ」

「あの男に守るべき価値はない。私だって、あの男にこの体を触られたかと思うと虫唾《むしず》が走る」

香織は両手で体を抱えて小刻みに震えた。

唇を青ざめさせて震える香織を見て、裕也は彼女のことを強烈に憐《あわ》れんだ。そして同時に藤野を激しく憎んだ。どこかで糸が切れる音がした。

「分かった。協力する。しかし約束してほしい。もうこれ以上、藤野には深入りしないでくれ」

裕也は真剣な思いを込めた。

「私もそれはお願いしたい」

西山も同調した。

「分かっているわ。私の目的はひとつ。藤野を社会的に葬ることだけよ。これからもっと強烈なスキャンダルを浴びせてやる。とにかく完全に息の根を止めるまでやるわ」

香織は強く頷いた。

「まだ何かあるのか？」

裕也は憂鬱な思いで聞いた。

「これがね」

西山が、一枚のＣＤを手に取った。

「裕也、頼んだわよ。藤野に責任をとらせるように行動してね。期待しているから。それをやれるのはあなただけ……」

香織は裕也の手を強く握りしめた。その手は異様に冷たく感じられた。

4

「このコメントはだめだな」

瀬戸の言葉に山川と井上は恐縮した。瀬戸の執務机の上には、「ヴァンドルディ」の藤野の密会写真のページが大きく開かれていた。

瀬戸は薄笑いを浮かべている。

「君たちは、全否定しろと藤野さんから言われたのか」

山川は、「はい」と答えた。井上は答えを渋り、山川を忌々しげに見つめた。だれに対しても尻尾を振る奴だと、軽蔑の視線を送った。

「しようがないな。僕が言ったようにプライベートのことであると言いきればよかったのに……」

「はあ、そう申し上げたのですが、密会はなかったと申されるものですから」

山川が媚びるような表情を浮かべた。

「そうでしょうね。そういう人ですからね」

「これは大きくなりますかね」

「山川部長、大きくなりますよ。広報の対応もまずいですからね」

瀬戸はきっぱりと言った。山川は急に縮みあがったように首をすくめた。

「入ってもよろしいでしょうか」

裕也が慌てた様子で飛び込んできた。

「どうした？」

井上が厳しい視線を向けた。山川の話にいい加減うんざりしていたところにまた面倒な奴が来たという顔だ。

「東北製紙の片山恭三様が、広報部に来て、瀬戸社長にぜひ会いたいとおっしゃっております。広報部でお待ちです」

　裕也が報告した。

「片山？」

　瀬戸が怪訝そうな顔をした。

「例の太平洋製紙が買収しようとしている製紙会社の財務責任者です。旧大洋栄和出身です」

　井上がにじり寄って小声で囁いた。

「なんの用だ？　それに秘書ではなく広報とはどういうことだ？」

「よく分かりませんが、非常にお怒りで、抗議したいとおっしゃっております。マスコミに話すことも辞さないと……」

「なんだね？　そのような不穏当な話は、なにも心当たりがない」

「買収を中止しろということです。ファイヤーウォールに違反しているとおっしゃっています」

　裕也は淡々と答えた。

「どういうことだね？　山川部長」

　瀬戸から声をかけられても山川は首を傾げるばかりだ。

「おそらく太平洋製紙が東北製紙を強引に買収しようとしていることに対して、その後ろ盾になっているのがＭＷＢであるため、抗議されているのでしょう。東北製紙のメインもＭＷＢですから」

「ああ、そうか」

瀬戸は、やっと旧扶桑出身のＭＷＢ副頭取、高島宏隆が強く反対していた案件だと思い出した。

「お会いになりますか」

裕也は訊いた。

「山川部長」

瀬戸は、裕也を無視して、山川を呼んだ。

「はい」

山川はいそいそと近づいた。

「さて、どうしましょうかね。山川さん、あなたがお怒りを静めてお引きとり願ってはどうですか」

「えっ、私がですか？」

「確か片山さんは、旧大洋栄和でしたね。それならあなたが説得するのが仕事でしょう」

瀬戸の言葉に山川は明らかに戸惑っている。

「そもそもこの話も藤野頭取のせいでこじれているんでしょう？　太平洋製紙、東北製紙共にメインでありながら、太平洋製紙の話だけに乗って、事をどんどん進めるからいけないのです」

瀬戸は苛立ちを見せた。

「いくら私が同じ銀行出身だといっても親しくはありませんし……」

山川はぐずぐずしている。

「東北製紙は、ミズナミ証券に買収対策のアドバイザーになってもらっていたようです。高額の手数料も支払っていました。今回の買収が持ち上がった際、当然、アドバイザーとして太平洋製紙に対抗してくれるものと期待していました。といいますのもミズナミ証券をアドバイザーにしたのは片山さんだからです。ところがミズナミ証券はアドバイザーになれないと言ってきました。理由は藤野頭取が許さないからだそうです。太平洋製紙に買収させるのが、国益に適うという理由で、ミズナミ証券に介入されたようです。それがお怒りの理由です」

裕也は説明した。

「面子を潰されたってことですか」

瀬戸が、思惑ありげな上目遣いの目で言った。

「面子の問題ではないと考えます。信義の問題でしょう」

裕也は語気を強めた。山川が慌てているのが見えた。

「ほほう、信義ね。関口さんは、銀行員にしては珍しい考えの持ち主のようだ」

瀬戸が意味ありげに笑った。

「どういうことでしょうか？」

「信義などという金融界では建前でしかない言葉を持ち出されたからです。それがおかしかったのです」

「お言葉ですが、信義こそすべてに優先するのではないでしょうか。それが金融の根本だと考えます」

裕也は厳しい視線を瀬戸に向けた。

「その議論は、後にしましょう。とにかくいまは会うことができません。山川部長、早く行きなさい。井上次長も同席しなさい。片山さんには、近いうちに会うことになると思いますと言いなさい」

「近いうちに会われるのですね」

山川がほっとした顔になった。

「必ずお会いします。大事なお取引先ですからね」

瀬戸は言った。

「藤野頭取の写真の件はいかがいたしましょうか？」

井上が聞いた。

「出版社に次はあるのかを確認してください」

「川田頭取の記者会見が近く予定されています。本件に関してどんなコメントを……」

「プライベートなこと……」と言いかけたが、瀬戸は少し考える表情になり、

「不適切であると言ってもらいましょう」

「不適切と言いきってよろしいでしょうか？」

井上は不安げだ。

「あくまで川田さんの個人的意見としてで結構ですが、言いきってもらいましょう」

「分かりました」

山川と井上が瀬戸の執務室を出た。裕也も一緒に出ようとした。

「関口さん、ちょっと」

瀬戸が引き止めた。

裕也は足を止めた。

「時間がありますか？　ちょっとお話が……」

瀬戸の目が粘り気を含んだように光った。

5

裕也は緊張して、体が固まってしまったような感覚を覚えていた。

瀬戸がじっと見つめている。

なぜ呼び止められたのだろうか。理由が分からない。

ゆっくりとした足取りで瀬戸が近づいてきた。動悸が激しくなる。

「あなたは勇気がありますか？」

瀬戸が薄く微笑んだ。

裕也は、わずかに首を傾げた。

「猫に鈴をつける勇気です」

「どういう意味でしょうか？」

かろうじて聞き返した。

「分かりませんか？　私はあなたが適役だと思っているのですが」

まだ薄笑いを消さない。

「申し訳ございません。頭が悪いのか、まったく理解できません」

「藤野さんに鈴をつける役割は、あなたが適任だと申し上げているのです」

瀬戸の言葉に裕也はのけぞるほどの衝撃を受けた。

「藤野頭取に鈴をつける？　私が適任？　いったい……」

裕也の唇が震える。

「あなたはあの問題の女性と付き合っていましたね。元恋人といっていい……」

瀬戸がゆっくりと話す。目がてらてらと光っている。

「あの……」

あまりの意外な発言に何も言えない。

「言い訳は無用です。そんなことぐらい調べればすぐに分かります。私はいろいろと調べるのが好きなんですよ。今回のことはあなたが仕掛けたのですか？　恋人を盗《と》られた腹いせに」

瀬戸が笑った。

裕也は、足を踏ん張った。

「失礼します」

踵《きびす》を返した。

「待ちなさい！」

瀬戸の声が部屋中に響いた。声が手になって床から裕也の足を捕まえた。

「聞きなさい。誰が今回のことを仕掛けようと、そんなことはいい。問題は、今回のことを我が行の改革に利用できるかです」

裕也は、瀬戸に向き直った。瀬戸の笑みは消えていた。

「我が行は、いま難しい局面を迎えています。他行に比して決算も悪い。藤野さんのＭＷＢがあまりにも時代に迎合しすぎたためにサブプライムローンショックで傷ついてしまった。ホールセールバンキングのことには口を出すな、とばかりに藤野さんは勝手に走ってしまう。止めようと思うが、止められない」

瀬戸は自らに言い聞かせているかのように目を閉じた。

裕也は、ようやく落ち着いた気持ちになり真剣に聞いた。

「この状況を打破するには、ＭＷＢとＭＲＢをひとつにし、コストも人員も共有することしかありません。そのためには藤野さんに退いてもらわねばなりません」

裕也は背筋が冷たくなった。こんな重要なことを耳に入れられる立場ではないからだ。

「何か意見はありますか」

瀬戸は、ふいに優しくなった。

「私のような立場の者が申し上げるべき意見はございません。ただ……」

「ただ、何かね」

「ひとつだけ言わせていただければ、我が行の世間での評価が非常に落ちています。それは強引な貸し渋り、貸しはがしをするからです。MWBは預金を集めておりません。MRBから資金を調達して、大手企業に貸しています。ノンバンクと同じです。ですからMRBから資金が順調に調達できなければ、貸し渋り、貸しはがしをすることになります」

裕也はベッドで眠り続ける進藤の姿や彼の手をさすり続ける香織を思い浮かべた。

「そうした貸し渋り、貸しはがしをなくすためにもMWBとMRBを一体にしたほうがいいと君も考えているんだね」

瀬戸の誘惑的な穏やかな口ぶりに、裕也は、「はい」と答えた。

「そのためには藤野さんに辞めてもらわねばならない」

「お言葉ですが、その際には瀬戸社長も、川田頭取も……」

「統合銀行の悲哀、悲しきルールだね」

瀬戸はふと笑みを漏らした。

「おかしなルールだとは思いますが、そういう不文律があると伺っております」

裕也は徐々に瀬戸との謀議に参加している気になった。藤野を辞任させる協議だ。これは香織の計画に沿うことでもある。裕也は気持ちを奮い立たせた。

「その覚悟は持ち合わせています」

「では一緒にお辞めになる？」

「辞め方はいろいろあるとは思いますが、すべては改革優先です。頭が多すぎる、そのために意思決定が遅い、などというあなたがた、若手の批判は耳に痛いほど届いております」

裕也はぐいっと胸を鷲掴《わしづか》みにされた気持ちになった。自分の身を捨てても改革優先だという言葉を瀬戸から聞くとは思いもよらなかった。旧扶桑銀行の利益のためだけに権謀術数を巡らす奸智《かんち》にたけた人物だと思っていた。瀬戸を誤解していたのだろうか。

「私に何を期待されているのですか？」

裕也は瀬戸を見つめた。

瀬戸は、少し間を置き、息を潜め、周りを窺うように、

「あなたに期待しているのは、藤野さんが辞める、辞めざるを得なくなるように行動してほしいということです」

と言った。

それは呟きとも命令ともつかない響きだった。

「よく理解できません」

裕也は、何か重いものに押しつぶされそうな空気に耐えていた。

「あなたは藤野さんと一緒に写っていた女性の元の恋人だ。藤野さんは、この写真が撮られたのはあなたが仕掛けたからだと疑うでしょう」

「そんな馬鹿な……」

「馬鹿だと思うでしょうが、そうなのです。あなたは自分のためにも藤野さんを攻めなくてはならない。それが私たちのためにもなるのです。あなたは幸いにもこの雑誌の編集部と仲がいいらしい。最初に情報をもらったくらいですからね。そこで広報の立場を利用して藤野さんを引退に追い込んでほしい。やり方はあなたにお任せします。私と川田さんは、あなたの支援者です。あなたが藤野さんから受ける攻撃の盾になりますからね」

瀬戸はじっくりと諭すように言った。

藤野が自分を疑っているのは、確かだ。すでにそういう態度で迫られた。藤野を自ら攻撃しなければ、自分がやられる？

「あなたは広報という立場で、世間の批判を和らげるためには藤野さんの辞任しかないことを主張してください」

「それは表舞台でも？」

「そうです。行内の公の場で、広報として発言していただいてもいい。広報とはそれだけの権威があるものです。なにせ世間とつながっている部門ですからね」

瀬戸は微笑んだ。

裕也に香織の手の冷たさが蘇ってきた。あれは復讐の思いが籠ったためだろう。あの手を温かくするためには、何かをしなくてはならない。裕也は自分の行動が香織を救うことになるならと思った。

「分かりました」

「やってくれるかね」

「どこまで、何をやれるかは分かりませんが、行員に示しのつかない行為をした藤野頭取がまったく責任をとらないということは、モラルハザードを引き起こします。それを防ぐためにも行動させていただきます。これは瀬戸社長の覚悟をお聞きしたからでもあります」

裕也の言葉を聞き、瀬戸は苦笑した。それは皮肉な笑みにも見えた。瀬戸は、本当に自らも辞任する覚悟をしているのだろうか。疑念が起きないでもない。

しかし、藤野だけでは終わらせない、ＭＦＧを良くするには、藤野だけではなく、瀬戸、川田も退任に追い込み、旧行の派閥を解消しなければならない。

これが同床異夢でも構わない。まずは瀬戸と共闘して、藤野をなんとかしよう。それは香織のためでもある……。

裕也は瀬戸をじっと見つめていた。

6

裕也が広報部に戻ると、片山がいた。憤慨している様子だった。

「関口、どうなっているんだ。追い返されたよ」

「ちょっと行きましょう。ここではまずい」

裕也は、片山の腕を摑んでエレベーターに乗り込んだ。

片山と親しいところを見られてはまずい。

「山川が来て、瀬戸は会わないの一点張りだ。どうなっているんだ？」

片山はエレベーターの中でも声を荒らげた。

「まずは外でコーヒーでも飲みましょう」

エレベーターが一階に着くなり、裕也は急ぎ足で銀行を離れた。通りに出て、後ろを振り向くと、まだ怒ったような顔で片山が睨んでいる。どこに行くのかと無言で聞いている。

裕也は日比谷通り沿いにあるコーヒーショップを指差した。片山は大きく頷くと、足を踏み出した。裕也が立ち止ったままでいると、すぐに追い越し、さっさと店に入っていった。

「聞こうか？　君の意見を」

椅子に座るなり、片山は言った。

「ちょっと待ってください。コーヒーを買ってきます。普通のブレンドでいいですね」

「ああ、苦味の利いたやつをね」

片山は皮肉を込めて言った。

裕也はブレンドコーヒーの入ったマグカップを二つ、テーブルに運んだ。

「ありがとう」

片山は、カップを持ち上げ、コーヒーを口に運んだ。温かい飲み物を体に入れると、少し優しい顔になった。

「先ほどはすみませんでした。瀬戸社長が、いまは会うことができないと言われ、山川さんらに代わって会うようにと指示されたものですから」

「君から、ファイヤーウォールの件は金融庁の耳に入れましたから、私のほうからも正式に抗議したほうがいいと言われて行動したんだ。会わないとは思わなかった」

光談社の橋本から金融庁の谷垣長官に会い、ＭＷＢではファイヤーウォールの規制が守られていないことを伝えたと連絡を受けていた。太平洋製紙と東北製紙のＭ＆Ａに絡む話だとも言ったという。個別の企業に関することなので長官自らが動く可能性は少ないが、何らかの対処をするだろうと橋本は言った。

谷垣長官は、何か特別なことを言わなかったかと問いかけると、「木には切るべきときがある」という謎かけのような言葉を洩らしたと橋本は答えた。

裕也は、この言葉の意味を考えた。木は、藤野を意味しているのか？　それともMFGという金融グループ自体を言っているのか？　どちらともとれるが、裕也には後者に思えた。

そこで瀬戸が会わないのを承知で、裕也は片山に動くようにと言った。

この問題は、新聞などで騒がれているが、あくまでMWBの問題で、藤野に任せてあり、瀬戸は与《あずか》り知らないという態度だ。もし金融庁が何らかの形でこの問題に動くとなると、瀬戸も動かざるを得ない。そのときのために早めに片山の抗議の声を瀬戸に聞かせたほうがいいという判断だ。

「瀬戸社長が、片山さんが抗議に来られたことを認識されただけでもいいですよ」

「そんなことでいいのか。うちは必死で太平洋製紙を押しのけようとしているが、MWBがあちらさんのバックについているから、押されっぱなしだ」

片山は興奮気味に言った。

東北製紙は、買収されて当然という記事が氾濫していた。日本の製紙業界のグローバル化を進展させるためには、東北製紙は太平洋製紙に飲み込まれなくてはならないと世間は期待しているようだ。

「大丈夫です。この買収は成功しません」

裕也は断言した。瀬戸が藤野に見切りをつけようとしている以上、この問題も藤野攻撃の材料になるはずだからだ。

「期待していいね」

片山は微笑んだ。

「ええ、瀬戸社長は、藤野さんを切るつもりです」

裕也は先ほどの神妙な瀬戸の顔を思い出した。

「えっ、本当か」

片山は、マグカップを慌てて口から離した。

「ええ、ですから、明日もまた瀬戸社長に会いたいと来てください。その際は、私もご一緒しますから」

「こうなると何度でも通うよ。瀬戸社長は、私たちの味方なんだね。川田は同じ系列なのに役に立たん」

「味方かどうかは別にして、瀬戸社長しかこの買収を止められませんから。ＭＷＢが買収から手を引けば、太平洋製紙も強引には進められない」

「頼んだぞ」

片山は裕也の手を取り、固く握った。

「一気呵成《いっきかせい》に行かなくては、失敗します。がんばりますよ」

裕也は片山の手を握り返しながら、西山にも協力を求めようと決意していた。あのCDを使おう。見たくもない中身だが……。

気持ちは熱くなっているが、熱は暗く籠っている。

7

「彼はやりますかね」

川田は、瀬戸に言った。

裕也が瀬戸の執務室を出るやいなや川田が入ってきた。まるでどこかで様子を窺っていたかのようだ。

「動くでしょう。今回のスキャンダルの犯人は彼だということが、自然に藤野さんの耳に届くようにしておきましたからね」

「よくお調べになりましたね。彼が、あの女と付き合っていたことなど……」

川田が感心した。

「真剣に調べればどんなことも分かりますから。藤野さんがあの女性と付き合っていることなど、とっくに知っていましたよ」

瀬戸は、まるで女性のように口を細めて笑った。

「週刊誌より前にですか？」

川田が目を見張った。

「さあね」

「怖いな？　私のことも調べているんですか？」

「さあ、どうでしょうかね」

また笑った。

「彼に何を期待して、あのようにそそのかしたのですか？」

「きっかけです。単なるきっかけです。誰も声を上げないが、一人でも真面目に声を上げれば、大勢の声になる。そのきっかけですよ」

「彼の勇気に期待ですか？」

「無謀な暴走にでしょうか」

急に瀬戸の周りが暗くなった。

8

先ほどから藤野は何度も携帯電話を鳴らし続けていた。

香織を呼び出しているのだ。しかし応答はない。

「ちきしょう」

銀行の頭取らしからぬ言葉を吐いて、携帯電話をスーツのポケットに放り込む。

執務室のドアは固く閉めきったままだ。差し入れなくてもいいのに写真週刊誌「ヴァンドルディ」がテーブルの上にある。自分と香織が路上で口づけをしているところがはっきりと撮られた写真を掲載したページが開かれていた。

これは自分ではない。写真は合成だ。これは口づけをしているのではない。首を傾げたから、たまたまそういう風に見えるだけだ……。

なんと言って繕えばいいのか。どれもこれも言い訳に過ぎず、言えば言うほど情けなく、自分をみじめにするだけだ。

それにしてもあの闇の中で、どうしてこれほどはっきりとした写真を撮ることができたのか。このことを知っているなら、あの関口という広報部員は、もっと忠告すべきではないか。女房にはなんて言い訳したらいいんだ。いい年をして、何を血迷っているかと馬鹿にされるのが落ちだ。

香織を傷つけてしまった。会社に行けなくて泣いているのではないか。ああ、どうしよう。申し訳ない。会って謝りたい。

それにしてももう会えないのか。

藤野は、恨めしげに「ヴァンドルディ」を手に取った。

自分の写っているページを避け、他のページをめくってみた。若い女性の裸の写真が溢れるように現れた。どの写真からも熱気のようにエネルギーが発散されている。

「こんな品のない写真週刊誌に掲載されるとはな……」

目を背けたくなった。しかしなんとなく気になり、藤野も知っている女優の裸の写真に目を留めた。細身ながら肉感的な体だ。

「香織……」

藤野は呟いた。

女優の裸体を見ていて香織を思い出してしまったのだ。

「もう会えないなんてことは考えられない」

雑誌を思い切り破り捨てた。

絶対に謝罪はしない。瀬戸に頭を下げてたまるか。そもそも香織と会っていることをマスコミに密告したのは瀬戸に違いない。いや瀬戸の意を汲んで動いている奴がいるに違いない。関口？　そうだ、あいつだ。せっかく目をかけてやろうと思っていたのに。あいつだけは真面目そうだったから。しかしあいつは香織の昔の恋人だ。否定してもそんなことは調べがついている。あいつが瀬戸と組んでマスコミに密告したのだ。そうに違いない。

必ず白状させてやる。もしこの写真がきっかけで香織と別れざるを得なくなったら、なおさら許せない。

「おい、藤野」と藤野は自分自身に呼びかけた。目は血走り、息は荒く、心臓は激しく鼓動を鳴らしていた。周囲には、雑誌を細かくちぎった屑《くず》が散乱し、さながら藤野は絶望の淵に落ちるのを、なんとか踏みとどまろうとするシェイクスピア悲劇の登場人物になったかのような気持ちだった。

「瀬戸、そしてあの腰ぎんちゃくの川田、この二人が私を追い出そうと画策してくるだろう。この写真を盾に取って攻めてくるに違いない。負けない。絶対に負けない。これは私自身のためではない。私が負ければ、旧興産は終わりだ。そのためにも彼らに負けるわけにはいかない」

藤野はぶつぶつと独り言を言い、徘徊し、時折、ドアを睨んだ。

「香織……、連絡をくれないか」

あのドアが開き、初めてインタビューを受けたときのような微笑を浮かべて香織が入ってくるのを想像すると、かえって心はくじけそうになった。

第十一章　スナイパー誕生

1

藤野は怒りで爆発しそうになっていた。法人部長の杉下俊英、副部長の三代川雄一、担当の鹿内浩太がうなだれ、深刻な表情で座っている。彼らは法人部の中でも藤野の腹心であり、グローバル・エステートなど問題案件の対応にあたっていた。

何かが狂い始めている。香織、写真週刊誌、どこかよそよそしい瀬戸や川田……。

「藤野頭取……」

杉下がようやく顔を上げた。彼は旧興産出身だ。

「太平洋製紙を応援できんというのか」

藤野が睨みつけた。杉下がびくりとした。

「金融庁の担当から、今回の買収についてファイヤーウォールが守られたか、銀行として踏み込みすぎのことはないか、優越的地位を乱用していないかなどの質問がありまして……」

杉下は、ハンカチを取り出して額の汗を拭った。

「なぜそんなことになったのだ」

「分かりません」

「分からないってことはないだろう。なぜ金融庁が動くのか。個別の問題になぜ口を挟むんだ！」

藤野の顔が徐々に赤らんでくる。興奮を抑える限度まで来たようだ。

「個別の問題というより、一般的な質問の形をとってきました。参考に聞かせてほしいという態度です」

三代川が説明した。怯えている。いつ藤野が怒りだすかびくびくしていた。

「では個別の問題は関係ないではないか」

藤野の口から唾が飛び、三代川の額にかかった。

「ミズナミ証券を東北製紙のアドバイザーからむりやり外したことなどを知っている様子なのです」

「ミズナミ証券が裏切ったのか？」

「分かりません。しかし高島副頭取などは強力に反対しておられましたから」

鹿内が言った。

「じゃあ、高島の野郎が金融庁に告げ口をしたのか」

「分かりません」

「分からないことを言うな！」

藤野が怒鳴った。

「ミズナミ証券との東北製紙側の窓口は、片山専務です。私と同じ、旧大洋栄和出身ですが、彼がいろいろと動いたようなのです」

三代川が慎重に口を開いた。

「どういうことだ？」

「片山は、当行の親しい人間に相談したと話しています。絶対に太平洋製紙の買収は立ち消えにしてやると息巻いたようです」

「相談相手は川田か？」

「いえ、そんな大物ではないようです」

「いったい誰だ！」

「それが分かりません」

「馬鹿野郎！　あいまいな話ばかりするな！」

「も、申し訳ありません。マスコミに強い人間かと思われます。今回の一連の騒ぎ……」

「騒ぎって、私の写真のことか」

「申し訳ありません」

藤野の怒りが頂点に達した。顔が膨れ、爆発しそうだ。

三代川は、この場から逃げ出したい思いでいっぱいになった。

「では広報の人間が、何らかの手段で金融庁を動かしたというのか？」

「分かりません」

三代川が言った。

「お前たち、二言目には分かりませんだな。呆れた無能者だ。私は日本のためにこの買収を仕掛けたんだ。かつて我が興産銀行は、産業界の中心に位置し、多くの企業を合併させ、グローバルコンペティションに対応させてきた。今日の製紙業界も同様だ。日本のように世界規模からすれば小さな製紙会社が群雄割拠していては世界から取り残され、いずれは外資の餌食《えじき》になってしまう。それをなんとかしようというのが今回の買収だ。天下国家を憂える私の思いが分からないのか！」

「よくよく理解しております。しかし……」

杉下はおずおずと言った。

「しかし、なんだ？」

藤野が大きく目を見開いた。

「合併は、両者の思いがひとつになりませんと、最終的には上手くいかないかと思いますが……」

「貴様、興産出身のくせして、いつ扶桑出身の高島副頭取と同じセリフを言うようになったのだ。ははん、分かったぞ。今回の写真週刊誌騒ぎといい、この買収案件からの撤退といい、すべて高島が糸を引いておるな。それは瀬戸の指示だろう！」

藤野は、自慢の銀髪を逆立てた。

「そんなことはございません」

杉下は平身低頭した。

「いや、そうに違いない。高島を呼べ。ここに高島を呼ぶんだ！」

藤野は、杉下を蹴飛ばさんばかりだ。

執務室のドアが開いた。

一瞬、藤野の怒声が収まり、だれもがドアに注目した。

「桑畑さん！」

藤野が驚いた声を上げた。ドアのところに立っているのは、前ＭＲＢ頭取の桑畑勇夫だった。同じ旧大洋栄和の三代川は、まるで亡霊でも見たかのように目を見開いている。

「驚かせてすみませんね。秘書に言ったはずだが、伝わっていなかったかな？　三代川君、元気なようだね」

　桑畑は愉快そうに笑った。

「は、はい。頭取、どうされたのですか？」

　三代川は動揺していた。

「おいおい、私はもう頭取ではないよ。ところで、大きな声で議論しているから外まで聞こえているよ」

「本日は、どんな用件でしょうか」

　藤野が迷惑そうに聞いた。

「藤野さんも大変だなと思って、ご慰労をと思いましてね。ちょっと立ち寄りました」

「それはわざわざ申し訳ありません。でも、ご心配には及びません。お座りになりますか」

「いや、結構です。すぐに失礼しますから。ところで、先ほどの議論は東北製紙の件のようですな」

「桑畑さんには関係のないことでしょう」

　藤野は、引退した前頭取が今さらなんの用があるのかとでも言いたげな不遜な表情をした。

「東北製紙さんは、大洋栄和の大事な取引先でしたから、私なりに心を痛めていたのですよ。

なあ、三代川君」

「はあ……、あの……」

三代川は突然、名前を呼ばれ、顔を引きつらせた。

「私は、どの取引先も公平に大事にしております。ご心配なく」

「藤野さん、取引先を何もかも自分のもののように扱うのは、お止めなさいよ。コスモクレジットでは、あなたに煮え湯を飲まされましたが、何もかも上手くいくわけがありません。聞いたところでは、東北製紙の抵抗が予想以上だとか。今回の買収は諦められたほうがいいでしょう」

「申しわけありませんが、桑畑さん、口を挟まないでいただきたい。もう一度申し上げます。あなたには関係ないことだ」

藤野は怒りを露骨に表した。

「そう邪険にされなくとも失礼いたしますが、藤野さんの思い通りにはさせません。私もまだまだ目が黒いですから」

桑畑は、自分の目をおどけた調子で指差し、声に出して笑った。

「では、失礼いたします」

桑畑は自らドアを閉め、立ち去った。

藤野は、しばらくそこに桑畑がいるかのように見つめていたが、「くそ！」と言うと、音が出るほど歯を噛みしめた。

「桑畑さんが黒幕だったのでしょうか」

杉下が呟いた
「知らん！」

部屋中に藤野の怒声が響いた。

2

裕也は、テーブルの上にCDを置き、じっとそれを眺めていた。コーヒーには手をつけていない。

待っていた。顔を上げた。銀座の金春《こんぱる》通りを行き交う人が見える。楽しそうな笑顔の人、何か鬱屈を抱えた人、寂しそうな人、買い物袋を提げて楽しそうな人、いろいろな人が通り過ぎていく。

自分の不幸を呪っている自分に気づいて嫌になる。どうして普通に暮らせないのだろう。派閥争いに巻き込まれ、自分を見失ってはいないだろうか。瀬戸から、藤野を追い落とすための協力を求められた。広報の力を利用して、やることができるはずだと……。

瀬戸は、自分も藤野と一緒に退任すると言った。そうなればMFGは、すっきりした銀行になるだろうと決意を口にした。本当に三人、瀬戸、川田、そして藤野が退任し、いまの副社長・副頭取である三枝、高島、水野にその地位を禅譲するのだろうか。またそのとき、三人のトップは三人のままなのだろうか。それとも組織を再編成して、一人だけのトップになるのだろうか。

瀬戸の考えを十分、理解したとはいえない。考えても仕方がないのかもしれない。ではなぜ瀬戸に加担しようとするのか。それは、今回のスキャンダル写真掲載事件の犯人を自分だと思っている藤野が、攻撃してくるだろうという瀬戸の予想からか。それは予想であって実際はどうなるのか分からないが、攻撃される前に、攻撃しなさいと瀬戸は言う。まるでスナイパーだ。狙い撃ちしろという指示だ。

自分は、あり得ないことに怯えているのではないだろうか。人は、想像力の動物だ。自分が想像して、肥大化させた怪物に押しつぶされてしまう。

画家のゴヤに「我が子を喰らうサトゥルヌス」という絵がある。あれなどはまさに恐怖という想像力が人を食ってしまう様子を描いたものだと思う。自らが肥大化させた想像力がサトゥルヌスを怪物と化し、我が子を食いちぎらせている。

あの絵は、今の自分の姿そのものだ。藤野という恐怖、そして何もしなければ瀬戸という恐怖に食いちぎられてしまう。

肘をつき、両手で頭を支えて、窓越しに、外を眺めた。通り過ぎる人々が影のように見える。

「どうしたのですか？　ため息が聞こえるようですよ」

はっとして顔を上げた。光談社の橋本だ。

筋肉質のがっしりした体躯をやや反《そ》らし気味に裕也を見下ろしている。裕也は、慌ててテーブルの上のCDを鞄にしまい込んだ。

「ちょっと早めに来てしまいました」

「コーヒー、口をつけていないじゃないですか」

橋本は笑みを浮かべながら、裕也の前に座った。

「お呼び立てしてすみません」

裕也は、謝罪を口にしながら、鞄にしまい込んだCDを確認した。

「いえいえ、僕たちは人に会うのが仕事ですから。今日は、何か、特別なことでも？」

裕也は口ごもった。CDを渡して、再度、記事にして、藤野に決定的なダメージを与えたいと思って、橋本を呼び出してしまった。しかしそれを今は、激しく後悔していた。香織と藤野が写っているCDを写真週刊誌に渡して、記事にしてもらおうとする自分が薄汚く思えたのだ。

この行為は瀬戸が望むものかもしれない。もちろん瀬戸は、CDのことは知らないが、広報のルートを使って行動を起こしなさいという指示は、藤野を追い詰める材料ならなんであれ、リークせよということだ。

スナイパーは遠くのビルに身を隠して、無防備な人間を狙い撃ちする。その行為は、卑怯《ひきょう》ではないかと裕也は思った。もし藤野と戦うなら、正々堂々と名乗りを上げた戦いのほうが性格に合っている。

「ああ、あの件は動きがありましたか？」

橋本が思い出したように訊いた。

「あの件といいますと？」

裕也は首を傾げた。

「製紙会社の件ですよ。金融庁の谷垣さんに耳打ちした……」

「まだ何も……」

裕也は首を振った。

「そうですか。やはりね。民間企業の問題に直接口を挟むわけにはいかないですからね。でもあの人はなんらかの形で動いてくれると思いますがね」

「期待しています。ありがとうございます」

「さて、何かお悩みのようですが、話すとすっきりしますよ」

橋本の笑みは穏やかだ。週刊誌の激しい世界で生き抜いているとは思えない。

「まだ藤野頭取の記事は続くんでしょうか」

「そのことが気になるんですか。ええ、やりますよ。反響がありますからね」

拳を握りしめた。

「そうですか……」

「抑えろと言われたのですか。それは無理ですよ」

「そんなことはありません」

裕也は否定した。むしろもっとスキャンダルを焚《た》きつけろと指示されたと言えば、橋本はどれだけ驚くことだろうか。

「それならいいですが……。しかし御行の経営体制には何かと批判が多いですね。広報も大変でしょうね」

「まあ、そうですね。いろいろと思惑がありますからね」

目を伏せた。

「あの女性、木之内香織といいましたね。関口さん、知り合いなんでしょう？　昔から……」

　橋本の言葉に、顔が強張った。咄嗟に返事ができない。

「どういうご関係だったか分かりませんが、やはりそうですか？　彼女のことを調べていたら、関口さんと学生時代に重なる部分があったものですから、ちょっとカマをかけてみました。関口さんは嘘をつけない人だなあ」

「サークルの後輩です。付き合っていました」

　観念したように言った。

　いろいろな思いが交錯していて、つい乗せられてしまったようだ。情けないが、否定しても仕方がない。

「恋人だったんですか」

「うーん、まあ、そんなものです。なんとなく別れてしまいましたが……」

　苦笑した。

「お辛《つら》いでしょうね？」

　橋本は、同情を寄せた。温かみが伝わってくる。

「ショックでした。どうして藤野頭取とあのような関係を結んだのかと怒りを覚えました。

筋違いだとは思ったのですが……」

　香織から聞いた動機を話してしまおうかと思った。しかし、思いとどまった。彼女を汚すばかりだ。

「彼女、面白いですね」

「何がですか？」

　裕也の問いに、橋本は顔をわずかにそむけた。

「何が、面白いのですか？」

　橋本の言っている意味が分からない。

「彼女をずっと張っていたんです」

「見張っていたんですか？」

　橋本が頷く。

「何度も病院に行かれてますね」

　橋本の目が鋭くなった。裕也の顔に緊張が走った。

「ほら、関口さんは、すぐ顔に出るんだから」

　橋本が笑った。

「からかうのは止めてください」

「すみません。そんなつもりじゃないのです。銀行員というのは、表情を隠す人が多いと思っていましたのに、関口さんはそうじゃないので、これでも好感を持っているんですよ。それで、なぜ病院に行くのだろうかと調べたんですよ。妊娠でもしたのかなと思いましてね。それにしても頻度が多い。そうしたらある男の見舞いに通っていたんですね。彼女の家庭はなんだか複雑で……。兄さんが入院しているらしい」

「そのことと今回のスキャンダルは何か関係があるのですか」

裕也は、自分が橋本を呼び出したことも忘れ、どこまで知っているのか探りを入れた。

「分かりません。しかしその兄というのは、進藤継爾。破綻したグローバル・エステートの創業者でした。グローバル・エステートは、金融不況の犠牲者といわれています。MWBの取引先だったが、貸し渋りと強烈な貸しはがしに遭って破綻したといわれています」

裕也は黙っていた。

「何か引っかかるんです」

橋本は首を傾げた。

「何がですか?」

「進藤は、植物状態のようです。何が原因か分かりませんが、破綻が大きく影響していると思います。そうだとすればMWBは兄の敵……。なぜそのトップの藤野と? ということになりませんか」

橋本は、鋭く裕也を見つめた。

香織の考えをすべて話すべきか？　しかし藤野のスキャンダルが、仕組まれた復讐劇だと知ったとき、橋本はどのような態度をとるのだろうか？

「あっ」

裕也は小さく声を上げ、顔を伏せた。

「どうされましたか」

橋本が異変に驚いた。

裕也は、口に指を当てた。二人のそばを二人の男が談笑しながら通っていった。

裕也は、彼らが通り過ぎたのを確認して、「出ましょう」とテーブルの上のレシートを握った。

「ええ、場所を変えましょう」

橋本も事情を察したのか、立ち上がった。

「橋本さん、すべて飲み込んで一緒に戦ってくれますか？」

裕也は決意を固めた顔で言った。

「ええ、お話を聞きますよ。そのために来ましたから。彼らは？」

通り過ぎた二人の男が、離れた席に座ったのを見て、橋本が聞いた。

「グローバル・エステートを潰した奴らです」

裕也は怒りを込めて言った。

MWB法人部の部長の杉下と担当の鹿内だった。橋本と会っているときに彼らと会うということは、香織が裕也を激励してくれているように思えた。

裕也は、鞄の中に手を入れた。CDケースの冷たい感触が手に伝わった。

3

「今、出ていったのは、広報の関口じゃないか?」

「えっ」

杉下の言葉に、鹿内が慌てて後ろを振り向いた。しかし誰の背中も見えなかった。

「確かに、関口だ。間違いない。グローバル・エステートの広報対応で、えらく生意気な口を利いていたので覚えているんだ」

杉下は、苦いものでも飲んだかのように口を歪めた。

「貸し渋りだの、貸しはがしだの、分かったようなことを言ったんでしょう」

　鹿内が媚びた視線を向けた。

「その通りだ。何も事情が分からないのに世間に媚びて、まるで俺たちを悪人のように質問してきた。あまりうるさいから、あっちへ行けと怒ったら、これが世間の印象ですと言いやがった」

　杉下は、コーヒーを呷るように飲んだ。

「どうして大洋栄和銀行の連中は、妙な正義感を振りかざすんでしょうね。扶桑や興産と肌が合いませんね」

「ああ、合わないな。ところでなぜ金融庁が介入してきたんだ？　散々、藤野さんに叱られてしまったじゃないか」

　杉下は、コーヒーカップを覗き込んだ。もう空だ。仕方なく水を飲んだ。

「片山が動いたことは間違いない。片山は大洋栄和だったな？　まさか桑畑ってことはないだろう。突然、現れて驚かせやがったが」

　杉下は思案げな顔をした。

「桑畑は、きっと私たちの議論を廊下で盗み聞きしていただけですよ。あの人に金融庁を動かす力はありません。片山も同じです。大洋栄和の人間が金融庁に影響力を行使できるなんて、私には考えられません。彼らにそんな力がありますか」

鹿内は腹立たしげに言った。

「力がある、ないじゃない。現に我々が太平洋製紙に、今回は応援できないと申し出たではないか。太平洋製紙としても、我々の支援がなければ、動けない。実質的にこの合併というか、買収は破談になったということだ。近いうちに社長が会見するだろう」

「悔しいです」

「悔しいさ。天下の太平洋製紙に歯向かう奴がいたんだからな。俺たちも評価を下げてしまったなあ。合併銀行で評価を下げることは致命的だ。取り返しがつかない」

杉下がため息をついた。

「申し訳ありません」

鹿内がうなだれた。

「君のせいじゃない。金融庁に告げ口をした奴がいけないんだ」

「関口じゃないですか？」

鹿内が、もう一度後ろを振り向いた。

「なぜそう思う？」

杉下が興味深そうな顔をした。

「いえ、単なる思いつきですけどね、片山さんは親しい人間に相談したらしい。それに藤野さんを巡る写真週刊誌騒ぎ。これも買収推進派の藤野さんを貶《おと》める話です。なんだかマスコミの匂いが強いと思いませんか」

杉下が頷く。

「藤野頭取からは、犯人を捜せと強く言われています。だからこの際……」

「関口を犯人に仕立て上げようというのか？　お前、悪い奴だなあ」

杉下がにやりと笑う。

「案外、的中しているかもしれませんし、ひょっとしたら当たらずといえども遠からずじゃないですか。今だって、我々に気づいてこそこそ逃げ出したのでしょう。マスコミ関係者に会っていたんじゃないでしょうか」

鹿内は、また後ろを振り向いた。

「藤野さんのご機嫌をとり結ぶためには、それもありかな？」

杉下は、グラスの水を飲み干し、「おかわり」と叫んだ。

4

運転手が、玄関前に停められた黒塗りの大型車のドアを開けた。グレーのスーツ姿の痩せた体軀の男が、自宅から出てきた。まさに車に乗り込もうとしたそのとき、「川田頭取！」と録音マイクを差し出して、女性が飛び込んできた。

杏子だ。

一瞬、川田は身を反《そ》らし、マイクを避けようとした。運転手が厳しい顔で川田と杏子の間に飛び込んできた。

「痛い！」

杏子は、悲痛な叫びを上げ、うずくまった。

運転手が慌てて、立ちすくんだ。

「大丈夫か？」

川田が膝を屈し、うずくまった杏子を覗き込んだ。

「大丈夫だと思います。驚いたものですから」

杏子は、顔を歪めた。

「私は、何も……」

運転手は言い訳を口にした。

「黙っていなさい。君がいきなり飛び込んでくるのが悪いんだ」

川田が叱った。

杏子は衣服の土ぼこりを払いながら立ち上がった。運転手を睨んだ。彼は、不満そうに口をとがらしている。

杏子は、小さく舌を出した。川田の前で倒れ込めば、川田が慌てるだろうと予想したのだ。いくら週刊誌の記者とはいえ、小柄で、ほどほどに可愛いと自負している。結果は予想通りだ。

「車に乗りますか？」

川田が言った。

「いいんですかぁ」

返事をする間もなく、杏子は車に乗り込んだ。先ほどまでの痛そうな顔はどこに行ったのだろうか。川田が呆れ顔だ。運転手はがっくりと力を落とした。

車はゆっくりと動きだした。

「本店までは三十分ほどだ。それまでなら話を聞きましょうか」

川田は、まっすぐ前を向いて、「行ってくれ」と運転手に命じた。

「ありがとうございます。さっそく質問してもいいですか」

杏子は、素直に礼を言った。

川田はおもむろに頷いた。

「藤野頭取の女性スキャンダル報道はどう思われていますか」

　杏子は、マイクの録音スイッチを入れた。

「報道は承知していますよ。まことに遺憾《いかん》ですね。しかしですねえ、プライベートの問題ですから、私がいちいちコメントできないですね」

「でもプライベートじゃないでしょう。取材する側と、取材を受ける側が、不適切な関係になったわけです。問題じゃないですか？」

「ははあ、まあ、君と私が不適切な関係になるってことかね？」

　川田がにやりとした笑みを浮かべ、杏子を見つめた。背中にぞくぞくとした寒気が走った。

「あら、嫌ですわ」

　動揺して、急に慣れない言葉遣いになった。

　川田が笑いだした。

「安心したまえ。僕は藤野さんとは違うからね。そんなに女にはマメじゃない」

「安心しました」

　杏子はおおげさに胸を押さえた。

「あの人、女性にマメだからね。どういうきっかけで知り合ったか知らないが、立場が立場だし、我が金融グループＭＦＧの評判もいまいちのときに、馬鹿なことをしてくれたよね。

これ、オフレコだよ」

「怒っておられるんですね」

「当たり前だよ。あんな男一人のためにみんなが迷惑するんだから」

川田の口が驚くほど軽い。オフレコだと言ったことに安心したのだろうか。

「事実関係はどの程度把握されていますか？」

杏子は、オフレコと言いつつマイクを突きつけた。

「まさか本人に聞くわけにいかないよね。女とやりましたか？　いえ、これは下品だったね。すまない」

「慣れていますから、大丈夫です」

杏子は、平然と答えた。

「事実関係は把握されていないのですね」

「写真には撮られているからね。しかし二人がどんな関係なのか実際のところは知らないなあ」

「そうですか。あのマンションなどの費用は、だれが？」

杏子は川田がなんでも話してくれそうな気がしていた。

「費用かね。それは自分で出していたんじゃないかな。銀行で面倒を見ているとでも思ったのかい。銀行にそんな余裕はないよ。まあ、私たちへの高給批判は根強くあるけどね」

川田など銀行トップの年収は一億円を優に超えているはずだ。だから愛人との逢瀬のマンションの費用くらいは自分で出すだろうというのだ。この点に関して杏子は、もう少し突っ込んで聞きたかったが、材料がなく断念した。

「進退問題に発展しますか？」

「あなたどう思う？」

川田が目を細めて、隣に座る杏子を覗き込むように見た。

「進退問題になるとは思いますが。相手はマスコミの女性ですからね。不適切ですよ」

「クラブのホステスだったらよかったの？」

川田が皮肉そうに笑う。

「それは……」

杏子は口ごもった。大企業のトップにとって女性問題は、進退問題のきっかけにはなるが、本質的な問題ではないのだろうか。

「プライベートだからね。進退問題になるかどうかは、君たちの報道次第だよ。不倫は文化として笑い飛ばすことができるか？　それとも深刻な事態に発展するか？　どうだろうか？」

「楽しんでおられるのですか？」

「そんなことはない。藤野さんの進退問題は、私の進退に直結する。なにせ三行のバランスの上に成り立っているわけだからね。私がもう少し今のポストに留まりたいと思えば、藤野さんの進退問題をうやむやにしなくてはいけないんだ」

杏子は、ふいに胸騒ぎのように疑問が湧き上がった。

「ということは、川田さんが今のポストに拘泥《こうでい》しなければ、進退問題になるってことですか？」

川田は口ごもった。横顔が硬い。

「女性問題はきっかけに過ぎない。川田さんや、もう一人あの……」

「瀬戸さんかな」

「そうです。お二人が引退を覚悟すれば、藤野さんの進退問題になるということですね」

杏子は、勢い込んだ。

車は、もうすぐMRBの本店に到着する。

「そういうことだね」

川田が頷いた。

「進んでいるんですね？」

杏子はさらに勢い込んだ。

「何が？」

川田は首を傾げた。

「進退問題？」

「さあ、どうだろうか？　君らはもっと記事を書くのか？」

「はい、できる限り」

川田の顔が曇った。

「あまり私たち、ＭＦＧの評判が落ちないように頼みたいね。材料はあるのか、女性問題以外に？」

杏子の顔が曇った。返事に窮した。不倫問題を記事にしたが、まさかこんな事態では藤野があの女性と逢瀬を重ねるとは思えない。決定的な事件の現場がなければ写真週刊誌は成り立たない。すなわち記事にできないということだ。

「材料がないみたいだね」

川田が、何かを考えている様子だった。

「正直に言いますと、その通りです」

「これは私からの頼みというのではないが、あの女性を張ってくれないかな。何か分かれば教えてほしい。気が向けばでいいがね」

「木之内香織ですね……。分かりました」

あの女性に何があるのだろうか。川田は何を期待しているのだろうか。川田が薄く笑っている。薄情そうに見える笑みが気になる。

5

裕也は、赤坂ツインタワーの地下にある「ロウリーズ・ザ・プライムリブ東京」というローストビーフのレストランにいた。アメリカの老舗レストランだ。店内は、赤と黒を基調とした落ち着いた雰囲気だ。周りの視線が気にならないように席はボックスタイプや背の高い椅子になっている。黒人のウエイターが目立つのは、アメリカの雰囲気を出しているのだろうか。

この店を予約したのは香織だ。裕也は来るのは初めてだ。約束の時間が過ぎた。まだ香織は現れない。

キャメルのメイド服を着たウエイトレスが、「何かお飲みになりますか？」と声をかけてくる。裕也は、「もう少し待ちます」と返事をする。

ウエイトレスが去っていく。ぼんやりと店内を見渡す。店内は満席だ。高級店ではあるが、おそらく雰囲気やサービスを考えれば満足感が高いのだろう。

「ごめんなさい」

声に驚いて顔を上げた。香織がいた。周りが一気に華やぐ。報道記者としては目立ちすぎるだろう。

「待ったよ」

少し怒ってみせた。

「今日、会社で人事部長に呼ばれて、日銀記者クラブ担当から外されたの。それでちょっとバタバタして、ごめんなさい」

香織は裕也の前に座った。

「外されたの？」

「ええ、覚悟してたわ」

きりりとした表情で言った。何もかも予定通りという思いなのだろう。

「今度はどこに？」

「営業よ。当面、社内で晒しものよ。仕方ないわ」

「ご注文はいかがなされますか？」

ウエイトレスが聞いてきた。

「任せるよ」

裕也は、香織に一任した。この態度は学生時代と一緒だった。何度もデートしたが、行く場所、食べるものを決めるのはいつも香織だった。甘えているのではないが、知識がなかったからだ。裕也のこういう自分をあまり表に出さないところを、香織はじれったく感じたのかもしれない。

香織が、小さく笑った。学生時代を思い出したのかもしれない。

「裕也はロウリー・カット、私はトーキョー・カットでいいわ。それとパン、サラダ、後はワイン。あなたが選んで」

「はい、ロウリー・カットとトーキョー・カットですね」

「それはなあに？」

「ロウリーがお勧めするローストビーフのカットです。三〇〇グラムあります。トーキョー・カットは一二〇グラムです。当店は、アメリカンビーフの最高級リブをローストビーフとして提供しています。お席に来て、直接切り分けますから」

「そんなに食べられるかな？」

「大丈夫よ。とても柔らかくて美味しいから」

「では最初にサラダをお作りします」

ウエイトレスが、野菜のいっぱい入ったボウルを砕いた氷の上で回すように動かしながら、背伸びして手を上げ、オリジナルのドレッシングを高みからボウルに落とし、混ぜていく。サラダ作りをパフォーマンスとして見せているのだ。

皿に盛られたサラダはクルトンが入っており、シーザーサラダに似ている。元気のいいパフォーマンスの後なので、美味しく見える。

グラスにワインが注がれた。赤ワインだ。

「乾杯！」

サラダをつまみながらワインを飲む。もうすぐコックが来て、ローストビーフを切り分けてくれるはずだ。

この店に藤野と来たのだろうか。ふと暗い気持ちになって香織を見る。

ワゴンと一緒にコックが来た。ワゴンの中には肉の塊がある。コックは焼き方を聞いた。

裕也はレア、香織はミディアムレアだ。

目の前に三〇〇グラムの肉が現れた。相当なボリュームだ。

「ここへはあの人とは来ていないわよ」

香織が独り言のように言った。

裕也は、香織をじっと見つめたまま、無言で肉を切った。

「一応、お話ししておかないといけないかなと思ってね。あの人、今、しつこく電話をしてくるのよ。私が電話に出ないので、苛立っているみたい。せいぜい苦しむがいいわ」

香織は、ワインを口に運んだ。

「香織、僕は、信頼できるマスコミにあのCDを渡してしまった。中身を見て、使い方は任せると言った」

今度は、香織が無言で裕也を見つめた。

「迷ったんだ。しかしマスコミの人間と会っているときに、君の兄さんの会社、グローバル・エステートを潰した連中がやってきた。その顔を見たとき、迷いをふっ切った。君をこんなにも苦しめ、こんな馬鹿なことに走らせたのは、こいつらかと思うと、無性に憎くなってしまった。後先、考えずに相手にCDを渡してしまった。あれが出ると、間違いなく藤野はお終いだが、君もお終いだ。軽率だったと今は後悔している」

香織が笑みを浮かべた。

「大丈夫。私は大丈夫よ。兄の無念が晴らせれば、それでいい。私なんか、社会的になんの価値もない。だから生きていける」

「強いね」

「そんなことはないわ。マスコミってだれに渡したの？」

「『ヴァンドルディ』の橋本という編集者さ」

「まさにあの人を追及している週刊誌じゃない。でも掲載しないかもしれないわね」

「なぜ、そう思うの？」

「彼らは自分で取材したものは自信を持って出すけど、他人から提供されたものは掲載しない。いくらスキャンダルを追っていても、もし提供された情報が虚偽だったら、大変なことになるでしょう？」

「虚偽？」

裕也は肉が喉に詰まりそうになった。

「あのCDに書き込みされた写真は、虚偽なのか？」

「虚偽じゃないわ、残念だけど。でも今は、加工技術が発達しているからどんな写真も偽造できるのよ」

香織は、あらかた肉を食べきった。裕也は、まだかなり残っている。美味しいのだが、食欲がない。

「じゃあ、僕はどうすればいいんだ」

橋本は大手出版社の社員だ。確実な情報しか扱わない。どうしてそのことに思いが至らなかったのか。

「橋本さんが聞いてきたら、絶対に大丈夫だと言ってほしい。そうすれば掲載するかもしれないわ。本当に巻き込んでごめんなさい」

香織は、小さく頭を下げた。

「僕は、香織、君のこと、好きだ」

裕也は切羽詰まったように言った。ナイフとフォークを置いた。

「ありがとう。私も……」

香織は手を伸ばして、裕也の手を包むように握った。温かく、柔らかい。

「こんなことになってしまったけど、僕は君を支える。約束する」

「どうしてあのとき、私たちは別れたのかしらね」

裕也の手をいたわるように触りながら、香織が囁いた。

「えっ？」

裕也は首を傾げた。突然、香織のほうから理由も告げずに姿を消した。そして、いつの間にか自然消滅のように関係が希薄になったと思っていたからだ。

「私、見たの」

「何を？」

「あなたが、だれもいない大学の教室でキスをしているのを……」

香織は、同級生の女性の名前を挙げた。

「あれは……」

「違うと言うのね。分かっているわ。今となってはね。でもあのときは分からなかった。だってちょうど裕也と一緒に暮らし始めたころのことよ。ショックだった。今でも思い出すわ。暗い教室で、裕也と彼女が抱き合っていた。あの日はデートだった。裕也が待ち合わせの場所に来ないので捜しに行った……」

「あれは向こうから、一方的だった」

キスの相手方の女性が裕也に思いを寄せていた。

「でも意外と感情が乗っていたキスだったわよ」

香織は笑って言った。

「よしてくれよ。それでなんだかよそよそしくなったのか」

「だって許せなかった……」

「すまない。今さらだけど……。僕は、香織と縒《よ》りを戻したくて……」

「でもあれ以来、裕也を受け入れられなかった」

「今は？」

裕也は、自分のまなざしに力を込めた。

「大丈夫、かな？　随分と時間が経ったものね」

小さく首を傾げ、笑みを浮かべた。

「やり直せないかな？」

裕也は、自分の手を香織の手に重ねた。

「ありがとう。でも少し考えさせて」

香織のまなざしの光が強くなった。

「だめなのかい？」

裕也は不安な顔になった。

「裕也のことは許しているわ。むしろ、こんなことに巻き込んだことを悪いと思っているのよ。でも、もう少し時間が欲しいの」

「藤野頭取の問題が引っかかっているんだね。僕は待っている、何もかも解決するまで。これだけは言わせてほしい。藤野頭取に対しての香織の復讐は、僕自身の復讐にもなる。今からそうなる。あのCDは橋本から取り返す。他人に任せようとした僕が悪い。僕自身が藤野を、そして無責任な経営者を告発する。これは僕自身のために……」

「嬉しいわ。でも本当にそれでいいの？　銀行での立場が悪くなるわ」

「香織の兄さんの会社を無慈悲に追い込んでしまうような銀行が、このままでいいはずがない。新しい経営陣で、新しい理想を掲げて経営されるべきだ。行員たちばかりでなく、多くの人たちが、そう思っている」

「上手くいくかしら？」

「上手くいくとも」

瀬戸の顔を思い出した。

香織の目に、急に涙が溢れてきた。

「どうしたんだ？」

「もっと早く、裕也に相談していたら、違う手段があったかもしれないと思って……」

香織はバッグから携帯電話を取り出し、届いているメールを見せた。

「藤野頭取から？」

香織が頷く。

裕也は携帯電話を受け取り、メールを読んだ。恥ずかしいばかりの執着だ。後悔、反省が怒りに変わり、その後は何もかも秘密にするようにとの恫喝《どうかつ》に変わっている。

マナーモードにした裕也の携帯電話が激しく震えた。

「ちょっとごめん」

内ポケットから携帯を取り出した。東北製紙の片山からだ。

「もしもし関口です」

小声で言った。

「今、大丈夫かな？」

声が弾んでいる。

「ちょっと人と会っているので、少しなら」

「じゃあ、結論だけ。太平洋製紙は、当社の買収を諦めた。諦めたんだ。君のおかげだ。ありがとう」

「本当ですか？」

「本当だ。太平洋製紙が買収断念のステートメントをマスコミに出した。ほっとしたよ。礼は、いずれ正式にする」

電話が切れた。

自然と笑みがこぼれた。

「どうしたの？　何かいいこと？」

「ああ、藤野の王国にほころびが出始めた」

香織の表情が、一瞬、緩んだ。

裕也は、香織と自分のグラスに、なみなみとワインを注ぎいれた。

「昔のわしだったら、切れ味鋭い反り身の太刀を振るってやつらをきりきり舞いさせてやったろうが、もう年だ、このとおり苦労が積もって腕も鈍ってしまった。お前さんは誰かね？」

裕也は重々しい口調で言った。

「リア王の最後のあたりね。私の名は、関口裕也。今までは陛下の下僕でしたが、今日からは木之内香織の下僕です」

香織が笑みを浮かべた。

「セリフは書き換えられるものだ。それでいい。もう前に進むだけだ。二人の戦い、虚飾にまみれた王国、虚塔を告発する戦いに、乾杯！」

「乾杯」

香織の声がひと際高くなった。

第十二章　最後の戦い

1

裕也は、広報部の空気が変わっているのに気づいた。

重い、淀んでいる、だれかがじっと自分を見つめている、体に空気がねっとりと張り付いている、なんとも嫌な感じだ。

何があったのだろうか。山川は裕也と目を合わさない。東松も加瀬も机を見つめたままだ。

裕也は、そっと自分の席に座った。まるで他人の席に座っているようだ。

何かあったのかと聞きたいが、どうもそういう雰囲気ではない。

向こうから百合子が歩いてくる。目が合った。百合子が右の口角だけを引き上げた。無理に笑みを作っているようだが、目が笑っていない。

裕也は立ち上がった。トイレにでも行く振りをして歩き始めた。周囲の視線が自分に集まっている気がする。あちらこちらを鋭い針で刺されているようだ。

「話がある。十一階の喫茶で」

すれ違いざまに百合子に囁いた。

百合子は一瞬、目を見開いた。それでも裕也を振り向きもせず、小さく頷いた。

いや、頷いたと見えたのは裕也の目にそう映っただけで、単に下を向いたのかもしれない。

裕也は、そのまま歩き、エレベーターに乗り、十一階で降りた。

喫茶室に向かう。表通りに面して大きな窓が開いている。陽光が明るく差し込んでいる。先ほどの広報部の雰囲気とはまったく違う。

この喫茶室は、原則的には行員が利用してはならないことになっている。

広報の場合は、記者と利用することがあるが、裕也一人で立ち寄ることはない。

窓際の席を取る。客は、まばらだ。行員の利用を制限しているが、明らかに行員と思《おぼ》しき男たちが談笑している。またじっと目を閉じている者もいる。徹夜明けなのだろうか、肌が皮脂でてらてらといやらしく、鈍く光っている。

ウエイトレスが来て、注文を聞いた。コーヒーを頼む。

ぼんやりと外を眺めていた。東京でもこの辺りは最も美しい場所だ。ＭＦＧの本店ビルの前には、自然のままの皇居の森が広がっている。遠くまで空は青い。眼下を見ると、堀端の道を軽やかにランニングする人たちが、小さく見える。

心地よさそうだな。

ふと心に呟く。どうして自分は、こんな屈託を抱いてしまっているのだろうか。あのように軽やかなステップで地面を蹴ることができないのか。

香織のために戦うことを決めた。どう戦うか。それを考えねばならない。この戦いは香織のためだ。しかしそれはＭＦＧのためでもある。ＭＦＧの経営陣は、リーマンショックによる大幅な損失の責任をだれもとらない。また香織とのスキャンダルに藤野は責任を感じていない。無責任な組織は、土台から腐っていく。それが恐ろしい。

しかし彼らの責任を追及するほど、自分は偉いのだろうか。普通の一行員に過ぎない。そんな人間が、やってもいいことだろうか。

裕也は、大きくため息をついた。裕也の考えは、堂々巡りをし、結局、元に戻ってくる。なんのために彼らと戦うのか。それは香織のためだ。行員のためとか、世直しなどではない。

極めて個人的な復讐だ。自分がかつて愛し、今も愛している香織を苦しめる男を屈服させる。そのために戦うのだ。他に理由はない。

それでは大義がないと人は言うだろうか。そう言われても仕方がない。それしか明確な理由が浮かばない。

裕也は、テーブルに置いた手を固く握りしめた。手の腹に爪が食い込む。

「関口さん……」

見上げると、百合子がいた。

「来てくれたんだ」

「ええ、ここは目立つと思う」

「まあ、いいさ。なんと思われようと。広報で浮いている感じがしたものだから、その理由を聞きたいんだ」

裕也は、前の席に座るように手を差し出した。

百合子は目の前に座り、やってきたウエイトレスにコーヒーを注文した。

「関口さん、立場最悪よ」

いきなり切り出した。

裕也の顔に緊張が走った。

「何があったのか、教えてくれるか?」

「コンプライアンス部の香取部長、大川副部長が、部長のところに来て、周りに聞こえるように『関口裕也に重大なコンプライアンス違反容疑がかかっている。彼を一旦、ポストからはずせ。それでこちらでヒヤリングを行なう。もし何もなく、疑いが晴れれば、元に復す』

と言ったの」

「周囲に聞こえるように？」

裕也は体が冷たくなった感じを受けた。

「ええ。もうそれだけで関口さんを処分したようなものよ。評判を落とすために来たようなものね」

「それで」

「部長が慌てて別室に案内して事情を聞いたわけ」

「どんなコンプラ違反だと言うのか」

裕也は顔をしかめた。

「戻ってきた部長の説明によると、情報漏洩《ろうえい》だそうよ。太平洋製紙が東北製紙を買収しようとしていたのが、頓挫《とんざ》したのは知っているわよね」

百合子の目が、まっすぐ裕也を見つめている。

「ああ、知っている」

「あれ、どう思う？」

「どう、思うって？」

裕也は緊張した。頬がひきつる。

「賛成か、反対か」

「さあ、意見は差し控えるよ」

裕也は警戒し、百合子から視線を外した。

「頓挫したのは、あなたのせいになっているのよ」

百合子の言葉に、裕也が目を見張った。裕也の心臓が大きく打った。

「あなたが東北製紙からの相談を受けて頓挫させたと言っているの。それに……」

百合子が口ごもった。

「他に何かあるのかい？」

裕也の声が沈む。

百合子がじっと裕也を見つめる。

「例の『ヴァンドルディ』の藤野頭取のスキャンダル写真も関口さんのせいだと思われているそうなの」

「何もかも僕のせいか……」

裕也は天を仰いだ。

「関口さんは、あの女性を知っていたんでしょう。大東テレビの木之内さんのこと……」

百合子の顔が翳った。

「ああ、知っている。同じサークルだった」

「恋人だったの？」

「なんて答えたらいいのかな」

「正直に……」

「恋人だった。でも別れた」

裕也は目を伏せた。

「コンプライアンス部は、そうしたこともすべて把握しているわ」

コンプライアンス部が、どういうルートで裕也と香織のことを知ったのかは分からない。

しかし藤野も瀬戸もそのことを知っていた事実から考えると、彼らからコンプライアンス部に情報提供があったのかもしれない。

「情報を洩らして、太平洋製紙の買収を頓挫させ、藤野頭取をスキャンダルで追い詰める。まるで007並みの活躍だな」

空虚な笑いを洩らした。

「そうね」

百合子は笑わない。

「なぜ僕がそんなことをする必要があるんだ？　なんの得があるんだ？」

裕也の声がきつくなった。百合子が、驚いて体を引いた。

「損得は分からないけど、疑われていることは事実。情報漏洩は、広報にとって致命的なことよ。本当にやましいことはないわよね」

百合子の視線が、鋭く刺してくる。視線に負けるように裕也は、目を伏せた。

「やはり思い当たるところがあるのね」

百合子の顔が曇った。

裕也は、顔を上げ、百合子を見つめた。

「東海林さん、君を信じていいか」

百合子が、こくりと頷いた。

裕也は、言い訳をしたくなかった。何もかも知らないと百合子に言う選択肢もある。しかし嘘をつきたくなかった。嘘は、これからの行動に影を落とす。

香織のためであろうと、ＭＦＧのためであろうと、その大義は誰かが決めてくれればいい。しかし自分の戦いが自分の保身のためではないことだけは、百合子に分かってもらいたい。

「僕は、戦うつもりだ」

裕也は切り出した。百合子の目の動きが止まった。

2

瀬戸は、不機嫌そうに川田と向かい合っていた。藤野の姿は見えない。

いつも牽制し合っている三人にとっては珍しいことだ。三人のうちの二人で勝手に会うことは、原則遠慮していた。お互いを疑心暗鬼の目で見ることになるからだ。

「谷垣さんは厳しかったですか」

川田が、恐る恐る聞いた。

瀬戸が、金融庁の谷垣長官に呼ばれたことを聞いていたからだ。

「はい。たいそうお怒りでした。そばに監督局長も同席されていましてね」

瀬戸は監督局の局長の名を挙げた。

「怒りの原因は、やはりあれですか？」

「それと決算ですね」

「資本増強の件ですか？」

川田が聞いた。

「そうです。ＭＷＢが大幅な損失を出した。これに対する原因分析、責任の明確化が何もかも不十分だ。他行は増資を行ない、自己資本比率規制に対処しようとしているが、我がMFGは、その展望がないということです」

瀬戸が眉間の皺を深くした。あまり深刻な顔をしない瀬戸にしては珍しいことだ。

リーマンショックなどの金融危機を受けて、世界の金融ルールを決めているバーゼル委員会では、国際業務を行なう金融機関の自己資本に新たなBIS規制を打ち出そうとしていた。多様な意見が取り交わされているが、基本的には銀行の自己資本を増やす方向には変わりがない。

自己資本には、普通株などの中核的資本（ティア1）と株式含み益などの補完的資本（ティア2）がある。

バーゼル委員会による、新たな規制とは、中核的資本のみを自己資本と認めるというものだ。もしこの規制が実行されると日本の金融機関は大きな打撃を受けることになる。

世界の大手銀行の新しい基準での自己資本比率は、平均六％強。ところが日本の大手金融機関はせいぜい三％から四％台なのだ。

中でも深刻なのはMFGだ。新しい考え方では二％台になってしまう。

新しい規制が八％という従来の水準になるかどうかは未定だが、二％では問題外だ。他の大手金融機関は増資を行なって、なんとか五％台にまで乗せようとしている。

ところが、ＭＦＧは過去に大型増資を連続して行なったため、そのつけが回っている。過去、優先株で行なった大型増資が、普通株に転換されるたびに株価が押し下げられ、投資家に不興を買っている。

ここで再び大型増資を行なう場合、さらに株価を押し下げることになるため、その実現性が危ぶまれているのだ。

根本の問題は、増資後の、すなわち将来の明確なビジネスモデルがないことなのだ。

ＭＦＧも一兆円規模の増資を計画していた。

「増資の考えは提出させていただいていますが、認めないと言われました」

瀬戸の眉間の皺が、さらに深くなった。

「認めないと言うんですか」

川田の声が裏返った。

「そうです」

「国際業務から撤退しろと言うのですか。そんなことできませんよ」

今度は川田の額の皺が深くなった。

「増資の前にやることがあるだろうと言うのですね」

瀬戸の視線が強くなった。

「はあ？」

川田がとぼけたような表情で首を傾げた。

「分かりませんか？」

「いいえ、なんとなく分かりますが」

川田が手刀で首に触れた。

瀬戸が、小さく頷いた。

「ふうっ」

川田が、音が出るほど大きく息を吐いた。

「私は、腹をくくっています。川田さんもでしょう？」

「ええ、瀬戸さんとご一緒させていただきます。ただし……」

「そう藤野さんだけはまだまだ執着がおありのようでね」

瀬戸が薄く笑った。

「あの方は欲が強いですから。私などは、この地位に就いたのは、極めて僥倖《ぎょうこう》といえるものですからね。特段、執着はありませんよ。むしろ代表取締役を辞め、取締役でもない、ただの相談役か会長として、のんびりさせていただいたほうが嬉しいですね」

川田の目の光が柔らかくなった。桑畑前頭取が、瀬戸と藤野の陰謀に嫌気がさして、急に退任してしまった際に、瀬戸から指名を受けて就いたトップの地位だ。降って湧いたような幸運で、もともと執着がない。

「川田さんは、恬淡《てんたん》とされており、偉いですね。私は、まだこだわりがありますがね」

「さらなる統合の早期実現にですか？」

川田が、瀬戸に媚びるような笑みを浮かべた。

「ええ、今のままならＭＦＧは難しい。私は無任所になったとしても、自由な立場から、ＭＲＢとＭＷＢを、早期にひとつの銀行にしたいと思います。人材もコストも、顧客サービスも一体化することで機能的にし、収益力のアップを図らねばならないのは自明のことです。今や、動かねばならないときです」

ＭＦＧは、ＭＲＢとＭＷＢの二つの大きな銀行を持っている。リテール分野とホールセール分野に分かれているのだが、これを早くひとつにしたいというのが瀬戸のかねてからの考えだ。

「そのことが増資認可の条件にされているのでしょうか？」

「今のところはそこまで言われていません。しかし高コスト体質や、ＭＷＢを巡る貸し渋り、貸しはがしについてはいろいろと言われております。それに……」

また瀬戸が曇った表情で川田を見つめた。

「それに、なんでしょうか？」

川田が、わずかに身を乗り出した。

「女性問題、太平洋製紙による東北製紙の強引な買収への肩入れなど、なにかと騒がせすぎですねと皮肉を言われました」

今度は瀬戸がため息をついた。

「いよいよ本気で動かねばなりませんね」

「期待は、あの男です。彼がどう動くか？　それがきっかけになります」

瀬戸は、やや苛立った表情を見せた。

「広報の関口ですか？」

「布石は打ちました。後は彼がどう動くかです。今、彼は藤野さんからも一連の犯人と思われているはずです。なにせ藤野さんの愛人の恋人だったわけですからね」

瀬戸が薄く笑った。

「いえ、今も恋人かもしれないんですよ。ちょっと情報が入りましてね」

川田がにんまりとした。

「ほほう、さすがに情報通でおられる」

瀬戸が大きく頷いた。

「彼の怒りは、本物ですから、必ず動くでしょう。しかしこんな方法でしか、藤野さんに対処できないのは問題ですね」

「仕方がないですね。あの人は、ミスター興産ですから」

「なかなか降参しないというわけですね」

川田が自分の洒落に笑った。

「上手いことをおっしゃる」

室内に瀬戸の乾いた笑いが響いた。

3

杏子は、意外な結果に驚いた。このことを橋本に話すべきか、悩んでいた。

川田に示唆され、木之内香織を尾行した。するとMFG広報の関口裕也と頻繁に会っているではないか。それはまるで恋人であるかのようだった。

川田には、その事実だけを教えておいたが、さらに疑問なのは、二人が病院を訪ねているということだ。

なぜ二人が病院に行くのかと調べてみた。まさか妊娠？　そんなことはないかと思いつつ、受付で二人の名前を出してみた。すると関口裕也には反応がなかったが、木之内香織には反応があった。

受付の太った女性は、最初は口が堅かったが、マスコミ好きなのか、自分が週刊誌の記者だと名乗った瞬間に、「かわいそうに親戚の方が自殺未遂で寝たきりなんですよ」と教えてくれた。

患者の名前は進藤継爾。どこかで聞いたことがあると思って調べてみると、民事再生法を申請して倒産した不動産業のグローバル・エステートの創業社長だった人物だ。

ここで杏子の思考は、フル回転しているのか、止まっているのか分からなくなった。

関口と木之内は、まるで恋人のようだ。

木之内は藤野の愛人。

関口と木之内は病院を訪れ、進藤を見舞っている。

進藤は、木之内の親戚で、自殺未遂。

うっうっと唸り、杏子は短くカットした髪をかきむしった。さらさらとした髪が杏子の指先で激しく踊っている。

「やっぱり、相談しよう」

力を込めて机を叩く。編集部内にその音が響く。

「おいおい、杏子。机、壊すなよ」

編集長の山脇が驚く。

「すみません。ちょっと頭が、悪くなったもので」

「頭が悪くなったら、机を叩くのか」

山脇が、呆れ顔で言った。

「自分の頭を叩いたらどうなの？　ちょっとは良くなるわよ」

亀田が皮肉たっぷりに言った。

「五郎さんは？」

杏子は聞いた。

「もうすぐ戻ってくるんじゃないのか。何かあるのか？」

山脇が言った。

「何かあるか分からないんで、ちょっと相談しようと思います」

杏子が、首を傾げた。

「ほら、待ってた人が帰ってきたわよ」

亀田は杏子に言い、入り口に向かって、「お待ちかねよ」と叫んだ。

「誰かが待っててくれるわけ？」

橋本は、きょろきょろと周囲を窺った。

「私です」

杏子が、すっくと立ち上がった。壁のように積んだ書類の陰になって橋本からは、首から上しか見えない。

「なんだ……」

「なんだはないでしょう。乙女が待ち焦がれていたというのに」

杏子は頬を膨らませて、抗議した。

「ところでなあに？」

「相談があります」

杏子の呼びかけに、橋本の表情が翳った。

「俺も、杏子に相談しようかな」

「えっ？」

「ちょっと悩んでいることがあるんだ」

橋本は真面目だ。

「まさか……」

杏子の口角が緊張で不自然に動いている。

「馬鹿、誤解するな。仕事だよ」

「馬鹿？　馬鹿とはなんですか？　乙女に向かって！」

本気で怒った。

「そこで痴話喧嘩は止してね。どこかへ行ってやってちょうだい」

亀田が鼻の頭に皺を寄せた。

「杏子、ちょっと来い」

「はい、望むところです」

橋本は編集部の隅にある応接ブースに行き、ソファーにどっと座った。

杏子は、少し神妙にして向かい合った。

「相談ってなんだ？」

橋本がぶっきらぼうに訊いた。

「木之内香織を張りました」

杏子は、橋本の目をぐっと睨んだ。

「それで？」

「彼女とＭＦＧの広報にいる関口裕也はつながっています」

「それで？」

「二人の関係は相当深いと思われます」

「それで？」

橋本は、顔をそむけたままだ。

「嫌だなあ。一生懸命、話しているのに関心がないんですか？」

「ある。あるからこうして聞いているんだ」

「分かりました。続けます。二人は病院に通っています。木之内の親戚の見舞いのようです。患者は、進藤継爾。かの破綻したグローバル・エステートの創業社長です」

「なぜ、木之内に関心を持ったんだ？」

橋本の視線が杏子を射貫いた。

「言いにくいんですが、MRBの川田頭取に取材した際、関心を持ってくれと言われたのです」

「ふーん。川田頭取がね……」

橋本は腕を組んだ。

「私たちは、情報を得てMWBの藤野頭取と木之内香織とのスキャンダルを暴露しました。二人は、間違いなく愛人関係にあった。銀行のトップ、それもリーマンショックで多額の損失を出した銀行のトップが、マスコミの女性を愛人にしているのは、問題ではないかというのが取材の趣旨でした。目的は、それなりに果たしたと思います」

「杏子はよくやった」

橋本は、微笑んだ。

「ありがとうございます。ところがその木之内と広報の関口が組んでいる。川田が木之内を見張れというのは、そのことを知っているからと思われます。そして病院？　何かしっくりこないんです」

杏子は、小さく首を傾げた。

「どういう具合にしっくりこない」

橋本も首を傾げた。

「なんだか……」

杏子は、みぞおち辺りを押し、顔をしかめ、

「この辺りがつかえているような気がするんです」

「端的に言うと、利用されている気がするのか？」

「そう、そうなんです」

杏子が弾んだ声で言った。

「まあ、我々の情報は、何かに利用され、何か思惑があるから、手に入るんだがね。そう気

にすることはないと言えばないが……」

　橋本は、視線を宙に泳がした。

「おかしいなあ」

　杏子が覗き込むように橋本を見た。

「何が？」

　杏子の視線を撥ね返す。

「私の話に驚かないですね。まるで知っていたみたいですね」

「知っていたよ」

　当然のように言った。

「えっ、えっ、そりゃないぜ」

　杏子が男言葉になった。

「俺の相談も、そのことだよ」

「聞きましょう。五郎ちゃんの相談とやらをね。いつ知ったんですか。教えてくれればいいのに」

　杏子が怒っている。

「先週、関口と会ったときに、彼から直接聞いた」

橋本の顔が、一段と真面目になった。

「直接ですか？」

「ちょっと待ってくれ」

橋本は立ち上がり、自分の席に向かった。

いらいらして待っていると、橋本は封筒と、一枚のＣＤを持って戻ってきた。

「それは？」

杏子が興味深そうに訊いた。

「説明するよ」

橋本は、封筒を杏子に投げた。中身を覗いた杏子は、「うっ」と呻き、顔をしかめた。

「これは……。本物ですか」

「このＣＤの中身をプリントアウトしたものだ。本物だと思う。なにせそこに写っている木之内本人から託されたというから」

「しかしこんなきわどい写真。私たちが必死で撮った写真なんて子供騙《だま》しみたいなものじゃないですか」

「そりゃ、本人が撮ったんだから、ベッドでの写真も撮れるさ」

面白くなさそうに言う。

「どうしてこれを関口から？」

杏子はじれったくて仕方がないという顔だ。

「彼は木之内香織の復讐だと言った。自分は、彼女の復讐に加担するつもりだ、それが正義だと思うからとも」

橋本は淡々と言った。

「この写真はどうするんですか？　掲載するんですか？」

杏子が前のめりになった。

「お前に任せるよ」

橋本は呟くように言った。

「任せる？」

「ああ」

「掲載するもしないも？」

「ああ、その通りだ」

「どうして橋本さんは自分でやらないのですか？」

「事情をすべて打ち明けられたからな。個人の怨念《おんねん》を晴らすのに『ヴァンドルディ』を利用されたくない」

顔をしかめた。

「卑怯ではないですか。それを私に任せるのは」

「卑怯だと思う。しかしお前なら、上手くやってくれると信じている。俺は、どうしても関口に肩入れしたくなる。昔から知っているからな。それを客観的にしてくれるのは、杏子しかいない。俺は、お前の判断を信用する」

橋本がきりりと唇を引きしめた。

「私、行ってきます」

杏子がすっくと立ち上がった。

「どこへ？」

橋本が驚いて目を見張った。

「関口さんに会いに行ってきます」

杏子はテーブルの上の封筒とＣＤを摑んだ。

4

「総会屋とはいかないが、だれかに書かせようか」

西山は顔を曇らせた。

「正攻法で行きたいと思います。あのＣＤは、橋本さんから返してもらいます。彼らも利用できないでしょうから。行内紛争に巻き込まれたくありませんからね」

裕也は言った。

総務部の個室は陰気で暗い。ここに入る人間は、何かしら秘密を抱いている。ここで密談がされ、不祥事が闇から闇へと葬られていく。

「正攻法って、どうするつもりだ」

西山が聞いた。

「瀬戸さん、川田さん、そして藤野を退任させます。正面から説得します」

裕也は、唇を引きしめた。

「立場をわきまえろと言われるのが落ちだぞ。三人とも耳を貸すものか」

西山が強く言った。

瀬戸の協力を得ることができると言えば、西山は、偉い奴を信じるな、乗せられるだけだと言うだろう。

「耳を貸してくれると思います」

裕也は自信ありげに言った。

「何か勝算があるのか。私は、香織が命がけで撮ったスキャンダル写真を無駄にはできない。私のルートで流す。それでいいか」

もし西山が、裏ルートで香織と藤野のスキャンダル写真を流せば、銀行ばかりではない、香織が最も傷つく。それに気づくのが遅かった。橋本には返却をしてもらわねばならない。香織が言うように、橋本は、告発相手から提供されたものをそのまま「ヴァンドルディ」に掲載することはないだろう。

しかし、西山が相手をしている裏のジャーナリストたちは、何をするか分からない。

「とにかく藤野の引責辞任が実現すれば、勝利だ。方法は問わない。彼が責任をとることが、このＭＦＧのモラルを高めるんだ。経営の失敗も女性スキャンダルも何も責任をとらないでは、経営の柱であるモラルは維持されない。行員だっていい加減になるさ」

西山は興奮気味に言った。

「その通りです。香織のためでもありますが、きちんとけじめをつけることはこの銀行のためでもあると思います。どうか私に任せてください」

裕也は言いきった。

西山を部屋に残したまま、裕也は総務部を出て、広報部に戻った。

「おい、関口君」

山川が、いかにも不機嫌そうに言った。

「なんでしょうか？」

裕也が答えた。

百合子が、目で合図をした。彼女の視線の方向にコンプライアンス部の香取部長と大川副部長が見えた。

「お客さんだよ」

山川は事前に聞いていたのか、動揺も見せずに言った。

裕也は、二人の男のほうに歩いた。香取、大川とも硬い表情だ。まるで面でも被っているように表情が変わらない。

「何か用ですか？」

裕也は言った。

「少し聞きたいことがある。時間はあるか？」

「ええ、いいですよ。どこに行きますか」

「黙ってついてきてくれ」

「行き先は言わないんですか。山川部長には、なんと言えばいいのですか」

「何も言わなくていい。こちらで話をつけている」

香取と大川が裕也の両脇に立った。腕こそ摑まないが、まさに連行していくかのようだ。

「部長、どこへ行くのか分かりませんが、ちょっと出てきます」

裕也は、声を張り上げた。

百合子が不安そうに見つめた。裕也は無言で「大丈夫だ」と伝えた。

山川も他の部員も顔を伏せたままだ。何も言わない。

裕也は、エレベーターで地下に行った。駐車場だ。

「どこへ行くんですか？　行き先も告げないのはルール違反でしょう？」

裕也は抗議した。

しかし、香取も大川も何も言わない。

役員専用車が近づいてきた。運転手が降りてきて、ドアが開けられた。

「乗れよ」

大川が、裕也を押した。

「何をするんだ」

裕也は、険しい顔で大川を睨みつけた。

後部座席にはすでに香取が座っていた。大川は助手席に座った。

「行ってくれ」

大川が運転手に告げた。

運転手は無言で頷くと、地上へと続くスロープを上り始めた。

5

杏子はタクシーでMFG本店の前に止まった。そのとき、すぐそばを黒いセダンが走り去った。

「あれ？」

セダンの窓はマスキングされていなかった。後部座席に乗っている男が、杏子を見た。彼の目に杏子が映っているとは思えないが、杏子の目にはしっかりと彼の顔が映った。

「関口？　えっ？」

今、まさに面会を求めようとしている相手がセダンでどこかへ出かけている。

「運転手さん、あの車、追いかけて！」

「えっ、どれですか？」

杏子は、支払いを止めて、大声で叫んだ。

「あの黒いセダンよ」

運転手の背中越しに指差した。

「分かりました」

タクシーは急発進した。

あの緊張した顔は、何かある。窓から見えた裕也の表情は普通ではなかった。取材記者としての勘が、びんびんと働く。

6

「どこに連れていくのですか」

裕也は、隣に座る香取に訊いた。

「黙っていなさい」

香取は、正面を向いたまま言い放った。

「まるで拉致《らち》ですね。お二人のお考えとも思えませんが……」

「もうすぐ到着するから」

大川が面倒くさそうに言った。

裕也が窓から外を見ると、広尾の住所標示が見えた。

「広尾？」

香織と藤野が会っていたマンションが広尾だった気がするが……。

しばらくすると商店街の中の狭い道を抜けたところで車が止まった。

「やれやれ着いたようだな」

香取がほっとした様子で言った。

「ここは広尾ですね」

「そうだよ。降りてくれ」

すでに先回りして大川がドアを開けていた。

裕也は言われるままに車から降りた。目の前にはマンションの入り口があった。

裕也の両脇は、相変わらず香取と大川が固めている。

入り口のインターフォンで大川が「着きました」と中に向かって話した。

カチッという音とともにドアロックが外れた。

まさかと思っていたが、ここは香織と藤野が会っていたマンションではないのか。裕也は、なぜこんなところにと思った。そしてこの中にいるのは……。

エレベーターに乗り、五階へ向かう。

「今話されたのは、藤野頭取ではないでしょうね」

裕也は香取に聞いた。

香取はエレベーターの階数表示ランプをじっと見つめたままで、何も言わない。

エレベーターを降りる。薄暗く狭い廊下だ。ベージュの壁がくすんでいる気がする。古いマンションではないが、裕也の気持ちが暗いからだろうか。

五〇四号室。再び、大川が、インターフォンで中に呼びかける。ドアロックが外され、中から腕が伸びた。細い腕だ。女性？

ドアが開いた。

「香織！　どうしてここに」

裕也は思わず叫んだ。

「しっ！」

香織が指を口に当てた。

「入れよ」

後ろから大川が背中を押した。入り口に男の靴がある。

「上がってこい」

奥から声が聞こえる。

藤野の声だ。

「言われた通りにしろ」

大川が裕也を促す。

裕也は、靴を脱ぎ、部屋に上がる。香織が不安そうに裕也を見つめている。

部屋の中はさほど広くない。２ＤＫだ。玄関のそばが、客間になっている。そこに藤野がいるようだ。

裕也は、客間に入った。藤野の隣には香織がいる。青ざめている。何もしゃべらない。

「お邪魔します」

藤野は、シンプルな白いソファに座っていた。寛いだ様子はない。スーツのままだ。低いガラス製のテーブルがある。その上に書類が置いてある。

「挨拶はいい。座ってくれ」

藤野は、険しい顔だ。裕也は、香織と顔を見合わせた。香織も一緒に座った。

香取と大川は、裕也の後ろに座っている。

「ここは私と香織が会っていたマンションだ。分かっているか」

藤野が言った。声が震えている。興奮しているようだ。

「まさかコンプライアンス部に拉致されるとは思いませんでした」

裕也は、無理に笑みを作った。

「手荒なことをして悪かった。君のことは信頼していたが、残念だ」

藤野の目が険しい。

「どういうことでしょうか？」

「こんなものが私のところに送られてきた」

藤野が、テーブルの書類を裏返した。

裕也は目をそむけた。隣の香織は、目を伏せた。

それは例のＣＤの中に入っていた藤野と香織がベッドの中で微笑んでいる写真のコピーだった。

西山？　それとも西山が依頼した裏の人脈が送ったのか？　西山には、自分に任せてほしいと言っていたのに遅かったのか。裕也は動揺したが、表情に出さないように努めた。

「まさかお前たち二人が組んで私を陥れようとしていたとは知らなかった」

「どういうことでしょうか？」

裕也は藤野を見つめた。

「しらばっくれるな」

藤野は声を荒らげた。

「彼らから今回の一連のことは君がマスコミと組んで行なったことだと報告を受けた。太平洋製紙による東北製紙買収を頓挫させたのも君だというではないか。たいした力だね」

　裕也は黙っていた。

「法人部からの情報では、君が頻繁に『ヴァンドルディ』の記者と会っていたと聞いている。藤野頭取のスキャンダルをしかけたり、東北製紙の片山氏と組んで金融庁サイドに働きかけたりしたのだろう？」

　背後から、香取が質問した。

　裕也は、橋本と会った日、法人部の杉下と鹿内に会ったことを思い出した。

「証拠はあるんですか？」

「証拠？」

　香取は聞き返した。

「私にそんな力はありません。ましてや金融庁を動かすことなんかできません」

「なぜ藤野頭取のスキャンダルが出たのか、なぜ買収が頓挫したのか、多くの情報を総合すると、君に収斂《しゅうれん》してくるんだ。正直に話したほうがいい」

　香取が言った。

「調べられるのは構いませんが、なぜこんな場所で？」

　裕也は後ろを振り向いた。

香取も大川も戸惑った顔をした。彼らは取り調べを口実に、ここに裕也を連れてくるように命じられたに過ぎないのだ。

裕也は、藤野に向き直った。香織は、相変わらず何も言わずに目を伏せている。

「ここに呼ばれたのは、藤野頭取の指示ですね」

「そうだ。まさかこんな話を自分の執務室ではできないからな。この写真のコピーが送られてきたとき、君と香織がぴたりと結びついた。君は、彼女の恋人だったわけだからな。香織！」

藤野は、目を伏せている香織を厳しく呼んだ。香織は、びくりとして顔を上げた。

「君らを詰問するには、ここが一番ふさわしいと思ったのだ」

「悪趣味だ」

「そうだ。私は、君に嫉妬している。君のせいで香織と会えなくなったのだからな。私と香織との間を遮ったのも君だ」

藤野は手を伸ばし、香織の体に触れた。

香織は、怯えて、身を引いた。

「止めろ」

裕也は、藤野の手を払った。

「ほほう、騎士《ナイト》気取りだね。まあいいさ。しかしこの写真にはまいったよ。これをどこに配った？」

藤野の目がいやらしく光った。

「こんなもの知りません。私が送ったものではありません」

裕也は否定した。

「しらばっくれるな」

藤野がテーブルを叩いた。

「頭取、私たちは引き上げてよろしいでしょうか」

香取が言った。彼らは不承不承、藤野の指示に従って、裕也をここに連行したに過ぎない。コンプライアンス部が連行することで、裕也の行内での評価を落とそうとしたのだろう。

裕也は、ふいにおかしくなった。何もかもが自分のせいにされていくからだ。

瀬戸は、藤野の追い落としに裕也を利用しようとし、杉下や鹿内は太平洋製紙による東北製紙買収の頓挫の責任を裕也に押し付けようとする。

瀬戸の画策のターゲットになっている藤野でさえ、香織との仲を裂いたのは裕也だと言う始末だ。

「はっはっはっ」

裕也は声に出して笑った。香織が驚いて裕也を見つめた。

「何がおかしい」

背後から香取が慌てた様子で声をかけた。

「どうした？」

藤野も不機嫌そうに言った。

「いえ、たいしたものだなと思いましてね。何もかも私が仕組んだことになっています。自分がそんなに大物になっているとは思いもよりませんでした。よほど皆さんがたが、小物なんでしょうね」

「な、なんだと」

香取と大川が、同時に気色《けしき》ばんだ声を発した。

「香織、帰るんだ。こんな連中といる必要などない」

裕也は、香織の手を取って立ち上がった。香織の手は冷たい。

「はい」

香織も裕也に引っ張られるようにして立ち上がった。

「コンプラ違反で処分するぞ」

香取が慌てふためいた。

「証拠がありますか。単なる噂などで処分するならしてください。こちらもこんなところに連れ込んでむりやり供述させようとしたと言いますよ。これはれっきとした犯罪でしょう」

「な、なんだと」

香取は、口から泡を吹き出しそうだ。

「もういい、帰してやれ」

藤野が言った。

「言われなくても帰ります」

裕也は、香織を引っ張った。

香織は、まだ震えている。よほど恐ろしかったに違いない。

「この写真は、どこにばらまいた。もし本当のことが分かったら訴えるぞ。今なら許してやる。原板があるならよこせ」

「私は、そんなもの知りません。だれかがもうあちこちにばらまいているかもしれません。あなたを憎んでいる者は大勢いるらしいですから」

裕也は藤野を睨んだ。

「俺は、負けない。何があってもな。こんな写真なんか、作り物だ」

藤野はいきなりテーブルの写真のコピーを摑み取ると、縦に割いた。

「帰ろう。もうこの男を君が見るのは、これが最後だろう」

裕也は、茫然と立ちつくす香取と大川を無視して、玄関のドアを勢いよく開け、外に出た。

エレベーターに乗った。

「何もされなかったか」

裕也は香織に聞いた。

「ええ。でも恐ろしかったわ。こんな写真をいつ撮った？　だれに渡したと追及されたのよ」

「それで僕の名前を出したのか？」

香織は首を振った。

「名前を出してきたのは、藤野のほうよ。急にあなたの名前を出して、関係を聞かれたの。恐ろしい形相でね。殺されるかと思ったわ」

まだ香織は青ざめている。

「なんて答えたの？」

「愛してますって……。関口裕也を愛してますって」

香織は裕也の目をじっと見つめた。

裕也は、香織の肩を摑み、引き寄せた。香織の体の重みが緩やかに感じられる。

裕也の目の前でエレベーターのドアが開いた。

「あのう、お取り込み中すみません。関口裕也さんですね」

裕也は驚いて、声のするほうに顔を向けた。

「君は？」

「『ヴァンドルディ』の北山杏子です。橋本から、これを預かってきました。お前に任すって」

杏子はにっこりと笑みを浮かべ、大判の封筒を持ち上げた。

「それは？」

「例の写真とＣＤです」

杏子の顔から笑みが消えた。

「北山さん、一緒に来てくれるかな？」

「はい、どこへでも」

杏子の顔に再び笑みが戻った。

7

「今日は何か？」

川田が、瀬戸に呟くように聞いた。

「いよいよ動くというのです。彼がね」

瀬戸は、嬉しそうに言った。

「大胆ですな。瀬戸社長に直接連絡してきたのですか？」

「昨晩、私の自宅に連絡してきましてね。藤野頭取の重大なスキャンダルが、再びマスコミを賑わすので、もうこれ以上、藤野頭取をそのままにしてはおけないと言うのです」

瀬戸は、相変わらず相好《そうごう》を崩したままだ。よほど嬉しいのだろう。

「何をするつもりでしょうか？」

川田は逆に心配が顔に浮かんでいる。

「さあね。明日は取締役会ですからね。面白い余興が始まるのではないですか？」

瀬戸の目が妖しく光った。

「金融庁の谷垣長官も満足してくれる余興ですかね」

川田は不安そうだ。

「さあ、どうでしょうか？　彼によると私たちも主要な登場人物になっているようですから」

「それは大変だ。衣裳はどうしましょうか？　いつものままのドブネズミスタイルでいいでしょうか」

川田が聞いた。

「藤野頭取は、きっとブランド物の派手なネクタイをしてくるでしょうな」

瀬戸が言った。

「それならなお大変だ。主役は私たちのはずですからね。食われてしまいますよ」

川田の慌てた様子を見て、瀬戸は声に出して笑った。

8

百合子は、先ほどから心臓が止まるかと思うほど、どきどきしていた。足が震え、唇がやたらと乾く。

目の前に置かれた「ヴァンドルディ」の早刷り記事だ。内容は、「ＭＷＢ藤野頭取のベッドイン写真流出！」。これを山川に見せなければならない。そのタイミングは裕也が立ち上がって、山川に近づいてからだ。

裕也がこちらを見ている。大丈夫よと言葉には出さないが、強張った笑みを浮かべる。

裕也が立ち上がった。

いよいよだ。百合子の心臓は、今にも飛び出しそうだ。最後まで上手く演じられるだろうか。ああ、自信がない。でも勇気を奮わなければならない。今日は、ＭＦＧを告発する日、いや改革する日なんだから。

裕也が山川と話している。何を話しているかは分からない。声は聞こえるけれど意味は伝わってこない。山川は迷惑そうだ。二人は同じ大洋栄和銀行出身だけれど、そりが合わない。山川は、瀬戸や藤野に取り入って出世したいと渇望している。しかし裕也はまったくそんなことを考えていない。

ましてや裕也がコンプライアンス部から情報漏洩で疑われているとなると、彼を遠ざけたくて仕方がない。

裕也に、一緒に戦ってくれと言われたときは、驚いた。しかし同時に嬉しかった。

裕也は、何もかも話してくれた。藤野頭取とスキャンダルを起こした女性が恋人だったことも。その恋人の復讐を成し遂げたいのだということも。

自分のことを馬鹿だと思う。裕也が恋人のためにひと肌脱ごうとしている。それになぜ、裕也のことを好きな私が加勢しなくてはいけないのかしら。

裕也のためになるならという思いだけだ。あのまっすぐな目で見つめられたら、たいていのことは了解してしまう。

裕也が、ちらりと視線を送ってきた。さあ、出番だ。

百合子は、立ち上がった。テーブルの上の早刷りを摑んだ。

「山川部長、大変です」

百合子が言った。

「どうしたんだ」

大変だという言葉に、もう拒否反応を示している。とにかく面倒なことは、嫌なのだ。

「こんなものが送られてきました」

百合子は、早刷りを摑んだ手を山川の前に差し出した。

「どこから?」

「『ヴァンドルディ』です」

「えっ、また『ヴァンドルディ』か」

「東海林さん、渡してください」

裕也が手を伸ばした。

「はい」

打ち合わせ通りだが、声が震える。

裕也は、百合子から早刷りを受け取ると、険しい表情になった。

「これをいつ掲載するって？」

「今週の金曜日です」

「えっ、明後日じゃないか」

裕也は眉間に皺を寄せた。

裕也の演技は、抜群だ。何もかも自然体だ。

「何が、どうしたって？　何を掲載するっていうのか？」

山川が苛立っている。

「これです」

裕也が、山川の机に早刷りを広げた。

「な、なんだこれは！」

山川がひきつるような声で叫んだ。

「どうしたんですか？」

東松が驚いて聞いた。

「なんでもない。君には関係ない。仕事をしろ」

山川は慌てて、机の上に広げた早刷りを抱えるように摑んだ。

「どうする？」

山川は裕也を仰ぎ見た。

「すぐに相談しましょう」

裕也は言った。

「藤野頭取のところに行くのか」

裕也に指示を仰いでいる。

「今、取締役会です」

「まいったな」

「部長なら、中に入れます。私もご一緒しますので、瀬戸社長、藤野頭取、川田頭取に取締役会を中断して別室に集まってもらいましょう」

「君も一緒に行ってくれるのか」

山川は、乞うような目つきになった。

「お供します」

裕也は、山川の気持ちを奮い立たせるように、きっぱりと言った。

山川が立ち上がった。

「後で」

裕也が百合子に言った。

「なに？　後でってなんだ？」

山川が聞き返した。

「なんでもありません。さあ急ぎましょう」

裕也は、山川を引っ張るように歩きだした。

百合子は、その場に崩れそうになった。

「何があったの？　東海林さん」

東松が好奇心に溢れた顔を向けてきた。

「なんでもない。さあ、次ね」

百合子は自分を奮い立たせた。

9

三十階の取締役会議室のドアの前には秘書室員が番人のように座っていた。

「広報部だ。緊急で、中に入れてほしい」

裕也が言った。

「ダメです。瀬戸社長が発言中です」

秘書室員が椅子から腰を上げ、ドアの前に立った。

「どきなさい。広報部長が緊急だと言っているんだ」

山川が前に出た。ものすごい権幕だ。しぶしぶ秘書室員がドアの前から横にずれた。

山川がドアを押し開けた。

役員たちの視線が一斉に山川と裕也に集中した。

「取締役会中だぞ。わきまえろ」

案件を発表中の役員が睨んだ。

「さあ、部長」

裕也は、山川を強く促した。

「ああ」

山川は、大きく息を吐くと、早足で議長席に座る瀬戸社長に向かって歩く。裕也は、その後ろにぴたりとついた。

瀬戸と目を合わせた。なんとなく瀬戸の顔がほころんでいるように見える。昨夜の電話が功を奏しているのだろう。

山川は、瀬戸のところに行くと、

「申し訳ございません。ぜひとも別室へ」

と頭を下げた。

「私だけ？」

「いえ、お三かたともお願いします」

「何があった？」

「ちょっとこの場では申し上げかねます」

「そうか……」

「一旦、中座する。このまま待機していてほしい」

瀬戸は、他の役員たちに言った。

「何が起きたんだ？」

藤野が不満そうに問いかけた。裕也は無視した。

「藤野頭取、ご一緒しましょう。もう瀬戸さんは動かれています」

川田が立ち上がった。

藤野は、どこか怯えるような目で川田を見つめた。川田はいつも自分には遠慮気味だった。しかし今日は違う。目に力があるのだ。

藤野はしぶしぶ立ち上がった。

瀬戸の座っていた背後にドアがあり、別室へとつながっていた。この部屋で話される内容は、録音もされない。会話が外に洩れることもない完璧な防音になっている。

瀬戸、藤野、川田の順でソファーに座った。

「何が起きたか説明してください」

瀬戸が言った。

山川が、テーブルに早刷りを置いた。

「これが金曜日に掲載されます」

「おおっ」

最初に川田が声を上げ、顔をしかめた。

「なんと、まあ、なんとも言いようのない写真と記事ですね」

瀬戸が、どちらかというと驚きも見せずに言った。

「嘘だ。こんな嘘の写真と記事を掲載すれば、この雑誌を訴えてやる」

バンという大きな音を立て、藤野が机を叩いた。

「これは嘘なのですか？」

川田が訊いた。

「嘘です。こんな事実はない」

「この女性は、目が黒く塗りつぶされていますが、先だっての写真の女性では？」

瀬戸が淡々と聞く。

「知らない。知らないですよ」

藤野は、こめかみに血管を浮かび上がらせて、必死で抵抗する。

「これは痛手ですね。嘘ですとコメントできますかね」

川田が言う。

「嘘は嘘だ。なんにも痛手ではない」

「ねえ、山川部長、関口さん、これを止められますか？」

瀬戸が聞いた。

「さあ、もうここまで印刷していますと難しいかと……」

山川が眉間に皺を寄せた。

「そうですか」

瀬戸が力を落としたようにソファーに体を沈めた。

「可能性はあります」

裕也が言った。

「なんとかなりますか？」

瀬戸の目に力が戻った。

「あくまで可能性ですが、この週刊誌は、藤野頭取がまったく責任をとられないことに憤りを感じているのだと思います」

「何を言うんだ！」

藤野が怒鳴った。

「藤野さん、黙って聞きましょう」

川田が制した。

「もし藤野頭取が、退任されたら、記事を差し止める交渉ができると思います」

「なんだと！　退任だと！」

藤野が立ち上がった。

「興奮しないでください」

今度は瀬戸が藤野を抑えた。

「交渉できますか？」

川田が聞いた。

「やってみます。可能性はあります」

裕也は言った。

「俺は、辞めない」

藤野が立ち上がり、叫んだ。

急に、壁のテレビが映像を流し始めた。この部屋のテレビは別室のモニター室からビデオを流すことができる仕組みになっている。

「皆さん、木之内香織です」

テレビ画面に香織の顔が大写しになった。

だれもが驚いて画面を食い入るように見つめている。

裕也だけは、テレビの向こう側にいるはずの百合子を見ていた。百合子が、香織の映像をモニター室から流すべく操作をしていた。このモニター室は、広報で作成したビデオなどを役員に見せるために広報部の管轄になっていた。

「私は、藤野幸次頭取の愛人でした。その写真もすべて本物です。そして写真誌に藤野頭取のことを売り込んだのも私です。目的は何か？　それは復讐です」

テレビの映像が病室に変わった。そこに男が眠っていた。鼻に管が差し込まれ、やせ衰え、痛々しい。

「これは兄です。兄は、グローバル・エステートという不動産開発の会社を興し、成長させておりました。ところが藤野頭取率いるＭＷＢによる貸し渋りと強引な貸しはがしに遭い、あえなく倒産しました。融資の継続を必死に頼んだのですが、聞き入れてもらえなかったと兄は悔しそうに申しておりました。そして自殺を図り、未遂に終わった結果、植物状態になってしまいました」

香織は、感情を抑えて話し続ける。

藤野が、崩れるようにソファに座った。

「だれが映像を流しているんだ?」

山川が小声で裕也に聞いた。

裕也は、首を傾げただけで何も答えない。

「私は、藤野頭取に復讐を誓いました。兄をこんな姿にした張本人をのうのうと銀行頭取にはしておけないと思ったのです。私は報道記者です。最初は当然、報道という手段で復讐をしようと考えました。しかし、大銀行の前に、それは無力でした。また報道という神聖な手段を私的な復讐に使っていいのかという葛藤もありました。それでやむを得ず体を藤野頭取の前に投げ出し、スキャンダルで追い詰めるという手段を講じることを決意しました。それほど私の憎しみは深いものだったとご理解ください」

香織の声が詰まった。

「藤野頭取は私に多くの銀行の秘密を洩らされました。もし責任をとってお辞めにならないなら、そうした問題もお知らせすべきところにお知らせしようと思います。藤野頭取、賢明なご判断をお願いします」

映像が消えた。

「藤野頭取、もうどうしようもないですな。私たちも身を引きますからあなたも同時に辞めてください。これは私と川田さんばかりでなく当局の意向でもあります。悪あがきはよしましょう」

瀬戸が静かに言った。

「もう完璧です。この写真も衝撃ですが、一連のことがMWBの貸し渋り、貸しはがしによる、若い女性の体を張った復讐、ある意味ではハニートラップだった。それにまんまと藤野頭取が引っ掛かってしまったというのでは大変な問題になります」

川田が言った。

「川田さん、あなたも身を引くのか」

藤野が聞いた。

「はい。そのつもりです」

さばさばと答えた。

「おい、関口君。この記事、そして他の問題も完全に握りつぶせるのか」

藤野は横柄に言った。

「なんとかなると思います」

裕也は答えた。

「このMFGは他のメガバンクにすっかり遅れを取ってしまった。やっと藤野頭取に納得してもらえた。これからはビジネスモデルも再構築せねばならないと思います」

瀬戸が藤野を見た。

「するとMWBをなくすかもしれないと……」

「あらゆる可能性を探りましょう」

瀬戸が柔らかく言った。

瀬戸が立ち上がった。

「さあ、ちょうど取締役会です。私たちの退任を役員の方々に伝えましょう」

「今の今ですか」

藤野が力なく言った。

「善は急げというではないですか」

瀬戸は聞き入れない。

「さあ、行きましょう」

川田が藤野の腕を取った。

あのエネルギッシュな藤野が一挙に弱ったように見えた。

権力の座から落ちるというのは、こういうことなのだ。裕也は藤野の後ろ姿を痛々しく眺めた。

瀬戸が取締役会に通じるドアを開けた。

「お待たせしました」

瀬戸の声が、思いのほか軽やかに取締役会議室に響いた。

ドアが閉まった。

10

「三人とも相談役に退きましたけど、あれでよかったのですか」

杏子は、裕也に聞いた。

帝国ホテル東京の近くの目立たない喫茶店で裕也と向かい合っていた。

「金融庁からは、とりあえず相談役でいいけれど、近いうちに銀行からすっきり離れることを求められているらしい。新しい革袋には、新しいワインを入れねばならないからね。相談役とはいえ、いつまでも三人が銀行にいれば改革が進まないから」

「私の早刷りは役に立ちましたか」

　杏子は微笑んだ。

「完璧でした。感謝します。掲載する気がないのにあんなものを作っていただき申し訳ありません」

　裕也は頭を下げた。

「ちょっと冷や冷やでしたが、橋本からもオーケー取りましたからね。ところで、あの広尾のマンションに拉致された日、藤野に写真を送ったのはだれだったのですか？」

「あれは、私たちの協力者で香織の叔父にあたる人物でした。義憤にかられて拙速に行動したようです。驚きましたが、他の人間には写真は流出していません。ほっとしました」

「そうだったのですか。私はてっきり、関口さんか木之内さんかと思いました」

「まさか、そこまでやる度胸はありませんよ」

　裕也は屈託なく笑った。

「橋本さんによろしくお伝えください」

「分かりました。そうそう、ＭＲＢの貸し渋り、貸しはがしで橋本さんのお兄さんが行方不明だったのですが、無事に発見されたというか、戻ってこられたそうです」

「そんなことがあったのですか。本当に申し訳ないことです。そんな話を伺うと銀行とはなんのために存在しているのかと胸が痛みます」

裕也は神妙な顔になった。

「橋本には、関口さんの言葉を伝えておきます。喜ぶと思います。関口さんは、これからどうされるのですか？」

杏子は心配している顔だ。やりすぎた感じがあるからだ。

「大丈夫です。新しいビジネスモデルを考えるＰＴ（プロジェクトチーム）の担当です。広報はしばらく外れます」

裕也は明るく答えた。

「ホッとしました」

杏子も笑みを浮かべた。

裕也が、手を挙げた。表情を輝かせている。杏子は後ろを振り向いた。喫茶店の入り口に香織が立っていた。眩しいまでの笑顔だ。

「そういうことですか？」

杏子は聞いた。

「ええ、いろいろ回り道をしましたが、今度こそ本気で付き合うことにしました」

裕也が照れて、頭をかいた。

「おめでとうございます。それでは私は失礼します。お世話になりました」

杏子が立ち上がって頭を下げた。

裕也も慌てて、立ち上がり、「こちらこそ」と頭を下げた。

香織がこちらにゆっくりと歩いてくる。杏子には、一歩ごとに裕也との幸せを確かめているように思えた。

参考文献：『リア王』（シェイクスピア作・野島秀勝訳　岩波文庫）

解説

山田厚史

信義なき銀行の無残

実際にあった銀行頭取の「路チュー事件」を記憶している方は多いと思う。盛り場の路上で起きたお手軽な熱愛シーンが写真週刊誌に載った。お相手はこの頭取が社外取締役を務める放送局の女性記者だった。

「告発者」は、実在する銀行で起きた事件を下敷きにしたモデル小説である。物語はハッピーエンドで終わったが、リアルの銀行は、往生際が悪かった。

事件後の展開は、小説と大違いで、頭取は居直る。けじめを求める勇気ある行動は行内から起こらず、何事もなかったかのように幕引きとなった。三つの銀行が合体したこの金融グループは小説と同様に3トップ体制だった。一人が辞めると他の二人も道づれになる。辞めたくないそれぞれの事情がうやむや解決につながった、ともいわれる。

この金融グループは公的資金を返し終えたばかりだった。サブプライムローンに手を出したことでリーマンショックで巨額の不良債権を抱えた。取引先への貸渋りも問題にされていた。経営の立て直しを迫られる最中、頭取が社用車を使って愛人の記者と密会を重ねる。運転手は気付くだろうし、運行記録だって残る。「不適切な行為」はモラルの問題を跳び越えて、漏れたらただで済まない危ういリスクを銀行に背負わせた。

一握りの関係者しか知らない頭取のプライバシーがどうして漏れたのか。内部通報が疑われるほど内情はささくれ立っていた。

スキャンダルや不祥事は、組織に潜む弱点を告げる警鐘である。対応の仕方で経営者の器量が問われる。天の啓示と受け止めれば、立ち直るきっかけにもなるが、この銀行は、組織を挙げて頭取を守る、という愚挙に出た。実際の銀行には関口裕也のような人物は居なかった。そのふがいなさこそ、江上剛がこの作品を書いた動機だと思う。

作者は銀行員時代、裕也のように振る舞ったことがある。みずほ銀行につながる第一勧業銀行で1997年に起きた総会屋融資事件だ。高杉良の小説「金融腐蝕列島」でその輪郭が描かれている。小説では銀行本店にいた中堅4人組が危機をバネに改革を進める、という筋書きである。「4人組」は小説用の配役で実在しないが、モデルの一人が広報部次長だった江上剛である。

上層部が隠蔽しようとする総会屋融資を江上は問題にし、けじめを求めた。歴代の頭取はじめ多くの取締役が逮捕・取り調べを受ける混乱の中で中堅行員が主導権を握った。小説は「改革派の勝利」で終わる。

現実は「喉元過ぎれば熱さを忘れる」だった。職場に平静が戻ると改革派は一掃された。江上は高田馬場支店長に出され、本店から放逐された。銀行員として筋を貫いたことが、ぶざまな対応しかできなかった役員たちの反感を買い、左遷されたのである。銀行にハッピーエンドはなかった。

第一勧銀は2000年に富士銀行・日本興業銀行と事業統合し、みずほホールディングスが生まれ、後のみずほフィナンシャルグループになった。第一勧銀が得意とした個人や中小企業を相手にする小口取引はみずほ銀行に継承された。大企業など大口取引は興銀の機能を継承したみずほコーポレート銀行が担ったが、そこの頭取が2008年、「路上キス」を報じられた。

「告発者」（単行本時は『告発の虚塔』）がハードカバーで出版されたのは2010年。その頃、みずほ銀行ではコンプライアンス統括部が厄介な事案を抱えていた。信販会社・オリエントコーポレーション（通称オリコ）を介した中古車ローンに暴力団組員など反社会的勢力との取引があることが判明したのだ。

反社会的な融資はただちに解消することが鉄則となっていたが誰も手を付けない。厳しい基準を当てはめれば商売の機会が失われる。回収できなくてもオリコに弁済させれば銀行は損しない。そんな利益優先の声に正論はかき消された。

反社融資が表ざたになったのは２０１２年末から始まった金融庁検査。銀行の闇に隠された不都合な真実を誰が、なぜ当局に漏らしたのか。路上キス事件での情報漏えいと似た内部抗争が疑われた。

銀行は業務改善命令を受けたが記者会見を拒み、頭取は説明責任を果たさないまま姿を隠した。金融庁には「情報が担当役員止まりで共有されなかった」との説明で切り抜けた。それが後になって事実と反することが明るみに出る。不誠実な態度が裏目に出て、巨大銀行は世間の笑い物になった。頭取は「辞める考えはない」と粘ったが、ついには金融庁が動き、辞任に追い込まれた。

暴力団員へのローンが分かった時、「こんな融資はおかしい」と誰かが声を上げていたら、頭取が詰め腹を切らされるほどの大事にならなかったはずだ。記者と不適切な関係を演じたトップを庇い、逃げ切った成功体験が真っ当な判断を鈍らせたように思う。

事業統合や合併で生まれた銀行では「旧行意識」という言葉がしばしば語られる。出身母体の銀行ごとに運命共同体が形成され、身内を庇い、他行の失敗をほくそ笑む陰湿な空気がある。問題が起きても、頼みとする上司が関わっていれば、ことの是非は横に置き、ひたすらお助けする。行員たちはシマウマのように群れをなし外部勢力と対抗する
「バカの仲良し、利口のケンカが組織をダメにする」と言ったのは住友銀行頭取だった故磯田一郎氏だった。

銀行の本店は選りすぐった人材が集まる。敏腕・切れ者・秀才がごろごろいる。力を束ねたら最強の組織になるはずだが、社内権力に近い本店は「利口のケンカ」のリングになりがちだ。旧行意識を引きずる合併銀行でその傾向が目立つ。足を掬ったり、罠を仕掛けたり、派閥闘争に奸智を注ぐ。

いつから銀行はおかしくなったのか。振り返るとバブル真っ盛りのころ「インかマンか？」という問いかけが流行った。

「銀行で働く者は、銀行員か金融マンか。どちらの呼び名がふさわしいか」というのである。銀行員というと髪を七三に分け石橋を叩いても渡らない堅物のイメージがある。預金を集め、確実な融資先に貸して金利で稼ぐ。それが銀行員の仕事とされた。金融マンは市場で資金を

調達しスワップやオプションなどの金融技術を駆使して大きく稼ぐ。金融は自由化され、行政主導の護送船団行政が崩れれば、銀行員ではなくリスクをとる金融マンの時代だ、という声が大きくなった。

証券業務に進出し、米国のゴールドマン・サックスのようなインベストメントバンク（投資銀行）を目指す、という路線である。金融緩和で湧き立つあぶく銭を「リスクへの挑戦」とばかり投機に振り向けた。夢が覚めると無謀で無節操な融資だったと分かる。不良債権の重圧に押しつぶされた銀行の破たんが相次いだ。

単独で生きることが不安になった銀行は我さきに合併に走った。規模を大きくして管理部門をスリム化する。三行統合で生まれたみずほフィナンシャルグループは世界最大の資金規模になった。三つあった本部機能を一つにすれば合併効果はでるが、ポストは減る。既得権を奪われることへの反発は凄まじい。誇り高き金融マンはポストを失うことは自己否定にひとしい。「旧行意識」で結束した陣取りゲームが熱を帯びた。

背景には社会的地位の低下がある。戦後復興から高度成長にかけて日本は決定的に資金不足だった。預金を集めた銀行に企業はひれ伏すしかなく、「銀行は床柱を背にして客と向かい合う」という幸せな時代が続いた。１９７０年代のオイルショックを経て日本経済は成熟期に入る。増え続ける貯蓄が銀行の有難味を薄れさせた。大企業は証券市場から資金を調達する。中小企業には融資リスクがある。

行き着いた先が不動産を担保とする融資だった。企業や経営者を見ず、担保があれば貸すという安易な融資は銀行員の眼力を弱めた。金融大再編で職場は大揺れし、仕事より内部抗争に目が向かう。銀行員は取引先から尊敬されることも少なくなり、戦力として迎えられた若手も腕を磨く機会がなかった。それが銀行の「失われた20年」である。

税金投入で救済された銀行は、公的資金を返済することで経営的には再建されたが、失った信用は未だに取り戻してはいない。

過剰融資から貸し剝しへ。得意先や預金者を踏み台にした数々の出来事を世の中は忘れていない。

作者は関口裕也というヒーローを登場させ今の銀行に欠けているのが「信義」だと訴えた。銀行は社会に寄り添って仕事をしているのか、という問いかけでもある。

小説の中で、信義より生き残りを重視する狡猾な経営者・瀬戸和巳は「信義ね。関口さんは、銀行員にしては珍しい考えの持ち主のようだ」とせせら笑う。在るべき銀行の姿と現実を対比するやり取りである。

現実の銀行は裕也のような人物を排除する。その結果、世間から尊敬と信頼を失った。銀行員時代、改革の旗手として動き、手応えと挫折の両方を味わった作者は、3行統合で迷走する銀行に見切りをつけ、２００３年に退職。作家として、筋を曲げない銀行員を描き再生への期待を次の世代に託した。

金融ビジネスは地球規模に広がり、日々複雑化し、銀行員の仕事は見えにくくなっている。与えられた業務をこなし、上司の顔色を窺いながら無難に過ごすのが銀行員なのか。沈黙の羊たちに奮起を呼び掛ける一冊である。

――ジャーナリスト

この作品は二〇一一年一月小社より刊行された『告発の虚塔』を改題したものです。

告発者《こくはつしゃ》

江《え》上《がみ》剛《ごう》

平成26年6月10日　初版発行
平成31年3月30日　5版発行

発行人――石原正康
編集人――永島賞二
発行所――株式会社幻冬舎
〒151-0051東京都渋谷区千駄ヶ谷4-9-7
電話　03(5411)6222(営業)
　　　03(5411)6211(編集)
　　振替00120-8-767643

印刷・製本―図書印刷株式会社
装丁者――高橋雅之

幻冬舎文庫

ISBN978-4-344-42202-5　C0193　　え-6-5